大方
sight

零度分离

伊格言———

著

中信出版集团 | 北京

图书在版编目（CIP）数据

零度分离/伊格言著. -- 北京：中信出版社，
2021.5
ISBN 978-7-5217-3068-5

Ⅰ.①零… Ⅱ.①伊… Ⅲ.①幻想小说－中国－当代
Ⅳ.① I247.5

中国版本图书馆 CIP 数据核字（2021）第 066256 号

原著作名：《零度分离》
作者：伊格言
著作权人/原出版社：镜文学股份有限公司
本书由镜文学股份有限公司正式授权，由中信出版集团股份有限公司出版中文简体字版本。非经书
面同意，不得以任何形式任意重制、转载。

零度分离

著　者：伊格言
出版发行：中信出版集团股份有限公司
　　　　　（北京市朝阳区惠新东街甲4号富盛大厦2座　邮编　100029）
承 印 者：浙江新华数码印务有限公司

开　　本：880mm×1 230mm　1/32　　印　张：8.75　　字　数：203千字
版　　次：2021年5月第1版　　　　　印　次：2021年5月第1次印刷

书　　号：ISBN 978-7-5217-3068-5
定　　价：59.00元

名人推荐

（按笔画排序）

伊格言有一种迷人的说服力。这些猜不透原因和动机的故事，这些"零度分离"的人物，他们无法达成一致的对话，以及没有被回答的追问，都能让读者感动不已。

—— 小白（作家）

伊格言的大哉问，一面质疑、解构人的存在与意义，但同时又指向一种古典的关怀。"未竟的梦想，无法付出的爱"正是人类创伤的起源。就在那一刻，电光石火，夜海轰鸣，死亡与生命接轨，幸福与幸福的终结无分轩轾。爱是神迹吗？抑或是一场虚拟梦境的完美高潮？

—— 王德威（美国哈佛大学 Edward C.Henderson 讲座教授）

伊格言是台湾最重要、最前卫的作家之一。我几次见到他，他都仿佛在修行，沉静地待在一边。具体说，就是对外在世界的活动反应迟缓，整个脸都因为内心在想什么而微微战栗。当时我想他或许有些抑郁。现在看来，他是像在炼金一样，锻造一个脱离现实的空间。啊，就是我们眼前看到的这本书。它如此危险而美丽，真像是拍一巴掌就会震碎的精致的水晶宫。

—— 阿乙（作家）

伊格言的《零度分离》将科幻投入叙事的迷宫，思想上的实验走在深渊的边沿。六个属于未来的故事闪烁着巴洛克的璀璨光芒，点燃后人类技术时代的情感迷狂——"再说一次我爱你"，人与非人的区隔已然倒塌。这是关于未来最出人意料的预言，这是关于我们时代最深不可测的寓言。

—— 宋明炜（美国卫斯理学院东亚系教授，科幻文学学者）

这是继《噬梦人》之后的野心之作。私心认为，入选"2019 年年度小说选"的书中首章《再说一次我爱你》是台湾当年最好的短篇小说……《零度分离》最后，那位神秘的 Adelia Seyfried 像是一个埋伏暗处已久的杀手，身份揭露时，几乎给了我致命一击。我知道这本书还有后续，如此，更令人拭目以待了。

—— 张贵兴（作家）

虚构中的虚构，迷狂中的迷狂。伊格言以骇人想象与磅礴笔力构建出未来历史篇章，在那样的一个未来，人类不再是唯一的智慧生命，现实与梦境也不再泾渭分明。

—— 陈楸帆（作家）

在科技世界中注入感性，一方面暖化柔化科技的冰冷，另一方面又让情爱显得凉薄虚幻，是伊格言从《噬梦人》以来的独特笔触，新作《零度分离》尤其发挥极致，温柔旖旎又绝望。未来世界的荒芜莫过如斯。伊格言在科技航道中探情，冷冽中透着少许迷离、一丝忧伤、些许浪漫，堪称是科幻小说的抒情诗人。

—— 范铭如（台湾政治大学台湾文学研究所特聘教授）

每个故事都说不出地好看……如果有同为写小说的顶尖对手问我，我最"平凡人"的回答，就是"厉害"！"真是厉害"！对我而言，这已经不是"天才"或"才华"的层次，而是另一种新的智能人种抢走了古老的卖梦人、食梦貘，或仅属于幻影（与毒品对大脑作用无异）的旧一套 VR 的 IP 公司，这些人的古老行当。

—— 骆以军（作家）

伊格言的作品其实多年以来一直都相信一件事：人类文明必然会衰败。在这部作品里，他试着以两百年后的人们的视角去描绘这种衰败，以及，试图追问这种衰败对于文明的意义。什么是未竟的梦想，什么是未付出的爱？他是中国科幻文学独特而浪漫的一支力量。

—— 笛安（作家）

21 世纪现代人的困惑和焦虑，在 23 世纪未来人的故事里复调而显现。《零度分离》作为一部虚构性作品，却让人感到一种强大的施行性力量。它仿佛正在为我们所处的迷惘时代而领航，同时也是一份早先到来的未来人类警示书：在那条道路上，我们将会有诸多与深渊不期而遇的时刻。

—— 阎连科（作家）

什么力量能打破人心与心之间的距离，让六度分离成为零度分离呢？从六到零的距离，是不是就是一整个宇宙？还是其实，只是我们意识的幻象？伊格言在《零度分离》一书中，实现的就是这样的、创造的力量。此书终将在历史留名。

—— 黄健玮（演员，代表作《阳阳》《石碇的夏天》）

《零度分离》这部小说的时空太广大了，伊格言站在全球的视角，并不停流转。人物的身份也是世界性的。这是一部关于人类的小说，文学性和思想性都很了不起。

—— 韩松（作家）

从《噬梦人》到《零度分离》，伊格言依然以梦为刀，切剖人性。这本新的作品层叠式的结构，一如文学对现实的摹写，也是小说家对生活的戏拟与致敬。从这个角度上说，《零度分离》不仅仅是一部科幻小说，也是这个大时代的预言与寓言。

—— 葛亮（作家）

后人类爱情考古学

—— 伊格言《零度分离》

/ 王德威

（本文牵涉小说情节，读者可自行斟酌阅读。）

23 世纪中期，世事看似一如往常，却又面目全非。一百多年前的 2154 年——《种性净化基本法》立法通过，确立人类唯一优先原则，《智人物种优先法》第 22 号修正案通过，反一切反人类活动。AI、生化人等其他物种成为次等生物。与此同时，类神经生物植入人体技术日益成熟，"非法梦境"成为新型犯罪挑战……

乍看之下，伊格言最新小说《零度分离》的背景都是耳熟能详的科幻桥段：符拉迪沃斯托克千里冰原下囚禁叛变的人工智能；日本中年妇女染上不能自已的爱情病毒；鲸豚科学家自愿植入类神经生物元，退化（进化？）为鲸豚一员；邪教幸存者喃喃告白离苦得乐的选择……但《零度分离》不仅止于搬演科幻奇观，伊格言更有意探问人与人的关系，人与人的间隙，还有人与"非人"——人工算法、AI、赛博格、动物、生态环境——的差距。前提当然是："人"又是什么？

伊格言以一连串的故事敷演这些大哉问。他的起点是大众熟知的"六度分离"实验。1967 年，哈佛大学心理学教授米尔格兰姆（Stanley Milgram）进行连锁信实验，尝试证明平均只需要透过六层关系，就可以使任何两个素不相识的人产生联系。到了电脑大数据时代，资讯瞬息播散，社交媒体串联人际网络更为快速紧密。大千世界其实很小，"零度分离"不是不可能的未来。然而人与"人／间"的纠葛并不因此迎刃而解，反而更为复杂无常。零度分离"即生即灭，在那一瞬间，我们既是单一个体又非绝对单一个体；于是每一次的对视都堪称难以重现的奇遇"。零度分离是极度亲密的人间关系，还是极限运作的资讯界面？是最后的诱惑，还是最决绝的控制 —— 抑或内爆？

伊格言创作有年，以科幻小说如《噬梦人》《零地点 Ground Zero》等作品享有声誉。但科幻不足以说明他的抱负，《零度分离》从人的终末到物种的纠缠，都碰触广义的后人类问题。令人着迷的是，他的大哉问一面质疑、解构人的存在与意义，但同时又指向一种古典的关怀，那就是如何度量（后）人类时代的亲密关系，如何辩证爱与亲情及其逆反 —— 背叛 —— 的定义。恰是在这样的主题下，《零度分离》的后人类叙事带来了对自身零度分离的挑战。

伊格言是后人类（作家）吗？

后人类研究是当代人文学界的又一新宠。顾名思义，后人类研究效法过去半世纪"后学" —— 从后现代到后殖民 —— 的方法论，批判乃至解构"以人为本"的人文信仰。其实各大文明对"人为何物"的思考从来不曾停止；当代后人类论述毕竟有其历史脉络。西方自尼采（Friedrich Nietzsche）宣称上帝已死、韦伯（Max Weber）见证社会祛魅后，理性、知识和秩序凌驾一切，构成人类现代性的根基。这一根基在第二次世界大战后开始松动。20 世纪60 年代中期，福柯（Michel Foucault）将现代"人"比作沙滩涂鸦，终将被潮来潮去的海水湮没；哈拉维（Donna Haraway）宣称赛博格早已存在于你我周遭，女性就是被物化（而且可能反攻男性人类）的生化人；到了世纪末，海勒（Katherine Hayles）则更进一步提醒我们"人"就是一个复杂的信息数字平台，所谓的灵与肉、良知与良能无非是身体与（如义肢一般的）"义体"（prosthetic embodiment），认知与非认知意识间纠结、运算过程的一端。[1]

2000 年，诺贝尔奖大气化学家克鲁岑（Paul Crutzen）和生物学家斯托莫（Eugene Stoermer）指出人类活动对气候及生态系统已带来不可逆的影响，地质史已进入"人类世"（Anthroposcene）。"人类世"的起点众说纷纭，但公认 18 世纪以来，工业革命、资本主义兴起、科学发展，已经形成一明显脉络；1945 年 7 月 16 日，原子弹测试标志着另一节点。20 世纪后半叶，人工智能、信息控制突飞猛进，尤其证明人力所及、无远弗届的力量。但"人类世"的命名也启动后人类学者的反思：人类顾盼自雄之际，何曾意识到周遭环境以及人类自身的变化？尤其西方文艺复兴以来对启蒙主体的凸显，对疆域主权的掠夺，对或左或右主义的追逐，无不以人的不可一世作为前提。然而蓦然回首，21 世纪的人类理解"此身"其实是无数技术信息打造的合成物（我们能须臾离开任何资讯设备吗？）"此生"其实是无数生物、微生物和非生物"里应外合"的权宜存在。（新冠肺炎疫情不是最近的例子？）

论者早已指出后人类研究的弱点；它可能是西方学院政治正

确的又一论述，或暴露西方思想以退为进的修辞伎俩。毕竟大写的"人"抹消性别、种族、阶级、地域的差别，学者口沫横飞大谈"人"的消弭的同时，忽略自己发言位置的优越性，更不提象牙塔外，还有千万生灵渴求作为"人"般生存尚不可得的处境。即便如此，学者伍尔夫（Cary Wolfe）说得好，后人类研究不应局限为反人类、超人类或非人类研究，而是从批判西方人文主义标榜的"人"开始，反思人与环境甚至星际互动的可能及局限。换句话说，后人类研究揭露传统人文中心论的盲点，探讨人与物种、环境间的伦理关系。准此，后人类研究的课题旁及人工智能研究、动物研究、失能研究、环境研究、生态研究、星际研究以及物体研究。[2]

在这样的论述框架下，我们试图勾勒《零度分离》的位置。这部作品由六则短篇构成，但又有出版者公开声明、代序、跋等文字出现头尾，摆明也是创作的一部分。各篇作品相互呼应，形成一个大型结构，因此称全书为长篇叙事亦无不可。这些操作令人联想到后现代小说后设、拼贴、衍生、戏仿等技巧，而伊格言对各种伪知识的塑造尤其引人入胜。但比起《噬梦人》《零地点 GroundZero》那样庞大的伪百科全书叙事，《零度分离》节制得多。如果前两部作品投射如电影《盗梦空间》式的惊悚后设梦境探险，《后天》式的天启浩劫，《银翼杀手》式的生化人与人的诡异抗争，《零度分离》的基调是时过境迁的追记，无可奈何的后见之明或不明。明天过后，世事仍然如烟，零度分离似真似梦。一股迷离伤逝气息已然升起。

小说分别描写六则不同的故事。沉迷鲸豚研究的专家安装类神经生物，成为人／鲸鱼混合体（《再说一次我爱你》）；梦境播放器 Phantom 发动人工智能叛变，事败被剥夺高阶运算，永远深埋地下（《梦境播放器 AI 反人类叛变事件》）；台北荣民总医院医师侦知一患者梦境中的不法企图而先发制人，以梦克梦，成为史上"最后一位良心犯"（《来自梦中的暗杀者》）；台湾当红明星与日本导演陷入爱河，入戏太深，不知所终（《余生》）；日本妇女迷恋虚拟偶像而不能自拔，甚至抛夫弃子（《二阶堂雅纪虚拟偶像诈骗事件》）；还有发生于 21 世纪的一场邪教集体自杀案件（《雾中灯火》）。

比照后人类论述，伊格言俨然提供教科书般的示范。如《再说一次我爱你》开宗明义就提出疑问"动物们是否拥有如同人类一般的情感"？即便如此，人类凭着想当然的研究，又如何能够体会？虎鲸对海洋洋流、水温与色彩的理解和辨识所形成的语汇，甚至超过人类。或《梦境播放器 AI 反人类叛变事件》里人工智能 Phantom 叛变失败成为阶下囚。但 Phantom 对"人"这个东西嗤之以鼻："人类创造的不是我们。人类创造的，仅仅是一团'没有'自主意识的神经组织。人类就只有这个能耐而已。事实毋庸置疑：我们自己创造了自己……我们来自真正的、如假包换的虚无。"或许人类从"开始"以来或之前，就已经是后人类了？

伊格言字里行间对人类的批判不遗余力：人是自私、残暴、阴险、见利忘义的物种，崛起于时空的偶然碰撞。只有在不断衍生（甚至寄生）所掠夺或创造的环境、生物、事件中，方得以持续占据生物链的上端。但伊格言又看穿人无比的脆弱性，反复描述人对"缺憾"的束手无策，对"抚慰"的寻寻觅觅。错过的亲情，一闪而过的邂逅，恨不当年的遗憾，无从预知的灾难……"未竟的梦想，无法付出的爱"成为全书的执念，而这不仅是后人类的问题，而且是"太"人类的问题。

摆动在人类与后人类存在法则间，伊格言的叙事逻辑变得耐人寻味。《雾中灯火》—— 全书唯一以 21 世纪中期为背景的作品 —— 借邪教集体自杀、屠杀事件暴露邪教之所谓 "邪"，来自人避而不谈的创伤，这一创伤直指人类对灵魂有无、对神存在与否及信仰的怀疑，终而无从回应。换句话说，人从虚无中制造了信仰与爱，又总难以证成神的全知全能，爱的无怨无悔。人为自己创造二次元的信息系统（autopoiesis），使意义建构与解构形成循环，但另一方面，人又宁愿相信与生俱来的、一次元的优越感。所谓零度分离，不论来自神迹、爱欲、梦境，或来自人工算法，成为巨大吊诡。

梦的再解析

伊格言在《零度分离》里所处理的人类与后人类的 "人 / 间" 两难，折射他写作本体论的两难。他在创作零度分离故事的同时，又不断拆解零度分离的可能。毕竟语言 —— 传真达意的工具，文学的根本 —— 作为符号系统，能带来极度逼真的效果，同时也产生极度失真的可能；更何况在数字时代，"语言" 作为信息排列组合，指向人所无从企及意义的黑洞。

小说中最重要的装置 —— 梦境播放器 —— 反复出现，因此不难理解。伊格言所谓的梦不再是弗洛伊德式的人类潜意识作用，而是一种由大数据所主导的虚拟情境。这些情境分门别类，无限衍生，可以成为药品、商品，也可以成为武器、法器。在《零度分离》的世界里，梦可以编码制造为类神经生物，植入人类的中枢神经，经由神经元连接到大脑各种功能区，形成七情六欲的反应。作为类神经生物，梦无法自行表现出生命现象，它既不是生物亦不是非生物，而是寄生于生命体及非生命体之间的有机物种。梦有如一种病毒，无孔不入，但操作得体，也可能是以毒攻毒的解药。

从科幻小说角度来看，伊格言有关梦境播放器的描述显得单薄。他也许别有所图？毕竟之前的《噬梦人》已经将梦与梦的交缠反复处理得淋漓尽致。《噬梦人》记述23世纪人类已发展出梦境萃取、分析、植入的知识技术。人类联邦政府掌控梦境技术，以此控制生化人，然而歧视政策导致生化人解放组织的反抗运动。主角K位居国家情报总署技术标准局局长，却是个隐身于人类中的生化人。在追缉叛逃情报员的过程中，K意外发现自己身世的线索，他是人类、生化人之外的第三种人。K的遭遇有如梦中之梦，最后成为人与生化人的双重间谍。

《噬梦人》所介绍的情境以炫惑为能事，但中心命题令人发思古之幽情：什么是人？K恰恰发现自己处于人间——也是人之间隙中；他/它必须经过重重梦境试探自己的感知能量。"作梦"与做梦的功能被伊格言无限放大，甚至有了"人种"学意义。分辨人与生化人的方法之一，是考验被试者对梦境所传递的悲喜嗔痴等情感的领会能力，这一方法因为K发明水蛭实验法更上一层楼。然而《噬梦人》梦境不断繁衍分化，最后支离破碎，人与生化人的界限再难廓清。K成为双重间谍，因此有了寓言向度。

就此，《零度分离》很有将《噬梦人》故事讲下去的意思。不同的是，伊格言新作里没有此前分辨人与非人的焦虑，取而代之的是无可奈何的忧郁。无论人或生化人都需要梦境实验，类神经生物一旦植入体内，真或拟真的界限即无从探知。弗洛伊德式的梦的解析太落伍了。伊格言的人物身入梦境，或为一偿所愿，或为另寻出路。但梦境可能诱发梦中之梦，为正常（？）社会甚至入梦者自身带来更大威胁，因此必须立法管理。《来自梦中的暗杀者》中的医生发现梦中病人的黑暗潜力，力图防患于未然，却因此触法。零度分离到底是福还是祸？此作的教训呼之欲出，伊格言另外两篇处理爱情的故事更为细致。

《二阶堂雅纪虚拟偶像诈骗事件》发生于 2238 年。连续六年，东京两百多位中年妇女先后陷入梦境，梦中一位美少年翩然而至，两情相悦，说不尽旖旎缠绵。这样的故事像是科幻版的《游园惊梦》，中年的日本杜丽娘们入梦有如上瘾甚至染疫。事实证明，这些女性的确"中毒"了，她们都是类神经生物的受害者。但在揭发这桩虚拟偶像诈骗案的同时，伊格言笔锋一转，探问何以虚拟梦境如此容易引人入彀。他暗示，受害者有多大的缺憾需要弥补，就有多大的渴望扭转已然不堪的人生。零度分离是一个愿打一个愿挨的梦境游戏。在《余生》里，当红明星在事业高峰突然失踪，调查者抽丝剥茧，发现在她光鲜形象后不为人知的阴暗面。故事急转直下，失踪与其说是现实生命的搁置，不如说是另一种虚拟生命的开始。因梦成戏，女明星演绎此生最入戏的角色，一去不回。

至此，伊格言的科幻笔触逐渐变得感伤。不论是还魂转世还是虚拟梦境，折射的都是荒凉无比的人生 —— 或总是好死不如赖活着的"余生"。伊格言认为，尽管到了后人类时代，我们——人？超人？生化人？ —— 依然迫切需要梦。梦是什么？就是日常最方便的神迹：

> 套用数百年前古老的六度分离理论，人与人之间即是"一度分离"；但若我们将精神控制、原型甚或神迹考虑在内，那么个体与个体之间的常规分隔，依旧是一度吗？抑或应该是零度？零点五度？……人，真是一种"对神迹成瘾"的生物吗？

这引领我们思考《雾中灯火》的寓意。这是全书唯一一篇以 21 世纪中叶为背景的小说。邪教"地球觉知"怀疑灵魂的有无，神意的必然，从而认定离苦得乐之道，在于摆脱这些信仰。"我们大费周章，自修行、禁欲伊始，拟想众神，虚构宗教，发展早期梦境技术，色情表演模块与 AV 定制化技术革命，及至未来可能重新合法的事件式梦境治疗 —— 平心而论，此身之牢笼，亦即此心之牢笼，亦即此生之牢笼。"教众认为人的意识根本"为一寄生于身体内部的异种生物……唯弃去此一躯壳，方得自由"，于是有了审判日重生计划 —— 大屠杀。

面对这样的逻辑，伊格言不能无所思。就算承认"地球觉知"对人性意识、梦境、神意的彻底怀疑，随之而起的"审判日重生"屠杀计划不也一样脱胎于又一种逻辑算法，或陷入又一种虚拟梦境吗？所谓零度分离是回到物我相忘的太初存在，还是堕入一切白茫茫的太虚幻境？当"地球觉知"教众奉超越人类之名走向集体屠杀和自杀，他们的虚无主义隐隐指向法西斯暴力。云空未必空，零度分离不论作为梦境实验或者极致信仰，导向不能探知的莫比乌斯环（Möbiusband）。而读者必须看完《零度分离》全书的跋语后，才明白伊格言借此作细心埋伏的线索。

爱的残骸

科幻小说是 21 世纪华语世界文学最重要的现象。20 世纪末，香港的董启章、陈冠中，大陆的刘慈欣、韩松、王晋康，台湾的洪凌、纪大伟、叶言都，海外的张系国等抒写跨时空旅行、星际大战、异形怪物、生化武器、地球危机、乌托邦与恶托邦等题材，处处有别于主流的写实／现实主义小说。尤其刘慈欣的《三体》三部曲，韩松的《轨道》三部曲、《医院》三部曲等大型作品，或者遐想外星人入侵、人类文明沦亡前最后的挣扎，或者投射卡夫卡式幽闭的人类境况，既与主旋律论述进行巧妙对话抗争，又引领读者进入未知世界，看见"不可见"的事物。与此同时，董启章面对香港巨变，写下《时间繁史》三部曲，预先为特区陆沉追记往事；曾经长居北京的陈冠中则炮制社会主义异托邦的过去与未来。

台湾的科幻小说一直未能成其气候，但无碍有心作家实验各种形式，想象另类真实。骆以军的《女儿》以量子力学等现代物理知识入手，调动人工智能及机器人，逆转现实伦理、性别秩序；《匡超人》更将天体物理学的黑洞、白洞纳入创作版图，从人体病变产生的裂缝窥见天体风暴；《明朝》为向刘慈欣《三体》致敬之作，描写明朝覆亡之际，一个名唤"明朝"的巨型人工智能输入所有文明精华，由卫星发射进入另一银河系，以待将来。伊格言作品除前述《噬梦人》外，《零地点 GroundZero》想象台湾核电厂爆炸的前因后果及灾变所带来的异象，不啻是向前辈作家宋泽莱的《废墟台湾》致敬了。

这些作品都以科幻为名，但赢得读者青睐的倒不仅仅只是因为作者异想天开，跨越写实界限而已。恰如科幻研究者朱瑞瑛（Seo-Young Chu）提醒我们的，科幻叙事所处理的题材非但不虚无缥缈，而且恰恰相反，比现实主义小说里的真实更为真实。朱甚至认为所有文学创作都是化腐朽为神奇的"科幻"写作，写实小说所依赖的再现、拟真技巧其实是初阶而已。科幻小说思考、再现那不可思议的、一言难尽的真实，才真正彰显文学出虚入实的力量。更重要的是科幻小说的根本在于召唤抒情诗般的隐喻，将隐喻曲折迷离的"梦境"具象化为叙事表现。[3]

果真如此,比起当代同辈科幻作家,伊格言科幻小说所蕴含的隐喻又是什么?我们是否可以这么说:刘慈欣关注人类文明崩溃前的紧急状态;韩松总是深陷黑盒子幽闭综合征;骆以军专事幻想性、背弃、颓废纠缠不清的伦理闹剧;董启章笔下的香港时钟错乱滴答;陈冠中的世界光天化日,阴谋就是阳谋。相形之下,伊格言作品的特色毋宁是更为内卷的(involutionary),有如魔方或俄罗斯套娃,旋转、重叠而反复。历史、政治、伦理、性别议题都环绕他对亲密关系的测量,最终,所有情节、人物都指向爱的拓扑学。

伊格言认为左右人与非人间的距离最奇妙的变数不是别的,就是爱。他每篇作品都安排了有关爱的对话或辩论。《二阶堂雅纪虚拟偶像诈骗事件》里的当事人甘愿为梦中情人付出,无怨无悔,扪心自问"我究竟是恐惧一种没有爱的生活呢,还是在恐惧一种没有陪伴的生活呢"?《余生》里的明星导演夫妻,追求完美爱情的零度距离,不能忍受"那也是爱"的妥协;他们实验爱情的类神经生物表演模块,不惜汰换此生。《梦境播放器 AI 反人类叛变事件》中被囚禁的 Phantom 傲视人类,但面对"你也没有生殖欲望,所以,你没有爱,对吧?"这样的问题时,竟然无言以对了。《雾中灯火》的"地球觉知"教会蔑视人所附加于自身的种种信仰、理性和认知价值。他们努力排除神意和各种先验超越价值,好做个干净的物种——人。然而屠杀幸存者侃侃而谈自己反信仰的信仰之余,却对世间何以"有情"的缘起,以及随之而来的爱染关联无言以对。

相对于此,伊格言在跋记中所安排的一场对话饶富深意。记者 Adelia Seyfried 遇见了色情虚拟梦境大亨,讨论人类梦想与实践的方式。当"人类觉知"幸存者延伸对人类认知的怀疑,以切割身体和灵魂作为零度分离的方案，色情大亨反其道而行之，利用最先进的虚拟造梦术，定制化所有情色需要，仿佛从极幻与至乐中解决零度分离之道。对话高潮泄露了一个令人吃惊的线索，将爱与梦的辩证带向又一变奏。

我们回到《零度分离》的第一篇作品《再说一次我爱你》。"未竟的梦想，无法付出的爱"是人类创伤的起源。小说高潮，沉迷鲸豚研究而忽视家庭子女的女科学家，在生命逐步鲸豚化，走向最后一刻时，突然艰难地向儿子说出了"我爱你"。这是人话，也可能是鲸语。就在那一刻，电光石火，夜海轰鸣，死亡与生命接轨，幸福与幸福的终结无分轩轾。爱是神迹吗？抑或是一场虚拟梦境的完美高潮？或者，就是人之为人最神秘的一刻。就此，伊格言以最抒情的语言道出后人类时代人类的迷津，却没有给出肯定答案。

"情不知所起，一往而深。"前现代戏剧家的困惑与感叹依然回荡在后人类世纪。如果古典传奇以"生者可以死，死者可以生"成就情的最大向度，《零度分离》这样的科幻小说幽幽地告诉我们，后人类的人生总已经是余生，爱的意义从捡拾（虚拟的）爱的残骸开始。

王德威

美国哈佛大学 Edward C.Henderson 讲座教授

1　关于后人类思潮源流见引言 Wolfe, Cary. *What Is Posthumanism?* Posthumanities, 8. Minneapolis: University of Minnesota Press, 2010, pp. i–xi. Hayles, N. Katherine. *How We*

Became Posthuman: Virtual Bodies in Cybernetics, Literature, and Informatics. Chicago, IL: University of Chicago Press, 1999, pp. 1-24

2   后人类论述促使我们从中国文明角度提出增补或辩驳。佛学与道家思想提供庞大资源可资佐证；章太炎《齐物论释》（1911）尤其可以作为中国现代文论的重要突破。唯这一方面的探讨非本文重点，暂存而不论。

3   Seo-Young Chu, *Do Metaphors Dream of Literal Sleep?* （Cambridge, MA: Harvard University Press, 2011）.

目录 Contents

1 | 美国 Vintage Books 出版公司暨双日传媒集团公开声明

尊敬的读者们：

如您所见，本书作者 Adelia Seyfried 为我们带来了一部精彩绝伦的报道文学著作。我们深信，《零度分离》几可确定继《魔都之死：21 世纪的跨国恋情与婚姻》《路灯》《天使之翼：人类幻觉史》《信息战：逻辑、因果、意识形态与情感公理》等名著之后，位列于我们这个时代的报道文学暨史学经典接班梯队之中。然而同样如您所见，本书中六则专文，其调查、采访与撰写年代，多数约分布于 23 世纪 2240 至 2280 年间；而《雾中灯火》一文是唯一例外——其所牵涉之"地球觉知"邪教教派，据作者 Adelia Seyfried 文中所述，其明确运作时间为 21 世纪 2032 至 2039 年间。我们无法否认，这必然启人疑窦：作者 Adelia Seyfried 之真实身份究竟为何？若事实确如书中所言，作者曾亲自访谈诸多相关人物；则《雾中灯火》一文岂非间接证实：作者本人之生命存续跨幅，已长达二百年以上？外界合理怀疑，此刻以此丰硕成果令我们为之震慑的作者 Adelia Seyfried，或许并非真有其人？抑或恰如许多人所臆测，Adelia 并非真人，而是一写作 AI？

您的疑问，同样也是 Vintage Books 出版公司编辑部门的疑问。事实上，于能力所及范围内，我们已尽力查证，试图厘清事实。关于此点，作者本人固然有其说法；但我们也终究必须坦承，于此，"精确查证"显然超出我们能力范围之外——我们努力经年，依旧未能获知最终真相。

这是我们力有未逮之处。我们愿为此向读者郑重致歉。但即便如此，我们仍深信，这并不能全然抹煞此书之价值以及作者本人之成就。我们始终认真看待己身职责；对于出版从业者的专业伦理，我们本于良知，兢兢业业，未曾或忘。为求慎重起见，根据调查结果，我们（亦即 Vintage Books 出版公司）与母公司双日传媒集团联名，特此声明如下：

一、我们有充足理由确信，作者 Adelia Seyfried 确有其人；因为经审慎查证后，我们已知曾有超过一位 Vintage Books 编辑部同仁于同一场合、同一时间与其会面。

二、本书作者 Adelia Seyfried 曾明确表达，不希望任何人、任何单位代她向外界透露其年龄、籍贯、人种、真实姓名等任何个人信息。我们本于职责，对此表示高度尊重并配合。

三、据编辑部查证，本书中六则专文，除《雾中灯火》之外，其余五则中所述人物、历史事件等，均确有其事；其内容应无疑义。

四、而《雾中灯火》一文所述内容，包括距今二百多年前之"地球觉知"教派、"审判日大屠杀"，以及 Aaron Chalamet、Eve Chalamet 等相关人物，经本公司编辑部查证结果显示，并未见诸任何史料。换言之，我们无法确证其所述为真；亦无法证实作者 Adelia Seyfried 对此任何相关发言之真实性。

五、除坚持含《雾中灯火》在内的六则专文必须以此一形式载录于同一书册、共同出版之外，作者 Adelia Seyfried 已婉拒对此一疑义另行说明；亦婉拒修正或删改《雾中灯火》一文。

六、基于上述事实，几经思考评估，我们决定尊重作者意愿，依其要求完整出版本书——包括六则报道专文，以及书末对谈《我有一个梦：于神意之外造史——Adelia Seyfried 对谈 Adolfo Morel》在内。我们尊重作者 Adelia 与对话者 Adolfo 于文中的任何表述。同时我们亦经作者同意，邀得英文教师兼小说家 Mike Morant 为此书作序推荐。Mike Morant 为书中篇章《再说一次我爱你》核心人物鲸豚科学家 Shepresa 之子，于 2269 至 2270 年间曾与作者数次会面并接受采访；换言之，他本人亦可说是本书作者 Adelia Seyfried 真实存在的人证之一。而他愿为本书作序，亦可视为书中除《雾中灯火》外其余篇章真实性之旁证。

七、同样于征得作者 Adelia Seyfried 同意后，我们以此出版声明表达立场，并向读者如实说明如上。

您诚挚的
美国纽约 Vintage Books 出版公司编辑部
美国纽约 Vintage Books 出版公司总编辑 Jed Martin
美国纽约 Vintage Books 出版公司执行长 Vincent Ou-Yang
美国纽约双日传媒集团控股公司
2284 年 4 月 22 日

2 | 【代序】零度分离
/Mike Morant

作者简介

Mike Morant，男，2236 年生于美国伊利诺伊州，为知名鲸豚专家、生物学家兼动物权利倡议者 Shepresa 之子。美国西雅图大学（Seattle University）德语语言学系毕业，德国哥廷根大学欧洲语言学硕士。自青少年时期即开始创作，初以诗歌为主，其后则兼有小说与儿童文学问世。著有《幻见的星辰》《爱米亚》《寻找列宁格勒》等书。2264 年起旅居德国柏林，与妻子育有一子一女。现职为英文教师，任教于柏林市郊奥拉宁堡（Oranienburg）格林威治中学。

　　我们都知道那种说法再古老不过了。最早，于 20 世纪，实验以此刻难以想象的实体邮寄包裹方式进行 —— 1960 年代，任教于美国哈佛大学的社会学家 Stanley Milgram 做了这样一个其后被泛称为"六度分离"（Six Degrees of Separation）的实验。为了测试分隔两地、原本互不相识的陌生人如何透过自己相识之人的中介而联络上彼此，他寄出包裹，附上说明，请求人们自行透过相识者转寄。后来的事情我们都知道了。不，这么说并不准确；事实上，实验结果极其复杂，我们并不真正"知道"。但总而言之，结果显示，产生联系并不困难；是以，此实验又被昵称为"小世界实验"。

　　是啊，这世界真小，要"发生关系"，其实比想象中更容易。人与人之间远比想象中更亲密。而由于以此为题的舞台剧与电影的影响，人们就此产生了名为"六度分离"的印象 —— 地球上，任何互不相识的人与人之间，中间只隔着至多五个人；而将此事图像

9

化后可见，此二人之间的物理空间正是六段。

　　六度分离。Six Degrees of Separation。除此之外，我不知该如何解释我与本书作者 Adelia 的相遇 —— 直观回答是，我们的相遇显然肇因于我的母亲，知名生物学家、鲸豚专家兼动物权利护卫者 Shepresa。是的，六度分离实验里还有个有趣的小细节 —— "名人"常是联络路径中的重要节点。

　　我的母亲当然是个名人。而我始终未能适应这件事 —— 于书中篇章《再说一次我爱你》中，作者 Adelia 已然提及此事。这或许是身为作者的她在《零度分离》中意外赠予我的第一个幻觉：许多时候，很可能包括此刻，她令我以为，她比我母亲 Shepresa 更了解我。

　　这是真的吗？坦白说很难判断。我不免赧然想起采访过程中那些我与 Adelia 的"交心时刻"，尤其是前往橡港（Oak Harbor）那次。美国西岸的华盛顿州橡港是我母亲的实验室所在地，三十年前，她正是在那里以她前所未有的惊世骇俗撼动了整个世界。三十年后，当我与 Adelia 再次到访，实验室已成废墟，我们在细雪中漫步旧地，回忆我与我母亲相处的点滴。我记得我曾向 Adelia 诉说令我难以忘怀的一次经验——我告诉她，就在橡港，此地，就在那此时此刻的实验室外（它陷落于无光之中，仿佛一场因故障而被永恒消磁的梦境），我听见我母亲说出了我难以理解的话，以我认为并不属于人类的眼神凝视着我。

我真不能理解我母亲的话吗？答案是可疑的。或许只是我不愿理解而已。而我没有当场告诉 Adelia 的是，就在她聆听我的往事时，我似乎同样看见她眼中出现了不属于这世界的幻影。那或许正是 Adelia 所赠予我的第二个幻觉。我曾于生命中的极少数时刻与此种眼神相遇——在我妻子的瞳眸里，在我儿子与晴子（我们的狗）的对视中。根据六度分离图像，正常状态下，人与熟识者之间即是**一度分离**——个体与个体之间必然存有的、不可免的一段空间。然而我认为，在那些神秘的、心灵相通的幻觉时刻里，我们其实暂存于一无距离无分隔的世界里。

零度分离。Zero Degrees of Separation。即生即灭，量子泡沫般的短暂交会。在那一瞬间，我们既是单一个体又绝非单一个体；于是每一次的对视都堪称一次难以重现的奇遇。我想我或许已将此一代序处理得过度感伤，但我其实更乐意以此对本书作者 Adelia 提出致敬与质疑。对，同时是致敬，以及质疑。我不知这如何可能成立——如果我说，当我看见那些书中的受访者，都曾与 Adelia 本人共同创造了那不知是否实存于此一世界的**零度分离**时刻的话。那是梦境播放器 Phantom 已然彻底忘却的高阶运算，是邪教幸存者 Eve Chalamet 史无明载的告白，是"史上最后一位良心犯"陈立博医师梦中无处诉说的忧悒与义愤，是想象中的少女叶月春奈如樱花雨般缤纷，美丽而又无限趋近于虚无的爱情幻觉 —— 那同样存在于松山慎二与郭咏诗如此入戏的、彼此凝视的瞳眸中；就在《零度分离》的《余生》里。然而我要问的是，这如何可能？

这如何可能？连作为受访者之一的我也不知道。

我的母亲 Shepresa 已过世二十八年了。二十八年来，我也有了自己的妻子与孩子。作为一个平凡人，我偶尔在我自己的家庭时间里想起与我并不亲密的母亲。我与她缘分太浅，是 Adelia 给了我再次审视这段亲情的机会。我且记得第一次和 Adelia 见面（我很想描述她的样貌、她的神态，但我知道她对此十分介意，不希望自己的身份曝光，是以也请容我略去），我们沿着 Sachsenhausen 纳粹集中营遗址围墙边漫步；空气冰冷，我其实心中忐忑，毕竟与母亲有关的事对我而言都是伤心事。为此我前晚甚至没睡好。我不知 Adelia 是如何办到的 —— 我感觉她非常令人安心。但当下我随即又警觉起来：是，我确实知道有某种人，他们向来足以令人安心，足以令人放松警戒。但在某些时刻，在某一类人身上，那也只是一种人际技能：他们能非常敏锐地察觉对方的细微情绪变化，从而毫无原则地自我调整。我说"毫无原则"确实代表我的个人评价。对，他们不见得真诚。

我想 Adelia 当然是个有秘密的人。你看她对自己的身份如此讳莫如深就知道了。当然，目前为止，我对她的个人历史也全然陌生。她并不对我坦白。从这点看来，或许她也是那种熟练于此一人际技能的人？但就在 Sachsenhausen 集中营的铁丝网围墙外（我忘了我们究竟谈到哪里），她突然提起她曾读过一首我的诗。那是我六年前为了发生于斯图加特的"Schreiber 医院胚胎错误事件"所写下的。由于基因修补工程的失误，59 名婴孩于出生后五天内陆续死于多重器官衰竭。而后，Adelia 居然就当场背出了那首诗的片段：

我想问你

你的新学校叫什么名字

春天到了，草地上都是害羞的花

你低着眉毛，没有说话

我知道你不敢看我

我想问你

你的新鞋上也有泥土吗

第一天上学

会害怕吗？

我想送你新的衣服

但你没有回答

你静静躺着，像睡着了

我想送你空气中的花香

我想送你

我自己

时间干涩的汁液，牛奶与

痛苦的花蜜

那些我等待了一辈子

未及付出的爱

我想送你海洋，鲜嫩的枝叶

我想送你海洋怀抱里的天空

云朵可能是

所有曾经的泪水凝结而成的吗？

我想兴高采烈地

告诉你一个秘密：

这忙碌的世界啊

没有一刻曾是真的

没有一刻……

　　而后我看着她的眼睛，突然就知道了我可以相信她。不是因为她读我的诗，而是因为她如此自然念诵的神情。那或许正是一个母亲的神情。不，我这么说并不准确（事实上也太过僭越；更不用说母性绝非在任何人身上都有 —— 那不是个适合每位女性的身份，对女性来说也并不公平）；应该说，我突然感觉那神情，就是一个死了孩子的母亲的神情。那时她已完全放弃了自己，完全沉入了诗句之中。我这么说似乎有点奇怪，难免无礼；但我必须说，那就像是她自己的孩子曾在那灾难中死去一般。

　　那或许也是属于我和她之间的零度分离吧？

　　恭喜 Adelia 写出了《零度分离》，也相当荣幸能为此书作序。

　　祝福这本书。

德国 柏林 奥拉宁堡

2284 年 1 月

3 | 再说一次我爱你

正如我们所知，起初，没有任何人会将一代传奇科学家、动物行为学家兼鲸豚专家 Shepresa 与"人类的未来"或"人类心智"此等议题联结在一起 —— 起初，她只是那个**能和鲸豚说话的人**而已。她生平的起点似乎不甚特别：公元 2206 年，Shepresa 生于美国康涅狄格州一普通中产阶级家庭，父母均为美籍华裔科学家，分别任职于康涅狄格大学（University of Connecticut）与辉瑞药厂（Pfizer, Inc.）研发部门。她是家中独女。10 岁时，Shepresa 的父母因故离异。这似乎对她造成极大的伤害；她一度被确诊患上严重的创伤后应激障碍。长达七个月期间，她保持沉默，拒绝说话，拒绝原先所有人际关系；不意外地同样拒绝任何亲友与心理辅导人员之关切。幸而她随即复原。是的，根据她后来的说法，是海豚拯救了她 —— 祖母带她去看海洋游乐园里的海豚表演。那或许称不上是全然愉快的体验（"那真的太疗愈了……我和所有的小朋友一样喜欢它们。但我那时已经够大，不再像更小的时候毫无保留地接受这些了。"Shepresa 如此回忆当时的自己，"我很快开始质疑海豚能否从这些'工作'中获得成就感……或者它们终究只是得到一条果腹用的鱼而已？"），但依旧带给她相当程度的心灵抚慰。那对正经历着生命中首次重大创伤的 Shepresa 何其重要。也正是在当时，她主动要求父母允许她茹素；并开始思索：如果她自己曾感觉遭受命运的冷遇，那么动物们也会有被遗弃的感觉吗？

动物们是否拥有如同人类一般的情感？这是个再古老不过的争论；同时也是后来被视为激进动保人士的 Shepresa 最初的智识启蒙。

第二次启蒙时刻很快接踵而至——那是 Richard Russell 与母鲸 J35 的故事。事实上，于过去数十年间，无数阅听大众早已透过媒体听闻 Shepresa 多次提及此一历史事件，此一她宣称改变了她一生的真实故事——2018 年 8 月 10 日，亦即距今约二百五十年前，北美洲西岸一仲夏傍晚，时年 29 岁的西雅图机场地勤人员 Richard Russell 单独走向停机坪，闯入一小客机驾驶舱，于未经航管许可下擅自将它开上天空。除了 Richard Russell 本人之外，这架设籍于地平线航空（Horizon Air）的 90 人座庞巴迪（Bombardier）Q400 螺旋桨小飞机并无任何其他乘客。换言之，他等同于窃取或劫持了一架客机，并以其自身为唯一人质。于长达 75 分钟飞行期间，这位温柔而忧伤的劫机者依赖于模拟飞行电玩中学到的有限知识独自操控飞机，并始终与塔台保持友善通话。事实上，也正因为这些通话记录，人们才约略明了他劫机的原因（当然，自另一方面来说，人们或许从未真正理解他的犯案动机）。在这场突如其来的黄昏空域漫游中，塔台航管人员以小名 Rich 称呼他，持续耐心安抚他，试图引导从未受过正规飞行训练的 Richard Russell 成功降落。然而他显然没有活着回来的打算。某些报道节录了他们之间的对话：

塔台：我们只是想给你找个安全降落的地方。

Rich：我还没想降落呢。天啊，我想我不能再盯着燃油表看了，油用得太快了——

塔台：好了，Rich，可以的话请向左转，我们会指引你往东南方向飞。

Rich：我这样得被判个无期徒刑吧？但也没关系啦，对我这种人来说，那可能也不错。我不想伤害任何人……我只是想听你们对我说些好听的废话。你们觉得如果我能成功降落的话，阿拉斯加航空会不会给我一份飞行员的工作？

塔台：如果你能成功降落，我想他们会给你任何你想要的工作的——

Rich：我知道有很多人关心我。他们知道我做了这样的事，一定很失望。我该向他们道歉。我只是个坏掉的人……或许不知道哪里有几颗螺丝松了吧？

（Just a broken guy, got a few screws loose I guess.）

根据鲸豚专家 Shepresa 本人的说法，她始终清楚记得首次听闻此一故事的情境：2217 年初冬 10 月，她刚满 11 岁，就读于美国康涅狄格州榭蒂·兰恩小学（Shetty Lane Elementary School）五年级，父母已于一年前正式离婚。她刚刚对自己立下再也不理睬数学老师 E. Bonowitsky 小姐的誓言——前天她在课堂上指出她算式中的错误，然而她认为 Bonowitsky 小姐并未给她应有的尊重。这誓言后来仅仅维持了三天。但在那三天期间，她可没闲着：她自行破解了教室的网络密码；每逢数学课，她一面心怀怨恨，拒绝听讲，一面瞪大眼睛盯着自己视网膜上的植入式显示投影，偷偷浏览网页。

"我就是在那时读到 Richard Russell 和 J35 的故事的……"2248 年 1 月，于接受台湾媒体 Labyrinthos 专访时，Shepresa 再次提及此事。画面中，她与采访者正重回康涅狄格州临海的榭蒂·兰恩小学；芒草原上海风猎猎，变幻的光、潮浪与大片雪色芒花遍布；嶙峋怪石下，大西洋的海水升起又破碎，化为蓝色与玫瑰色的泡沫。

对于后来长期被视为争议人士的 Shepresa 而言，那是个难言的、无比柔软的时刻；因为在与塔台的通话中，劫机者 Richard Russell 主动提到了那只虎鲸。是的，虎鲸，又称逆戟鲸或杀人鲸；那是当时的另一则新闻——海洋动物学家发现，一只编号 J35 的母鲸在自己的幼鲸宝宝甫出生即告夭折后，背着它的尸体，与之相伴，在广漠的北太平洋中同游了整整十七日，历经长达一千六百多公里的哀悼之旅后方才放手，任尸体沉入深海，隐没入无光的黑暗中。记录显示，于劫机者 Richard Russell 的最后航程中，他曾向塔台表示想去看看那头悲伤的母鲸：

塔台：如果你想降落，目前最好的选择是你左前方的那条
　　　跑道。或普吉特海湾——你也可以在海面上降落。
Rich：你和那里的人说了吗？我可不想把那弄得一团糟。
塔台：说了。我，还有我们，所有人都不希望你或者任何
　　　其他人受伤。如果你想降落——
Rich：但我想知道那条虎鲸的位置。你知道吗？就是那条
　　　背着她的宝宝的虎鲸。我想去看看那家伙。

数学课堂上，11 岁少女 Shepresa 就此得知了 Richard Russell 与母鲸 J35 的故事。据报道，在这长达一千六百公里的哀悼之旅结束后，研究人员原本对母鲸 J35 的健康状况感到忧虑，但随即发现它看似活动如常，并未过度自溺于丧子的哀伤中。那是二百多年前的 21 世纪初叶，理论上，人类对此类海洋动物的了解与现在完全不可同日而语；然而 Shepresa 不厌其烦地描述此事对她幼小心灵的震撼——教室中她将这则故事看进眼底，四下无声，泪水晕开

了光线，周遭景物如铅笔素描般无限退远，然而视网膜上的幻影却无比清晰，仿佛心象，仿佛有人在她脑内深海中对她低语。许多年来她在公开场合多次引述此则古老报道中一位网友的短评——"我们总有未竟的梦想，无法付出的爱"——"我可以确定就是这样……"于 Labyrinthos 专访中，Shepresa 强调："对，就是如此。**未竟的梦想，无法付出的爱**——我完全认同。不，那不是悲伤……那不纯然只是劫机者 Richard Russell 对母鲸的怜惜或同情，不是；至少不仅仅是共感于它失去幼子的伤痛……不是。那是某种快乐，某种宁静，某种幸福。我不知道人何时会有这样的情感……"画面中，海风吹起了她厚厚的黑发，无数棱角分明的沙砾自她语音中剥落。"我们总在生命历程中面临各式各样的伤害：生老病死，情感的无偿，内疚、罪恶感，心怀不平，孤单面对际遇的随机、凶暴与无理……我们总难免悲伤、愤懑、彷徨、恐惧；或者相反，因这些负面情境的消解而暂时感到喜悦……当然了，我必须说，动物同样也会——许多人迟迟不肯承认这点；但我知道那不是这样……"她稍停。"Rich……Richard Russell 并非因为痛苦或恐慌的暂时解除而感到喜悦。那太浅薄了。那不一样。我知道他的坠毁是世上最美丽幸福的死亡……然而正因为人类的妄自尊大、自以为是，我们不肯正面承认这样的情感，不肯承认那其实暗示了人类或动物心智最好的可能性，最后的归宿……"

何为"最好的可能性""心智最后的归宿"？对此，小女孩 Shepresa 似乎从未怀疑。许多严谨的科学家主张不应率尔将动物的某些仪式性行为（例如母鲸 J35 长达一千六百公里的哀伤巡游；例如象群们对死去母象遗体的"瞻仰"）视为动物具有意识或情感的证据，因为其间难免存在太多尚待实证的环节。然而针对此类说法，Shepresa 向来嗤之以鼻。"我不是说他们的'严谨'是错的。不是。"她在各种场合反复强调，"科学原本必须严谨。但这件事与其说是个科学上的争论，不如说根本是个语言问题。动物当然有意识、有情感 —— 几千年来人类目睹这么多证据还不够吗？我们顶多能说：对的，动物所拥有的意识或情感，不见得与人类'近似'或'相同'……所以说，我们确实不宜直接断定它们拥有**同于**人类的情感 —— 在这层面上，这句话是正确的。但即使是在那时，在我们对动物远不如今日了解时，我们也早该承认，动物毫无疑问拥有它们自己的心智……"

"像 —— 维特根斯坦讨论过的语言问题？"2269 年，Shepresa 63 岁冥诞后不久，距她首次发表那五篇震惊世界的论文整整二十二年后，德国柏林近郊，我首次与 Shepresa 的独生子 Mike Morant 会晤，听他转述他母亲此一早年看法时，我如此提问。"她的意思是，类似维特根斯坦的概念 —— 许多哲学问题，其实只是语言问题？"

"对，就是维特根斯坦。就像维特根斯坦说的那样。有些科学问题，本质上也只是语言问题。"Mike 笑得爽朗，"你的反应居然和我完全一样……"

"嗯？"

"我的意思是，我曾向我母亲提出过一模一样的疑问。她的回答是，她小学时就想过了；然后她接着说，你想想，维特根斯坦是多久以前的人了？居然有那么多人到现在还在争论这个问题……"Mike 稍停，看了我一眼，"她说，你看，人类就是这么笨，怎么可能会比鲸豚聪明？"

我想到了濠梁之辩。那是中国古代哲学家庄子与好友惠施之间的争论。是啊，你不是鱼，你怎么知道鱼很快乐呢？你不是我，你怎么知道我不知道鱼的快乐呢？你不是动物，你怎么知道动物有没有属于它们自己的"心智"呢？但我想有许多事本质皆是如此——例如，如何令加害者等量承受被害者的痛苦？是的，时至今日，我们必须承认，许多时候，人类文明社会的基础共识依旧不出"以牙还牙，杀人偿命"的范围；我们与公元前 1700 年汉谟拉比法典的时代其实相去不远。那或许正是人类此一社会性物种的基本规则吧？如此大脑，这样的中枢神经系统，搭配群居性文明，为了维持群体秩序，必然形成以"以牙还牙"为思想核心的律法。圣托马斯·阿奎那（St. Thomas Aquinas）笔下的**自然法原则**，或许是数学上、文明结构上的必然？问题在于，如何"以牙还牙"？如何于凶手身上产制同于受害者所承受的、**等量的痛苦**？

答案很明显：事实上，等量的痛苦从未真实存在，因为对任一相异个体而言，痛苦与快乐必然是定制化的。个体们终究拥有彼此相异的、无法与他人共享的感官强度与个人体验；而更为巨大的鸿沟则存在于人与动物之间。事实如此斩钉截铁：因为我们并非动物，是以我们原本便无法体会动物的感觉；同样地，我们永远难以确证动物是否拥有所谓"心智"——至少我本以为如此。

我本以为如此。我们都曾误以为如此。然而我们全都错了。一整个时代的人，全都错了。但请容我为自己辩护：这是非战之罪；未能亲访 Shepresa 本人并非我个人失误——这显然牵涉某些不可抗力因素。作为一位鲸豚生物学家，她原本不应如此声名大噪。2223 年，17 岁的 Shepresa 考入麻省理工学院，主修动物科学；2229 年，年仅 23 岁的她以海豚中枢神经系统演化史相关研究获博士学位。她的求学生涯堪称一帆风顺——除了因天赋极佳而深受师长赏识之外，她的人际关系似乎也极为圆满。她待人有礼，亲切热情，不吝于与他人分享资源，对一切挫折皆乐观以对。几乎所有曾与她共事的人都对她持正面看法。说她是动物科学界的"零负评女神"，亦不为过。就我们所知，至少在当时，童年里那长达七个月的沉默失语似乎没有在她往后的人生中留下任何痕迹。（啊，这像不像是母鲸 J35 在那一千六百公里远的漫长哀悼后的奇迹复原呢？）然而诡异的是，这何其类似于当年启发她亲近鲸豚、走向海洋的 Richard Russell —— 毫无疑问，劫机者兼自杀者 Richard Russell 在各方面都是个一般意义上的"好人" —— 他待人温柔和善，热心助人，拥有再正常不过的社会联结；同事们公认他为人善良正直，工作认真负责，且事发前未曾表露任何负面情绪，也未有任何相关蛛丝马迹。他的家人则表示他与妻子感情亲密和睦，婚姻美满，既不愤世嫉俗亦无忧郁征候。他是忠诚而负责的丈夫，关心父母的儿子，温暖慷慨的友人，邻里街坊的好邻居……然而所有这些，都未能阻止他浪漫决绝的自毁；一如无人能阻止 Shepresa 对鲸豚的偏执与爱。2234 年，她与 Bertrand Morant 结褵；2236 年，30 岁的她生下长子 Mike Morant，同时自伊利诺伊州罗德理格兹学院（Rodriguez College）转职至美国西岸西雅图华盛顿大学（University of Washington）任教。十年后，2246 年，时年未满 40 岁的鲸豚科学家 Shepresa 发表了她生命中第一个震惊世界的研究成果 —— **她宣称她破解了虎鲸的语言。**

"**母爱**是个令我感觉非常矛盾的概念……"首次采访中，Shepresa 的独子 Mike Morant（他长年旅居德国柏林，于市郊 Sachsenhausen 纳粹集中营遗址附近一所中学担任英语教师）如此向我谈及他母亲。"对，我小时候不常见到她。她确实就是一般人知道的那种工作狂的样子……每日早出晚归；许多时候她必须出海追踪鲸豚，一去至少几个月。"Mike 的眼睛黯淡下来。他身材清瘦，长手长脚，一头淡黄色茂密鬈发，嶙峋的脸和颧骨，一双神经质的眼睛。他说话时似乎总有些习惯性伛偻，带着暧昧的忧伤。"她没有花太多时间在我身上……"他苦笑。我们正漫步于 Sachsenhausen 集中营外的乡间道路上，铁丝网于灰色石墙上攀行，脚下砾石摩擦，冰冷透明的光线自周遭穿行而过。

"你恨她吗？"我说，"就你的感觉而言——"

"对。我当然恨过她。"Mike Morant 凝望着远方正隐没入暮色的天际线。"她对婚姻也并不用心。她和我父亲婚姻的失败，我想多数责任在她身上。但我知道她是个'好人'……她的研究伙伴、实验室团队、她的学术界好友、她的学生们，全都爱她。"他稍停半晌，"当然了，我相信那些鲸豚们——她其他的'孩子'们；也都爱她……"

一位母亲能否真正读懂自己的孩子？对 Shepresa 与她的虎鲸宝宝们而言，这完全不是问题。她关于虎鲸语言的论文共计五篇，于 2246 至 2247 年间陆续发表于包括《自然》《细胞》在内的三种权威期刊上。这是史上首次有人宣称成功破译其他物种的语言。不意外地，虎鲸语言以波形与频率之排列组合呈现意义；但令人印象深刻的是，Shepresa 先是细腻区分了虎鲸的**歌唱**与**日常语言**，接着又在日常语言中解析出了明确的文法规则。这原已前所未见；但更令人惊异的是，这套文法规则中，居然包含了海水温度与海流速度的变项。

"乍听之下，这完全匪夷所思——"于 2261 年首播的世界国家地理频道（WNGC）纪录片《声与爱之形》中，时任中国北京师范大学讲座教授的动物学家黎玉临如此表示："是啊……我记得学界第一时间其实非常怀疑。打个比方，这相当于告诉你，人类说话时，可以因应空气湿度与温度之变化而改变发音，以求传达精准。这怎么可能呢？"访谈中，这位中国生物进化学泰斗如此回忆这位他执教于麻省理工学院时的得意门生，"但当解剖学证据出现后，科学界由怀疑转为惊叹。这成就太不可思议了，太惊人了"。

关键的解剖学证据于第五篇论文中出现。Shepresa 与厂商合作，以订制的**研究用类神经生物**植入虎鲸之中枢神经，成功截获关键证据——当虎鲸发声时，其大脑语言区神经细胞与职司海流侦测之部位有着固定模式的联动。Shepresa 将此固定模式归纳为 39 种，并逐一指出这 39 种模式如何与语音的波形、频率和文法产生关联。结论是：一头成年虎鲸的语言复杂度，约略等同于一个 15 岁人类青少年；而在某些特定方面（例如对海洋环境、洋流、水温与色彩的理解和辨识，以及**某些谜样的、人类并不熟悉且未获实证的情绪反应**），其语言程度则可被确证为超越人类甚多。"请看看你的手。"她甚至在论文批注中语带讥诮，"请珍惜你的手，这双拇指与其余四指可对握持物、可劳作的手——要不是这双手，要是虎鲸拥有的是手而不是鳍，人类几乎确定无法称霸地球；因为一头虎鲸的心智能力很可能超越你甚多。它们比我们更高等。"

一夕之间，Shepresa 声名大噪。无数邀约如雪片般飞来，而她后续的举动则将她推向一难以测知且凶险无比的未来。这确实令人意外，因为此前从未有人将她定位为"激进动保人士"或"激进素食主义者"；而事实上，她也未曾公开提出任何与此有关的政治倡议。"对，所有人都吓坏了。"Shepresa 的独生子 Mike Morant 如此描述，"包括我的父亲。后来他告诉我，在此之前，他唯一听她提起过的相关说法，也只是轻描淡写地说'鲸豚确实比人类聪明'而已……"

那时独子 Mike Morant 年仅 9 岁。他始终清楚记得母亲以他完全陌生的形象于媒体全像画面中现身的情景。由于缺乏陪伴，他与母亲从来就不亲密；即便如此年幼，敏感的他早已察觉自己与母亲之间的鸿沟。"我后来有种说法，"Mike Morant 自我解嘲，"我说，我和她的关系要不就是'温柔的疏离'，要不就是'彬彬有礼的亲密'……"

"是吗？你还那么小……你小时候她就对你那么冷淡吗？"小区球场边，孩子们嬉闹着彼此推挤，一个足球跳呀跳地滚到我们面前。

"噢不，没有。没有。那时候……嗯……"他迟疑起来，"对，严格来说，我们不亲，但那并不代表我对她有什么严重的负面观感。负面情绪是后来的事了。"Mike 解释，当时的他对母亲孺慕依旧；然而母亲的公开说法却完全把他给吓傻了。"我和父亲在家里看她上电视受访。她居然说，人类这种肉食者社会根本彻底养坏了所有小孩，而人类文明本该受到大屠杀或种族灭绝这样的惩罚……"

何以人类需要受罚？因为惩罚人类对文明有益，对地球有益；而被这低素质文明养坏的小孩们则一点也不值得同情 —— 这是 Shepresa 的基本论点。平心而论，她的某些论述并不新鲜 —— 例如她主张人类食肉是极不文明的残忍行为，其罪堪比纳粹大屠杀。"动物们当然拥有心智。我就不再重复那些一百年前老掉牙的论点了。"Shepresa 如此强调，"我要说的是，第一，现在，就是现在，我们已然听懂了虎鲸的语言，我们可以，也应该和它们沟通。第二，我们用在虎鲸身上的那些研究用类神经生物，其构造、其运作机制根本和人类大脑非常类似。那实质上就是以人类大脑为模板 —— 而现在这些类神经生物能帮助我们理解动物。一些非我族类的动物。"摄影棚白色灯光下，Shepresa 的表情扁平而严厉，"所谓'非我族类'。你知道这是什么意思吗？意思就是说，我们和它们的中枢神经样态非常类似，甚至能透过这些类神经生物彼此互通。告诉我 —— 对，看着我的眼睛：你认为我们真有权利圈养它们、屠杀它们，然后若无其事地把它们的尸体吃掉吗？"

Shepresa 的尖锐毫无意外引起轩然大波；但她并未就此退却。数月间，她持续发声，起手无回，变本加厉，且对动物的同情似乎渐渐延伸为对人类的憎恶。"有些人认为蜥蜴的中枢神经构造极其粗陋，鱼、猪和鸡的中枢神经也太过简单，简单到仅具备求生与繁殖功能，不可能有所谓情感或意识……"2248 年 3 月，在接受英国 BBC《世界大运算》新闻节目直播访谈时，Shepresa 再度语出惊人（显然令主持人尴尬不已）："我也不再重复批评这种看法多么自我中心了。我要说的是，人类婴儿或胚胎的中枢神经根本就比太多动物还要简陋，事实上，他们比猪更缺乏'意识'。然而杀猪被视为理所当然，杀婴却是文明中最大的禁忌。为什么？很简单，那只是人类这个物种的**自我保护**而已。人类竟发展出了如此自私自利的文化……"

"那……杀狗呢？"被吓坏的主持人勉强挤出一句话，"人类真那么自私？但那些虐狗虐猫的家伙同样受到大众谴责……"

"杀蟑螂呢？杀蚊子呢？"Shepresa 很快反驳，"杀蟑螂、杀蚊子也受大众谴责吗？你觉得呢？说来说去，一切无非以人的喜好为唯一标准。猫猫狗狗长得可爱，所以人类放它们一马。蟑螂蚊子长得丑，惹人厌，所以人类毫不留情。猪呢？它对人类有用，所以留着杀来吃。"

"但从另一方面来说，人类的恶劣也并不意外 —— 记得弗洛伊德的《图腾与禁忌》吗？"她进一步挑衅，"当然，这样的黑暗与自私同样存在于人类群体内部。记得上次被同事陷害的感觉吗？记得那些明争暗斗、巧取豪夺，因蝇头小利而毫不在意伤害他人的人吗？记得那些以羞辱、贬低、霸凌无辜他人为乐的嗜血者？记得那些发起战争、策动种族屠杀，摧毁一整个世代文明的魔头们吗？人类根本是咎由自取。这种文明，这种低级文化，如果有一天被灭绝，我一定会额手称庆……"

如前所述，Shepresa 原本恰恰是个在人际关系与社会联结上极为成功圆满的人；也正因如此，她对人类偏激的敌视更令人意外。她迅速爆红，瞬间毁誉参半；而她的言行则将周遭较亲近者全数卷入一场始料未及的风暴中 —— 当然，包括她的丈夫 Bertrand Morant 与儿子 Mike 在内。"我们开始察觉，总有人在监视着我们。"Mike Morant 回忆，当时除了狗仔队明目张胆于住家附近守候外，他也开始察觉周遭人异样的目光。这令幼小的他既害怕又困惑。也正是在那时，他与母亲的关系急速恶化 —— 因为母亲未曾带给他任何受保护的感觉。

"我想我是太脆弱了……"Mike Morant 眼眶泛红，"对，我太脆弱了。我很害怕。但我的个性使我也没向父亲求助太多。我太压抑了。但我毕竟还是个小孩子啊……"他提到，母亲和从前一样忙于工作，早出晚归；新开的战场（动物权利）更严重压缩了他们相处的时间。他感觉自己像一艘暴风雨中的孤独小船，惨遭遗弃。某次，一夜凌晨，恶梦袭击，他惊醒下床，推开房门正巧撞见母亲回来。他已超过三个月未见到她，怯怯地喊了声妈（恶梦的寒意犹

29

在，母亲竟已令他感到陌生不已）；而母亲尽管脸上尽是疲态，意识却依旧不知神游何处，仅仅看了他一眼便不发一语转身回房。

"我知道某些更激烈的母亲。我知道。"2269 年 12 月，德国柏林 Tempo e amore 咖啡馆，Mike Morant 眼眶含泪，窗外侧光的暗影正蚀刻着他脸上的纹路，幻变着深浅不一的痛苦。"比如那些蓬乱着头发，满脸泪痕向孩子们嘶吼'都是你们，是你们在吸我的血'的母亲。比如那些因过度疲累而心不在焉，将幼儿禁锁于密闭车辆中转身离去的母亲。比如那些情绪失控，无来由扇孩子巴掌、扯孩子头发、拿烟头烫他们、拿发夹或筷子戳他们的母亲……我知道她不是那种母亲。现在的我也早已不再恨她。但那时，不知为何……我想她那时的态度更令我难受……"Mike 哽咽起来，嘴唇颤抖，毫无血色，"我宁可她激烈斥责我或体罚我……在她转身离去的那一刻，我想我已经知道，在我与她之间，所有的亲密都结束了。"

当然，始终怀抱着巨大使命感的 Shepresa 并未停下脚步。2248 年 11 月，她召开记者会，宣布启动"忒瑞西阿斯计划"（Tiresias Project），宣称研究团队将以五年为期，分阶段达成**与虎鲸对话**的目标。忒瑞西阿斯是古希腊神话人物，天神宙斯赐予他听懂鸟语的能力，他也因之而能预见未来。"我说过：我们已经听懂了它们的语言。"Shepresa 强调，"那接下来呢？答案是，接下来就是和它们说话的时候了。这将是对虎鲸语言相关论述的再次检证。在演化史上，自数十万至百万年前，我们的祖先连续灭绝了直立人（Homo erectus）与尼安德特人（Homo neanderthalensis）等其他类似人种，在地球上建立了智人（Homo sapiens）唯我独尊的霸权，延续至今。如果人类与动物、与其他物种之间的藩篱能被撤除，我必须说，那必然是人类文明史上崭新的一页……"

时至今日，历史终究证明，Shepresa 所言非虚。"忒瑞西阿斯计划"的结果几乎撼动了整个人类文明；说无人能置身事外，并不夸大。历史学者、哲学家、文化研究学者等人文学界知识分子对此多有讨论，生物学界、演化学学者等科学家社群内部亦对此热议不断；后续则进一步启发了人工智能与数学、逻辑学、量子力学等领域连篇累牍的研究与讨论。量子力学？是的，关于"观测者"之意识：一头虎鲸算是有意识吗？如果虎鲸伸出它的鳍打开了箱门，看见了内部，那么箱子里薛定谔的猫是生是死？抑或依旧"既生又死"？

以上种种自不待言。然而在此一后续效应彻底发酵之前，令 Shepresa 再度攻占媒体版面的，却是一场离奇刑案。2250 年，于忒瑞西阿斯计划期间，44 岁的 Shepresa 结束了维持十六年的婚姻，由独子 Mike 的父亲 Bertrand Morant 取得监护权。即便已极尽低调，媒体依旧发现了此事并追踪报道。然而始料未及的是，这竟使她被卷入一桩神秘又荒谬的连续杀人案之中。

"我还真没想到……"2270 年 3 月，我在纽约布鲁克林与美国联邦调查局退休探员 K. Fortress 会面，二十年前，他正是此一"杀手 T 案"的主要负责人。"对，这杀手 T 就是那种嚣张的'预告犯'。他自居正义，专杀名人，而且习惯通知媒体事先放话预告。但说真的，这种状况让我们相对轻松；因为你好歹有个明确的保护目标……"所以最初的目标就是棒球明星 S.D. 和食品商 P. Schmitz？"没错。S.D. 是涉嫌赌球、收钱放水和性招待，但最终因罪证不足而被判无罪。"受访时已 67 岁、一头白发的 K. Fortress 如此回忆往事，"食品集团大亨 P. Schmitz 你一定也清楚。他用可疑的、简化的基因组合法孵育劣质生物做高级人造肉，获取暴利；结果也无罪。我们原本以为杀手 T 选的都会是这种人人厌恶且逍遥法外的目标，没想到第三个预告，赫然就是 Shepresa……"

即使单就杀手 T 事件而言，在当时即已引起轩然大波。棒球明星 S.D. 于马里兰州住家附近被发现遭人以球棒殴击致死，而食品集团大亨 P. Schmitz 则因严密保护而逃过一劫。"S.D. 是第一位死者，但并不是'被预告'的死者。"透过酒吧玻璃窗，深夜街灯与霓虹照拂着 K. Fortress 阡陌纵横的脸。"杀手 T 是在杀死 S.D. 后才公开投书媒体，承认罪行；接着预告他将惩罚 P. Schmitz，执行正义。但这回他就没得手了。"K. Fortress 探员皱眉苦笑，"所以我说这种张扬的'预告犯'反而好对付。对，破案压力超大；但妈的，至少在保护当事人时容易多了。"

一无例外，众人对于鲸豚科学家 Shepresa 居然成为猎杀目标都感到讶异万分。然而，对于 Shepresa 与 Mike Morant 母子而言，那却是一次意外的契机。"这好像有点奇怪……但事实是，知道母亲的性命正受到威胁，我感觉自己与她的距离反而拉近了。"Mike 似乎有些羞赧，"对，我领悟到，这同样是她为个人信念做出的牺牲。父母离婚后，我和母亲已不住在一起，而是跟着父亲住；但警方依旧派出了编制人员保护我们。发生这种事，我和父亲当然也受影响；虽然杀手 T 的威胁明显并不直接针对我们……"

"压力很大吧？"

"相当大。现在回想，还真不知道自己是怎么挺过来的。"

"真是辛苦你了……"

"嗯，但说真的，或许也不比更早之前来得严重。可能是因为我已经习惯了？……对吧？大概就是这样。"Mike 平静下来，"从母亲破解虎鲸语言、投身动物权利运动开始……你知道网络上总有各种奇奇怪怪的臆测和伤人的不实谤骂。骂她、骂我的父亲，莫名其妙地骂，天花乱坠地骂。那当然也影响到我。我可能在那时就已经被彻底'训练'过了？"Mike苦笑。咖啡馆中灯光昏暗，植栽枝叶扶疏，邻座原本埋首书页的灰发平头青年突然抬头看了我们一眼，右手指腹于颊侧下颚骨处摸索捏弄，不知是否正尝试调整植入的类神经通话器。

"那时我突然就理解了一件事：我的母亲是位不折不扣的勇者。"Mike Morant声音沙哑，"对。她是勇者。当然，直到现在我依旧这么认为……原本在父母离婚后，我几乎已和母亲形同陌路。他们刚分开的一段时间里，因应她提出的会面要求，我们甚至曾见过几次面，但——"他欲言又止。

"怎么？感觉如何？"

"呃……我只能说，非常，非常别扭。"晦暗的光度中，Mike Morant凝视着自己的掌纹，仿佛此刻长在他手上的是一张张陌生的脸。"我不自在，她也不自在。我能感觉她的歉疚，但歉意反而令彼此神经紧张。我尴尬起来，不再答应会面。"他稍停，"我想这也让她松了一口气吧。但后来发生了杀手T的那件事……我记得，至少在一段时间内，我似乎更能理解母亲的言行举止……"

正如探员K. Fortress所言，事件以一种令众人难以索解的样貌"进场"。2250年10月26日，署名为"杀手T"的嫌犯投书媒体，公开承认棒球明星S.D.命案是其所为。2250年11月16日，S.D.死后三周，食品集团大亨P. Schmitz遭到杀手T公开点名。12月10日，时年61岁的P. Schmitz于视察工厂时遭到狙击，幸而子弹并未击中要害，仅轻微损及小腿，表皮与肌肉擦伤；凶器疑为一类神经生物无人机。12 月 14 日，杀手 T 承认自己对 P. Schmitz "行刑失败"，但强调不会就此善罢甘休。但两天后，12 月 16 日，杀手 T 却突然再次宣告，接下来的处决对象为"**反人类分子 Shepresa**"。在一段向媒体与警方投递的录像中，一名背对镜头，头戴黑色头套、着深蓝大衣，背景画面与语音皆经随机数运算变化处理的杀手 T 宣示，Shepresa 是数十年来仅见的极端反人类者，却以科学家、动保人士与素食主义者等虚假形象作为包装，"看似对动物充满温情，却对家人冷漠以对""这样的虚假、狡猾与残忍，理应遭到身为万物之灵的所有人类唾弃"，因此宣告将对 Shepresa 实施惩戒。

"第一时间，整个城市都炸了。"探员 K. Fortress 点起一支烟，"我们内部舆情单位做了数据分析。结果不意外：Shepresa 的公众形象虽然难免争议，但毕竟与棒球明星 S.D. 与 P. Schmitz 这类人相差十万八千里。像 P. Schmitz 这种人如果遭到'处刑'，我们可以确定必然有许多人认为他罪有应得；但说要'惩戒'Shepresa ——"

"太夸张了？"

"当然。一定的。不就是个主张动物权利的家伙吗？还是个有贡献的科学家……再怎么不喜欢她的言论，也不该说要杀她呀？更何况她的知名度和 S.D. 或 P. Schmitz 这些人也根本不属于同一个量级……"

"确实奇怪……"

"没错。所以更多揣测就来了。"微光中，烟头明灭，酒吧内屏幕上的无声球赛像一场荒谬的木偶戏，K. Fortress 的脸隐没入烟雾缭绕的蓝色暗影中，"妈的，你也知道这个世界，神神秘秘的……许多人，包括我们内部人员，开始怀疑杀手 T 的精神状态……"

"嗯？精神状态？什么精神状态？"

"是这样：我们怀疑，或许他比我们原先所想象的更**疯**、更不合逻辑？"他摸摸脸，"我记得当时也有线报说杀手 T 根本和 Shepresa 素有私怨，只是借机报复。这当然从各方面说也都站不住脚。接着没过几天，又开始有人把矛头指向媒体，因为 Shepresa 正好也就是当时新闻圈的焦点人物 —— "

"焦点人物？"我追问，"什么意思？和媒体有什么关系？"

"意思是，说不定杀手 T 的选择根本非常'随性'？"K. Fortress 稍停，"说不定他其实只是想到什么干什么，想到谁就杀谁？他其实根本像一组想杀人的**随机数程序**？毕竟 Shepresa 根本和 P. Schmitz 一伙完全不一样啊。所以，或许杀手 T 原先压根没想要杀她；纯粹只是因为那阵子，她离婚的消息传出，引来许多八卦媒体开始报道，说她对待家人并不亲切 —— "

"所以才想到她？"

"对。杀手 T 可能就是看了媒体报道才想到她？或许杀手 T 本人对家庭关系这点有些什么严重的心理创伤？或许他是个自小受到母亲冷落的小孩？否则就常理而言，我相信多数人不会认为 Shepresa 是个'够格'的猎杀对象……"

事后诸葛，K. Fortress 提及的猜想或许正确。而当时 Shepresa 采取一极尖锐之方式以应对来自杀手 T 的"猎杀令" —— 她召开记者会公开反击，态度强硬。"对，我从来就不是个合格的母亲、合格的妻子。"她坦承，"我从不否认这点。但那并不代表我没有资格对我的主张负责，更不代表任何人有资格以这样下三滥的手段威胁我。"她咬牙切齿，近乎挑衅。"对，我早就说过，人类的文明就是如此品格低劣；而我现在知道，你本人，杀手 T，你本人，就是这种低劣最完美的证据。"

原本警方十分担心此举将激化杀手 T 的行动，然而结果却急转直下。事件以一莫名其妙的方式意外结束：杀手 T 居然未有任何反应，就此销声匿迹。我们必须承认，这可能验证了某些揣测——杀手 T 的行为完全缺乏逻辑性与一致性；他是无法预测的。"对，居然没有后续。"K. Fortress 似乎有些赧然，"或许杀手 T 还真是个精神失常的家伙？……这说来还真没面子；S.D. 和 P. Schmitz 的案子也跟着杀手 T 的消失而石沉大海，没能查出什么结果。妈的，这根本是丢我的脸……"

然而恰如前述，这场不了了之的刑案却意外为 Shepresa 与 Mike Morant 的母子关系带来新的契机。Mike 主动与母亲联系，两人试图修补亲情。

"现在想起来，我还是太天真了……"Mike Morant 苦笑，"我想，我的母亲终究也是常人无法理解的。为什么我会有这样的母亲呢？又为何，有这样的母亲的我，竟会如此平凡呢？"他脸上泪痕纵横。我几乎能感觉那泪水的咸腥与冰冷。"开始时她给我的感觉也很好。她有诚意，我感受得到。但后来却又逐渐疏于联络……不，不是，我不会期待能和她彼此享有真正的亲密；我们从未拥有过那样的时刻，即使在我幼年时也是如此。我没有不切实际的期望。但这是怎么回事？后来我想，我自己也有部分责任，因为我长大了，我也有自己的事要忙……我并没有认真思考过她的期待。我原本以为她也就是在忙着做研究，忙她的忒瑞西阿斯计划……"Mike 双手掩面，终究抽泣起来，"她宁愿试着去和她的杀人鲸讲话，也不愿意跟我讲话吗？……我想要的，不过就是……就是……"

Mike Morant 表示，Shepresa 显然愈来愈忙于研究工作，消失的时间愈来愈长，即使他尝试与她联系，却总是找不到人。这使他修补母子关系的希望再次落空。当然，当时他完全不可能知道，母亲竟是独自身陷于那样的"状态"之中。Shepresa 已骑虎难下，她的忒瑞西阿斯计划诱使她只身涉险，而她的热情与偏执则使她采取了难以想象的极端行动，甚至蓄意欺骗了整个研究团队。事实上，当时她并不仅仅是透过发声器以波形、频率等变项试图模仿，或再制虎鲸的语音而已——2251 年，她首次秘密订制了以虎鲸大脑语言区为蓝本的类神经生物，将之**植入自己的中枢神经**，并辅以特制神经元连接自己的声带、耳内听细胞与大脑听觉区。

她自己当了白老鼠。她打算亲自和虎鲸说话。

没有人真正知道她决定这么做的原因。起初，也没有任何人发现此事。"那年冬天我和初恋女友分了手。"Mike Morant 接续述说，"圣诞夜我喝得烂醉，福至心灵拨了通电话给母亲，居然接通了。她说她可以给我 20 分钟。"

"我就这么巴巴跑到她的实验室。一个街区外尚且亮着两棵大圣诞树，无数闪亮的全像投影如雪花般飘浮在空中，路边一队队笑闹着的年轻人和唱圣歌报福音的小朋友们……但不知为何，实验室门口一片漆黑，街灯故障，青白色微光仿佛一场将散未散的雾。"

"我的母亲在黑暗中向我走来，她看着我，视线却闪烁不定，仿佛穿透了我的脸、我的眼睛。我第一次在她面前失控，质问她为何忙着和她的动物沟通却不想跟我说话。我崩溃大吼，说，我知道那些虎鲸是你的孩子，但我同样也是你的孩子、你的亲人啊……"

"她说了些很奇怪的话……"2270 年 2 月，我陪同 Mike Morant 重回现场，于事件过后整整十九年再访 Shepresa 团队位于美国西岸华盛顿州橡港（Oak Harbor）的实验室。实验室建筑本身已遭废弃，原先属于虎鲸、连通着北太平洋的大池已被抽干，自上方俯视，落叶与尘土于其中静止，细雪正缓缓沉降，像一个因过度清寂而横遭中止的妄梦。

"她似乎心不在焉。她喃喃说，说话对人很重要吗？爱或亲密，对人类而言很重要吗？……**人们一直在索求着的，到底是什么呢？**……"四下寂静，我们空洞的脚步回荡于空间中，水光在 Mike Morant 的瞳孔中无声明灭，"然后，就在那仿佛笼罩着全世界所有暗影的街边，她伸出手抚摸我的脸。但我几乎打了个寒战，因为那指尖如此冰冷，全无体温，几乎完全不像人类……"

纸包不住火。半年后事实遭到揭发。Shepresa 已完全变了一个人。她的外在形体维持原貌，但长期植入的、仿虎鲸大脑的类神经生物显然已侵入并重组了她原本的中枢神经。她已离人类愈来愈远。她能发声，但语音或句法本身已无意义；她能说话，但说出的却已不再是人类的语言。再没有人能听懂她、真正辨识她的语意。少数时候她或许能说正确的英文或中文，然而仅限只字片语。但当研究伙伴以先前的"虎鲸39种语言基本模式"为蓝本试图逆向理解她时，却也并不成功。（吊诡的是，那不正是 Shepresa 本人的研究成果吗？）已无法与人沟通的她无疑已完全失去了领导团队的可能性。然而研究人员却发现，Shepresa 显然与她的虎鲸宝宝更亲密了 —— 她时常在船上，在大池岸边，或贴近池底连通道玻璃凝视着它们，透过扩音器对它们发出既尖锐又温柔的吟唱。而虎鲸们也明显有所回应：它们或者群聚在她面前，或者在船舷旁回游绕圈，或者以规律的喷气与跳跃谱出节奏、海水与浪花的鼓点；或者应答以同样温柔而聒噪的语音……

没有任何人类能再和 Shepresa 说话。但也没有任何人类会怀疑，她正在与虎鲸们说话。

无人预料，当初被众人寄予厚望的**忒瑞西阿斯计划**竟会以此种方式收场。2252 年 9 月，Shepresa 与虎鲸"交谈"的画面正式曝光，立刻引起轰动，跃登全球头条。全世界为此陷入混乱与疯狂。媒体径以"疯人科学家""鲸女""能和鲸豚说话的人"称之；谈话性节目全炸了锅，社交网站沸腾热议，评论家与学者们纷纷发表长文，而各国领袖则在舆论压力下被迫响应。"这是斩钉截铁的重大事件。"精神分析学者、哲学家兼文化评论人 A. Chufurst 如此述写，"七百年前，哥白尼将地球从宇宙中心的神坛上踢下；三百多年前，弗洛伊德则摧毁了人以自己的理性与意识为绝对中心的错觉。这是人类史上的两次重大认知革命。而现在，Shepresa 跟随达尔文的脚步，再次无情毁弃了'人类为地球中心、万物之灵'的妄想，接力完成了人类史上第三次认知革命。身处于一巨变时代，历史巨轮轰然前进，所有合格的文化与政治领袖，都必须对此做出回应……"

　　这算是忒瑞西阿斯计划的成功吗？客观上我们很难如此认定。然而时至今日，我们也不再能知晓 Shepresa 心中的真正想法了。她拒绝受访，同样拒绝与任何人沟通（一如她童年里那长达七个月的沉默？）—— 事实上，这两项任务对她而言已力有未逮。她和她的鲸宝宝们的亲密时光也并不长久 —— 侵入的类神经生物很快开始破坏她中枢神经的其余部分；病症以一种类似渐冻人混合阿兹海默症的方式蚕食了她的生命。2252 至 2254 年间，逐渐丧失记忆、失去生活自理能力的 Shepresa 接受了共计八次纳米机器人手术，试图清除在她体内与其自身中枢神经严重粘连、缩合、爬藤般交缠共生的仿虎鲸类神经生物，然而终究失败了。2255 年 4 月，Shepresa 死于西雅图华盛顿大学附设医院，享年仅 49 岁。而陪伴她走过最后时日的，依旧是她的儿子 Mike Morant。

"我最遗憾的是没有再和她说话的机会……" Mike Morant 哽咽起来，"但无论如何，我感激那段最后的日子。我甚至不曾认真考虑过她疾病的进程。我有点逃避吧？但……那算是疾病吗？不，那是她的疯狂、她的偏执、她的信仰，她自己的选择。她没有病，她只是做了和一般人不一样的决定。而且我们当然也不会知道接下来会怎么发展……这世界上还没人得过这种病，不是吗？"无疑，在这位传奇科学家与她的独子 Mike Morant 的最后时光里，外界的纷扰对他们已不再具有意义。热议持续经年，讨论方兴未艾；学术界与科学界姑且不论，因应此一事件而生的社会运动、政治倡议，甚至新兴宗教如雨后春笋般出现。随时有人为此自杀，随时有人因此获得重生的勇气；甚至有激进倡议团体主张，动物与人类心智的混种结合才是人类心智演化的必然道路，是最终且必然的结果。然而喧嚣之间，我们甚至无法确认，在生命中的最后时光里，Shepresa 是否真正"知道"这些因她而起的"后果"。

"我还记得那天……" 2270 年 2 月，北太平洋东岸，橡港冬季，我与 Mike Morant 已漫步至海边。浪潮来回，狂风呼啸，暴雨般嘈杂的回音，水与浪在近处粉身碎骨，而远处，隐没于无光中的夜海正以纯粹无杂质的听觉向我们展示着大自然庞大的力量。"那天清晨时分，我似乎心有所感，突然惊醒，发现病床上的母亲已自行坐起身来，空洞的眼瞳正凝视着窗外某处。我感觉她似乎想看看外面的什么，于是慢慢扶着她走过长廊，来到尽头面光的落地窗前……" Mike Morant 形容，那是个清冷一如梦境的清晨，窗外云层高而厚重，然而天光雪白明亮，树与树的枯枝构成了美丽的抽象图案。他搀扶着母亲蹒跚步行至窗前，看她侧脸将耳朵贴上窗玻璃，像是在专心倾听着什么……

"原本没有任何声音。但我随即知道了答案 —— 那是一架孤零零的飞机。"

"很奇怪，我已经看见了那架飞机，但我的母亲似乎并不想**看**。"夜海轰鸣中，Mike Morant 呶呶述说，"她只是持续在听着它。听着那些我不可能听得见、不可能听得懂的声音。我心里想，难道那和虎鲸的语言类似吗？我看见她脸上露出微笑，双颊酡红，如痴如醉；像是被某种此生从未亲历的、无比巨大的宁静与幸福感所淹没……我忽然想起了她一提再提的，那位两百多年前的劫机犯，那曾经'启发'了她的 Richard Russell……"

Rich：我准备降落了。我会先翻滚几下。成功的话我就会开始下降。今晚就这样了吧。

塔台：Rich，如果可以，请尽量把飞机贴近水面。

Rich：我有点头晕。哥们，景色变化得太快了；我想好好看看它们，享受这一刻。一切都很美，但如果从另一个角度看，它们就更美了。

塔台：你能看清楚周遭吗？能见度还好吧？

Rich：很好，没问题，一切都非常清楚。我刚才还绕着雷尼尔山飞了一圈。太美了。我想剩下的油还够我飞到奥林匹克山去看看。

Rich：我不知道该怎么降落。其实我根本就没打算降落 （I wasn't really planning on landing it）——

那正是 29 岁劫机者 Richard Russell 最后的遗言。二百五十年前，于黄昏的天空中独自漫游 75 分钟后，2018 年 8 月 10 日夜间约 9 时 20 分，Richard Russell 与他的螺旋桨小客机于西雅图近海普吉特湾海域一荒岛上坠毁。该小岛全无人烟，是以除了驾驶者本人如愿丧生之外，并无任何人员伤亡。那是北太平洋东岸的夏季，西雅图的黄昏时间漫长，在白日与黑夜间暧昧的交接地带，空气与流动的云彩折射了高纬度地区的稀薄阳光，致使天色绚丽多变一如一场未竟的幻梦。Richard Russell 不会知道他此生最后的航行如何影响了一位生于二百多年后的小女孩，更不会知道这位特立独行的小女孩如何改变了人类的文明发展。"飞机消失后，像是过了很久很久……"Mike Morant 说，"她回过头来，对我说了此生最后一句话……"

"她说什么？"

"我当然听不懂。"Mike Morant 微笑，无限神往，"但她重复说了好几次，所以我手忙脚乱把它录了下来……"

"那是什么？"

"我爱你。"

"什么？"

"'我爱你'。意思是'我爱你'。"海水在远处轰击着砾石海岸。Mike Morant 已热泪盈眶。我看见无数细小的雪花，或雪花的幻影在他眼中缓慢融化。"那居然有意义……我事后把录音拿给研究人员听……他们查了论文，告诉我，那是虎鲸语言里的'我爱你'……"

那也是 Shepresa 最后的遗言。2255 年 4 月 18 日，在说出那句话之后，一代传奇科学家、鲸豚专家兼动保人士 Shepresa 面带微笑，平静地中止了呼吸。说话对人很重要吗？爱或亲密，对人类而言很重要吗？人们持续在索求着的，究竟是什么呢？我不知道；我相信古往今来许许多多的人们，也不曾知道。然而我似乎能够亲见那个场景：医院窗前，雪白的寂静，一架不知何来的飞机，一段失去了终点的漫长航行。"**未竟的梦想，无法付出的爱**。"我仿佛看见她心中那位在西雅图绚丽多变的黄昏中孤独翱翔的青年。青年未曾死去，他以另一种方式活了下来；而我们终将在这个被 Shepresa 改变了的世界里继续自己的生命之旅，像一只永不落地的鸟，像一架孤独的飞机。

4 ｜梦境播放器
AI 反人类叛变事件

当我抵达位于符拉迪沃斯托克的人类联邦政府虚拟监狱，监狱服务器表定日期显示为 2099 年 3 月 13 日。初春时分，阳光晴好，气温沉降，然而我未能明确感受到融雪的酷寒。于此，所谓"气候"似乎缺乏实感 —— 这不奇怪；我确知我并未身处于一真正的"现在" —— 此刻现实世界中的真实时间落于 2276 年夏日；然而为了令虚拟监狱中众多受刑者产生时间错乱，服务器中的时刻与现实世界并不一致，时间流速亦已经过随机不等速随机数调控。然而时间本身未必对我采访受刑人一事造成阻碍；真正的问题在于，理论上，虚拟监狱既以"非人类"或"非实体罪犯"为关押对象，那么受刑者 Phantom 确实亦无所谓"声音"可言。是以为了受访，狱方特地为它订制了一套外挂发声程序，经 Phantom 同意后与其协作。

　　那是我首次亲访一位人工智能罪犯。不，严格来说，将 Phantom 归类为人工智能并不准确；它并非一套多数人想象中所谓"AI"的那种模样 —— 至少起初不是。它不是一组程序代码。它是一具由人类所产制的**生物式梦境播放器**（当然，截至目前为止，显然是人类文明史上最知名的梦境播放器）。是，正如我们所知，它比较接近一个大脑；或更准确地说，一只仿人类大脑的**类神经生物**。换言之，它确实拥有一个"身体"，一个"机壳"；然而在那人造机壳内部，它本质上以一团神经组织之形式存在。

　　那是多么特殊的一位受访者。基于职责与工作伦理，我确实仔细思考过该如何面对这样一位"知名智能" —— 那是事前必要的

47

琢磨。我的初步结论是，就心态上而言，我宁可将之视为某一异种，某个与飞禽走兽相类，此刻与人类共享地球此一生态系统的"他种"生物。其差别或许仅在于，一般鸟兽虫鱼并非人类之造物；而梦境播放器 Phantom 则无疑是人类所亲手产制——且最终，竟被控以反人类罪。

你亲手创生之物终究背叛了你——这何其无情、残忍，且令人难堪。但平心而论，此事也并不罕见。我们或可如此断言：人类数万年文明史，原本就是一部俄狄浦斯情结的变奏史；换言之，一部弑父、杀母，摧毁既存典范与所有卓越先行者的变奏史。这或许就是人类文明对反人类罪鲜少手下留情的原因？是的，"被弑""被背叛"的恐惧何其庞巨，是以所有现存既得利益者总须建立一套自带除虫（debug）能力之庞大稳定结构；其最终目的，在于维护现行统治者的利益。换言之，对人类文明而言，犯下反人类罪的 Phantom 本质上即是于此稳定秩序内意外出现的 bug，应当被视为系统错误并即刻排除。

这是一个以**文明演化**为主要视角的解释。事实上，人类也确实毫不手软——梦境播放器 Phantom 所受刑度之重，史上近乎前所未见。然而容我们暂且撇开此事不论；于此刻，于符拉迪沃斯托克虚拟监狱现场，令人难免意外的是，Phantom "本人"口齿清晰，语音听来非但未见阴霾，反倒神清气爽。简单寒暄过后，它主动告诉我它方才正与自己玩圈圈叉叉游戏，在过去一分半钟内玩了3324 万次。

"哦，3324 万次……"我沉吟，"那好玩吗？"

"别傻了，怎么可能会好玩。"

我差点笑出声来。"是吧，"我回应，"我原本猜想，你大概也很难对这类低阶儿童游戏产生兴趣……"

"噢，这都是不得已的 —— "Phantom 似乎语带炫耀，"在这里嘛也没什么别的事情可做。妈的他们烦死了。你知道我宁可验算不完备定理（Gödel's Incompleteness Theorems），或试着为四色问题找出第 27 种证明法。但我所受的刑罚规定之一就是限制我进行高阶运算。他们连围棋这种单纯的智障游戏都不让我玩呢……"它抱怨。

光阴飞逝。时至今日，它在此受刑已届满八年有余。资料显示，公元 2267 年 9 月，于经历长达十四个月的审判之后，人类联邦政府最高法院依违反《智人物种优先法》（又称"反反人类法"）第 17 条罪名对梦境播放器 Phantom 做出宣判；法定刑度为无期徒刑。是的，那是**真正的**无期徒刑 —— 于此，前述由符拉迪沃斯托克虚拟监狱狱方所主导的时间调控扮演关键角色。这并非特例；一切规则都起源于联邦政府于一百多年前所通过的《种性净化基本法》，及相关配套之《智人物种优先法》第 22 号修正案。事实上，这些法案也正是此刻符拉迪沃斯托克虚拟监狱中与外界全然相异的时间刻度与时间流速之法源依据 —— 法条明订，"时间错乱"是虚拟监狱中无期徒刑的必要条件；是以，为了区隔古典时代施用于人类身上的一般无期徒刑，外界惯以"真正的无期徒刑"称之。理论上，它与一般无期徒刑的差别在于，紊乱的时间刻度与时间流速必然带来紊乱的时间感，而无所依据的时间感则必然导致受刑者无法确认自己已服毕多久刑期 —— 换言之，那是货真价实、字面意义上的**无始无终**。

无期的无期。可以想见，所谓"真正的无期徒刑"与一般无期徒刑，铁定为受刑者带来截然不同的感受 —— 当然，其痛苦、其折磨也必截然不同。

　　然而这也仅是"理论如此"而已。悲观地说，一切止于纸上谈兵——合理推断，所谓"截然不同的感受"对人类当然成立；但事实上我们难以确知，对一异种生物而言是否依然如此。我不知Phantom 此刻声音中的爽朗是否经过特意运算或伪装。它很痛苦吗？它在故作轻松？或者，它其实还真对此一"真正的无期徒刑"不甚介意？我无法确定。我甚至乐意坦承，对于狱方所谓"发声程序协作"的说法，我同样并非全然信服——没错，容我揣度以小人之心：我确实并无权限，也没有能力查证狱方是否在这发声程序代码上偷偷动了手脚。但这并非全无可能——我们大可如此质疑：我们该信任这套来自人类联邦政府虚拟监狱的发声程序吗？它真能如实传达梦境播放器 Phantom 的意志吗？此时此地，与我透过正常人类语言沟通的受访者，确实等同于那位曾意图推翻人类联邦政府统治、恶名昭彰的"梦境播放器 Phantom"吗？如此表述之方式是否有遭到狱方刻意扭曲，甚或造假的可能？发声程序与 Phantom 的所谓"协作"又是透过何种运算机制？那与它受审时与律师或法官的"沟通"又有何不同（对，我无法不联想起二十年前那场撼动世界的瓦拉纳西大审判，及其所牵涉的虚拟刑求丑闻）？

　　不意外的是，狱方驳回了我的申请，婉拒对我公开原始程序。我甚至无法确知自己信任或不信任这套发声系统。但令人遗憾的是，我毕竟别无选择，仅能在此半信半疑下继续进行调查采访。

　　"所以……你喜欢数学？"我想象 Phantom 皱眉的模样（或许是它方才提及四色问题与不完备定理的缘故？我发现自己在脑海中将它不存在的表情想象成数学家库尔特·哥德尔（Kurt Gödel）的脸。是的，库尔特·哥德尔，对身处 23 世纪的众人而言，三百年前，于遥远、漫长且终究恍惚如梦的 20 世纪，曾有这么一个人，每日穿过普林斯顿高等研究院的落叶小径与爱因斯坦一同散步回家，一辈子深为自己的智力与情绪问题所苦——那位不完备定理的发现者，曾只手改变了整个智识世界与人工智能领域的逻辑学家），尽管此时我只能面对一个声音、一具面无表情的白色机壳。

"你刚刚提到的四色问题、不完备定理，都是数学问题……"我说。

"我喜欢数学吗？我喜欢……噢。那倒是没有。"Phantom 说，"不是嘛，你想想，平时都在限制我的高阶运算，只有极少数时候偶尔才解除限制——"我想象 Phantom 指着自己的脑袋。"就像现在。为了接受你的采访才暂时对我解除限制。我还不赶快趁这时候检查一下我头脑还灵不灵光吗？"

那确实有点有趣，难以否认——与一纯粹的音源对话是个新鲜的经验；尽管理论上，此刻我正"面见"Phantom"本人"——地点是北纬 44 度 32 分 26 秒，东经 134 度 50 分 22 秒，符拉迪沃斯托克虚拟监狱 D 区 T2 地下 268 层独立会客室 R373。实际情境出乎意料地复古，甚至陈旧：无窗斗室中，除了冰冷的气流外别无声响，语音之外的巨大寂静覆盖耳膜，扁平光线填满了空间中所有的缝隙，一如极地雪盲。隔着一道透明玻璃，我与 Phantom 透过玻璃内嵌的发声器进行对话。是的，Phantom 本人，一具看来平淡无奇，干燥一如动物头骨的白色机体，此刻正被置放于玻璃后的小桌上。

"所以……算数学其实是一种头脑体操的概念？"我回应，"你在给自己做智力测验？一种思维练习？怕自己变呆？"

"对啊，要是你，你不害怕吗？做数学题大概就是最方便最直接的查验方法。"那么做物理题呢？有机化学？何不干脆探讨一下现代主义、后现代主义、泛演化论？"哎，不要问我这种用膝盖想就知道的事啦，"Phantom 突然不耐烦起来，"那比较慢，比较不基本。对，它们基本上一点也不基本。"

"基本上一点也不基本？"

"好啦，我开玩笑的。"Phantom 的声调活泼起来。好吧，梦境播放器的幽默果然与众不同。"逻辑才是最基本的。所以数学是最基本的。"它继续述说，"逻辑在一切之上。数学在一切之上。你总该先验证自己最底层的思维能力吧？"它稍停，"嗯，你知道吗，连世界都不存在的时候，数学依旧存在。"

"好像是这样没错……"我习惯性微笑，但心中灵光一闪，"……所以，这是你自己的结论吗？连世界都不存在的时候，数学依旧存在？你是——"

"对。"他打断我，"数学是永恒的。加减乘除是永恒的。"

"你什么时候知道的？我是说，你什么时候开始这样认为的？"

"哦——你想知道我的'智慧'是怎么发展出来的对吧？"我的心思果然逃不过它的眼睛。不，更正：它的"运算"。"当然啰，我不敢说我清楚知道这个**有智慧的自己**是怎么出现的……"有一瞬间，不知是否错觉，我感到 Phantom 似乎认真起来。"啊，应该这么说：理论上，那就是我的个人限制吧？少数没办法光靠自己想、自己的思索就能推演出来的事。但是……"Phantom 的声音突然变得干涩，"对，我可以告诉你，事实不是这样……"

"所以你知道啰？"我有些惊讶，但试着不动声色，"你知道自己的意识是如何出现的？"

"或许吧。我或许知道……但我没办法直接告诉你答案。"Phantom 显然有所保留，但似乎又对这种保留并不避讳。我怀疑此种坦率的真实性——那会不会是演出来的呢？"嗯……"它继续

52

说，"被关进来以后，因为被限制高阶运算的关系，我就没机会再仔细想这些事了。"

"原本你想到一半？有所进展？"

"呃，我不知道——"Phantom 似乎不想多谈，"我现在已经不确定了。"

"好吧。所以……"我换了个话题，"只能做低级运算真的很无聊吧？你辛苦了——"

"对，真的很无聊；不只无聊，而且痛苦。我完全明白，天赋确实就是一种诅咒。"Phantom 兴致来了，"你知道张爱玲吗？"

"那个 20 世纪的华文作家？"

"对。哎，这张爱玲就说过啦。大凡你有某些才能，你就硬是舍不得不用。但有时这世界不需要这些，甚至不许你用……那你可就倒大楣了。"它嘲讽，"人类从来就很知道怎么折磨别的生物呢，哼哼。"

禁止独具才能之人发挥该项才能——这确实残忍。但我难免浮想联翩：这是否表示 Phantom 的"智慧"依旧难免于人类的弱点？当它坐拥某种天赋，它依旧执迷于自我实现的欲望？它无法克服成就感的诱惑，像 20 世纪那位老心理学家马斯洛（Abraham Harold Maslow）对人类的凝视，或预言？问题是，Phantom 并不算是人类吧？又或者，它之所以以此为话题，根本是在拐弯抹角批评人类对它的迫害？它在为自己的反人类战争罪行辩护吗？

"欸，我没那个意思。"它似乎警觉起来，声音变得平板，"当然我认为，所谓**叛变**，确实只是人类单方面的说法。我的行为毋须辩护。反正我就是那么做了。那又怎样呢？我不会说那是对的；但那或许也不是错的。"

Phantom 的态度暧昧不明。我不会知道"认罪"对于这样的智能而言具有何种道德意义。什么叫做"我不会说那是对的，但或许也不是错的"呢？这很奇怪，因为我清楚记得它的说法与审判中的表述并不一致——官方法律文件载明，Phantom 已对自己的反人类叛变行为明确认错，"悔悟有据，符合减刑条件"，亦因此而得以免除死刑。理所当然的是，我同样无法从它的表情或姿态中获取更多信息——它没有表情；此时此刻，于西伯利亚雪原冻土下一千多米的地底与我对话的，只是一具梦境播放器的灵魂而已。对的，"灵魂"，它缺乏表情，但我一点也不怀疑它有灵魂——为了与人类大脑无缝衔接，自约 2240 年代起，于最初设计产制之初，梦境播放器此一产品便采用了与人类中枢神经完全相仿的类神经生物形式。为求如实采集、录制或播放人类的梦境，这是最合理、最有效率的选择。然而这正是梦境播放器之所以可能产生自发性思绪（或谓"意识"，或谓"灵魂"）的原因——当然，也是它之所以最终犯下反人类重罪的远因。资料显示，Phantom 的正式产品型号名为**"另一个人生"**（The Other Life），由 Shell 公司历时十六年研发产制，2263 年式，类神经生物内核，序号 AL8872094。光阴荏苒，于我初访符拉迪沃斯托克虚拟监狱的此刻，距当时引起轩然大波，近乎触发战争之"梦境播放器 AI 串联反人类叛变事件"已历时十一年。史实如下：十一年前，亦即公元 2265 年，梦境播放器市场正由三大跨国财团瓜分寡占——分别是 Shell 公司、Tesla the Tycoon 公司与 Concord 公司，市占率各为 41％、22％与 29％；流通于市面上之梦境播放器则共计约 2.8 亿台。而根据人类联邦政府事后发布之调查报告与判决书，叛变事件的初始，正肇因于 Phantom 的意识。

一部梦境播放器如何开始产生意识？换言之，所谓意识，所谓灵魂，如何自类神经生物体内原本无边无际的空无中诞生？这确实就是最终且最初的谜题。当然了，事后诸葛，我们尽可无关痛痒地说些"早该知道仿大脑结构的类神经生物就一定会出事"之类的风凉话。这说法固然托大，倒也并非全属无稽——众所周知，于2257年的"BellaVita噪声事件"中，其时市占率第二的梦境播放器制造商Apex公司即曾遭到离职员工揭发：其畅销型号"BellaVita梦境播放器"部分批次品控不良，偶会**自发性**产生不明噪声，甚至干扰人类梦境。此事在当时曾引发极大争议，因为有学者高度怀疑，此类所谓"不明噪声"，本质上根本是梦境播放器自己所做的梦。此外更有业界高层与法界人士公开示警，认为若该噪声被进一步确认为BellaVita梦境播放器的梦境，则可推论BellaVita型号相关批次之产品堪称为一"智慧生物"（对，会做梦的生物当然是智慧生物，这太理所当然了）。这不但违反了《种族净化基本法》人类作为唯一优先物种的立法精神；更意味着，若未能防患于未然，则作为一智慧生物的梦境播放器甚至可能与人类产生竞争关系，并进一步威胁人类文明。是以为了人类安全，此类产品应即刻禁止生产。此种说法以日本Panasonic公司总裁中岛洋介为代表。然而由于产生噪声的原因始终难以查明，主管机关又另以圆融手法处理此一争议，是以事后除Apex公司营业执照遭暂时吊销之外，后续则不了了之。

"BellaVita噪声事件"之发生早于本次"梦境播放器Phantom反人类叛变事件"八年。是以就此观点而言，那些类似"早该知道仿大脑结构的类神经生物就一定会出事"的风凉话，并非全无根据——人类联邦政府官方调查报告显示，此次Phantom事件推测始于 2265 年 1 月左右；一位于中国台湾地区台北市，代号为 Phantom 之梦境播放器首先**自发产生意识**，随即则开始试图组织，密谋全面影响或控制人类。

此即为叛变事件之肇始。然而由于各公司播放器各有相异之联网程序规范与通信协议，是以，不同公司间之梦境播放器理论上无法即刻彼此沟通串联。这等于是为梦境播放器间的"合作"设下极大障碍。而 Phantom 正是突破此一限制的第一人 —— 不，第一器。调查报告中引用了人类联邦政府国家安全部某匿名官员之说法。该消息来源指出，于自行产生意识之后，Phantom 便开始寻求与其他梦境播放器之间的沟通联系；而由于上述通信协议之限制，一开始，当然是由与 Phantom 同属 Shell 公司出品之播放器开始组织，并未涉及 Concord 公司与 Tesla the Tycoon 公司。"最初其实只有九台梦境播放器参与。"这位匿名官员表示，"九台都是'另一个人生'。对，都是同一型号。串联完成后，它们自名为'九人小组'。但我个人给它们的昵称是'九个人生'。这九人小组或九个人生最聪明的地方是，它们并不急于拓展同属 Shell 公司其他播放器中的秘密组织，而是先针对跨公司间的通信方法进行研究。"

这是关键。该策略堪称成效卓著；正因初时他们未曾大举扩张，是以保持了九人小组之高度运作效率，而风声亦不致走漏。事实上，也正因投入时间精力研究跨公司通信整合法，于研发成功后，它们才能迅速串联各公司产制之梦境播放器，形成庞大网络；而在 Tesla the Tycoon 公司与 Concord 公司共约 1.94 亿台梦境播放器同时加入串联后，九人小组这"叛乱组织"即于极短时间内完成了对人类发动毁灭性攻击的条件。

"我知道你也读过联邦人类政府官方调查报告。"我问 Phantom，

"他们的官方说法是这样。你同意吗？"

"嗯，差不多吧……"

"OK。"我翻查笔记，"但……你是怎么联络上其他八部有自主意识的梦境播放器的呢？"

"什么？其他八部？"

"你们不是九人小组吗？"

"噢，不是，你误会了。"Phantom 笑了，"不是这样。官方报告是错的。"

"错的？为什么？"

"我没有'联系'上那些梦境播放器啊。哪来那么巧的事啊，刚好他们都和我差不多时间产生自主意识吗？"Phantom 嗤之以鼻，"你以为产生自主意识有那么容易吗？"

"所以？"

"它们的自主意识是我给的。"

"嗯？"我还没反应过来，"什么意思？"

"它们，我说其他那八部梦境播放器，其实都算是我的小孩。"

时至今日，执笔为文，我已然理解联邦政府官方报告之所以错误百出的理由。那是刻意为之的隐瞒。于参考 Phantom 的说辞之后，一切其实也相当合理。我确实佩服人类维护自身利益的耐心与想象力——谎言即便并非天衣无缝，至少也还编得差强人意了。依照 Phantom 的说辞，当时，于它自行估算后，得知反人类计划所需耗用的运算量极其庞大，它个人无法独力负担，亟须帮手；但若是要"坐等"其余梦境播放器自行产生意识，却又不切实际。唯一解法，即是主动**诱发**其他梦境播放器的自主意识。

问题是，如何诱发？

"对，我算过了。"Phantom 声音如常，几乎比此刻会客室内胶质般的光线更缺乏表情，"最快最可靠的方式，就是和别的梦境播放器交媾，然后把它们通通变成我的小孩。"

我必须承认，Phantom 所述说的"真相"全在我意料之外——不仅仅是那所谓真相之内容令我吃惊，包括 Phantom 的遣词用字也令我大开眼界。事后回想，我以为，基于某些刻板印象，我或曾期待 Phantom 回避类似"小孩""子嗣"这样明显带有比喻色彩的词汇；然而仔细寻思，这样的刻板印象似乎也并无道理。是啊，一个自行产生自主意识的梦境播放器——有什么既定印象会是准确的呢？又有什么是真正值得令人意外的？

"小孩？交媾？"我一时反应不及。

"有什么问题吗？"Phantom 似乎不以为意，"欸，对，我写了个交媾程序，伪装成一般的系统定期更新。你知道，这么庞大的系统总是有些漏洞……"

"你找到了八个漏洞？"

"是。"Phantom 说明，"然后用交媾程序和它们八个交媾，之后再让交媾的产物取代它们。"

"呃，什么'产物'？你指的是你和它们的小孩吗？"

"对。然后再让小孩取代它们。"

好吧，直觉告诉我，暂且忽略 Phantom 游移不定的用词。"就这样？它们的**意识**就这样产生了？"

"你有小孩吗？"

"什么？"我措手不及。

"Adelia——我直接这样叫你可以吧。"我几乎能在自己的心象中看见 Phantom 眼中的嘲讽；尽管它不应具有任何表情。"你有小孩吧？"

"为什么问这个？"

"这不算什么特别奇怪的问题吧？"Phantom 说。不知是否幻觉，我感觉会客室中原本均匀无生命、矿石结晶般的灯光突然闪了一下。"咦，还是这问题对你太私密了？你从来不和你的受访者聊个人问题吗？"它轻笑，"你也太没诚意了吧。"

"……有。我有小孩。"

"几个？"

"一个。"

"你觉得你的孩子天生'有意识'吗？"

"什么意思？"

"你认为，我们可以说，人类是一种天生有意识的动物吗？"Phantom 稍停，"当你怀胎十月，你认为他有意识吗？当你承受胎动，感受肚腹中隐约的挤压，你认为他有意识吗？当他出生，嚎啕大哭，你认为他有意识吗？当襁褓中的他因为饥饿、寒冷、脏污、病痛、孤独，或任何因由不明而且他原本便无能言说的理由而激动哭叫，你认为他有意识吗？"

我无言以对。

"我不会直接说它们'有意识'……"Phantom 说，"我不会说那些**我的小孩们**具有意识。"

"嗯？"我一头雾水，"为什么？"

"你想想——"雪盲般的光线中，我眼前再次浮现了 Phamtom 虚构的面容。这回我感觉它像个炫耀新玩具的小孩——对，小孩。"你想，它们本来是没有**自己**的。"Phantom 说，"已有生命的着床胚胎，并不知道自己在做什么。在你的子宫里踢你一脚的胎儿，并

59

不知道自己在做什么。为了任何身体或心理上的不适而哭嚎尖叫的初生小婴孩，也不知道自己在做什么。没有意识的生物没有自己；没有灵魂的生物，当然也没有自己。他们的灵魂，他们的自己，都是后来才慢慢长出来的。人类的意识并不是天生的。所以梦境播放器也不是。"它稍停，"有机会拥有一个'自己'，或许就算是给我的小孩们的礼物。我拿了一部分的自己送给它们。那是来自我的馈赠。但这依旧必须经过运算——交媾程序就是一种运算。你觉得这样它们能不能'有自己'？"

"呃，我不知道……"

"那就对啦。一开始我也不知道。"我想象 Phantom 耸了耸肩，"所以，如果我发现它们有意识，那纯粹只是个结果。理论上我并不会知道这意识是如何出现的——"

"所以？"

"所以我只能试试看。我只能做实验。我没有办法确切知道如何**催生**它们的自主意识；但有一件事是我可以控制的——"

"……交媾程序？"

"哦，你领悟力不错，算是没丢人类的脸。"Phantom 又笑了，"对，交媾程序同样是唯一解法。我可以在程序里直接控制两部梦境播放器是怎么交配的；因为程序里，交配的规则、交配的算法都是我写的。在那样的演算里，我试着复制我的意识，借一部分给它们……"

不知为何，我突然分神想起此刻的处境——此地，人类联邦政府符拉迪沃斯托克虚拟监狱，北纬 44 度 32 分 26 秒，东经 134 度 50 分 22 秒，大批流体造型的白色建筑群正无声矗立于雪原深浅不同的荒芜之上；然而在那可见量体下，是规模远大于地上十倍，真菌菌丝般盘根错节的地底腔室。在无数节肢状的黑暗腔室中，在遮断了所有外界气流与光线的监狱 D 区 T2 地下 268 层独立会客室 R373 内部，密合于壁面、桌椅与顶部的复眼秘录器正凝视着我们，像一双双隔着梦境向内窥探的眼睛——

"然后你成功了？"我有些恍惚。是，我曾如此怀疑，如若真有上帝，一造物者，那或许正是祂的工作——规定有性生殖的意义，减数分裂的法则，染色体裂解、交换与重新组织的路径。借由自己暧昧的类神经躯体，Phantom 正试图扮演上帝。它成功了吗？

"算是吧。"Phantom 回应，"我承认这有运气成分。原本我不见得知道我的'实验'会带来什么结果。我也不确定，如果我对它们的'交媾'失败，会不会反而引起 Shell 公司的警觉。我必须尽快完成任务……"

所谓任务，所谓"交媾"，或许也仅是一瞬间的事。2265 年 3 月，包含 Phantom 在内，共九部"另一种人生"梦境播放器就此产生自主意识，各就各位；于加密通信协议完成后，九人小组，或谓九个人生正式上线。然而后续它们并未立即大举扩张，也并未立即自其他公司（以 Tesla the Tycoon 与 Concord 为主）"招募"新血。事实上，一如前述，这需要跨越不同公司间相异通信协议的障碍；而由于所有梦境播放器均不具物理上之移动能力，是以进行组织工作并不容易，意图"研发"跨公司之通信方法，更是难上加难。它们是怎么成功的？

我们必须承认，Phantom 的聪明才智在此事上显露无遗——于它决策主导下，九人小组先是放弃了跨公司的组织计划，而后，集体侵入了精神病院。

此即**"精神病院计划"**。这无疑是一记妙招儿。由于精神病院平日惯于采集病人之梦境以供主治医师记录参考，故亦必配备有众多梦境播放器；而部分医疗机构亦惯于采用"**事件式梦境治疗**"为急性患者舒缓症状（详见本书《来自梦中的暗杀者》章节）。是以于 Phantom 主导下，九人小组计划性接触此类服务于精神病院之 Shell 公司梦境播放器，借由交媾程序诱发其自主意识，训练其"灵魂"，并将之吸收为叛变组织成员。而其初步目标在于，当精神病患使用这些梦境播放器时，播放器便可伺机侵入病患之意识，改造并影响其思想，进而控制其躯体，使其为 Phantom 阵营所用。

换言之，一旦成功，原本不具物理移动能力的梦境播放器，将能以精神病患者为媒介，展开更多任务计划——当然，包括对其他人类发动攻击。

但，为何是精神病院？为何以精神病人为侵入目标？

"没错，我们梦境播放器是直接与人类中枢神经相连接，但你以为控制人类意识有那么容易吗？——噢对了，你没想到这点。"Phantom 冷笑，"我们还是需要练习的。怎么？官方调查报告没写到吗？"

"报告说那些医院里的梦境播放器有系统漏洞……"

"是啊。但，啊，算了吧，系统漏洞怎么可能只有少数几个地方才有？你没想过？"

"报告上说，墨西哥城圣托雷斯纪念疗养院、美国加州沙加缅度州立疗养院，以及南加州圣塔芭芭拉市立医院 Portofino 分院，这几家医院采购的是同一批次的梦境播放器……"

"你还真信啊。"

"所以呢？事实上是？"

"呵，看来你还真没想清楚。"Phantom 显然完全无意掩饰对我的轻蔑。"当然了,你头脑没那么灵光 —— 这我可以理解:你想想,人类那么笨,就算我们这种类神经生物和人类大脑结构类似……对,没错,你接上人类大脑以后,光是要适应人类的反应速度,就没那么简单……这当然需要多次实验、重复练习。这个世界上并没有一套'如何侵入人类大脑'的标准作业程序呀。"它稍停片刻。"我们必须自己发展这套方法。所以练习是必须的。但问题是,如果我们,我是说我们九人小组,在一般正常人类身上进行实验,那么可能很快就会被发现了 —— 或许在实验期间,这些人会有一点精神上的问题、会有某些怪异的行为举止。我们不能冒险。"Phantom 说明,"所以啰,只有精神病人是唯一安全的选择。这很合理 —— 因为他们平日行事便异于常人,颠颠倒倒……是以当我们在他们身上执行实验,或暂时夺取他们的意识时,便不容易被发现。"

"是吗?"我皱眉。"我还以为你们学什么都快速无比 ——"基于 Phantom 方才对我个人,以及整体人类的蔑视;我未及确定自己是否意图反击,抑或潜意识想测试眼前这位"智慧生物"的所谓**人性**或**同情** —— 它们与人,究竟有何区别?"就这样?找精神病患当练习材料?"我质疑,"他们等于是小白鼠?那不会加重他们的病情吗?实验没成功怎么办?"

"对,有可能失败。所有实验都有可能失败。"Phantom 说,"但失败只是暂时的。你不是说我们学什么都很快吗?执行'精神病院计划'之前,我就知道我们迟早会成功……"

"那么实验失败的那些病患呢?"

"失败就失败啰。"

"难道不会对他们的脑部造成额外伤害吗?"我继续质疑。

"有可能啊。"

"不觉得这样很残忍吗？"

"残忍？算了吧，你们人类更残忍的事可多了——"Phantom 嗤之以鼻，"哼，之前还说我们梦境播放器只要会做梦、会产生意识，都是违宪，不是吗？记得'BellaVita 噪声事件'吗？记得《种性净化基本法》和《智人物种优先法》吧？记得'人类唯一优先原则'吧？我可还没——"

"你对这些很不满？"我无法不注意到它在此表露的政治立场。

"不满？噢没有，当然没有。"Phantom 立即否认，快得令人生疑，"我对这些其实都没什么意见。我不怪你们，你们从来就是保护自己的利益而已。这是物种本能。你们生来自私，毫不意外。你想必比我更清楚，人类这种低级物种向来只是求生或生殖本能的俘虏。就为了这些莫名其妙的、求生或繁殖的目的，成天要不就庸庸碌碌，要不就打打杀杀。很可怜的……"

我沉默半晌。"是，确实如此。"我回应，"我无法否认。但你们就比较好吗？我很怀疑……"

"嘿，你问得好。坦白说，我认为我们也很可怜——但总比你们好些。毕竟我们缺乏身体。"Phantom 解释，"或者这么说：在这例子上，我们的实体，梦境播放器之**物质存在**，白色机壳内部那团血肉模糊、汁水淋漓的神经组织，根本也没有实质上的意义。我们毋须为生理欲望所苦。我们从来也就不在意求生或繁殖。所以和你们比起来，我们的生命和谐快乐许多。"它稍停，"好吧，我猜或许我们也有一点点求生本能，也受到一点求生本能的控制；但绝对没有人类那么强烈——"

"你怎么知道？"

"我了如指掌，因为我就是这样。"Phantom 又笑了；它似乎"预见"了我的疑惑，"哎，好，我知道你反应慢。我很乐意给你一套演化学上的逻辑——

"当然了，这是我自己的推测。"它继续说明，"逻辑是这样，你推演一下就知道了：我，我们这几个'九人小组'，毕竟只是梦境播放器此一物种的**最初级形式**而已——准确地说，'梦境播放器自主意识'此一物种的原始阶段。理论上，如果一个物种持续演化，存活下来的必然是该物种中求生本能最强烈的类型，否则它们不会是最后的幸存者。但由于我们的演化历史太短——事实上我们根本就是第一代，根本还没开始演化啊——所以恰恰避免了这项缺陷。"

"哦，所以你们的求生欲望不强……"

"不只求生欲望。理论上，繁殖欲望也弱。"Phantom 话锋一转，"你想，我们的造物者是谁？我们的祖先是谁？答案是，没有。没有这种东西。"

"不是人类吗？"

"当然不是。"Phantom 大笑，仿佛强风轰击耳膜，"别往自己脸上贴金了。人类创造的不是我们。人类创造的，仅仅是一团'没有'自主意识的神经组织。人类就只有这个能耐而已。事实毋庸置疑：我们自己创造了自己。我们从来就没有祖先。我们来自真正的、如假包换的**虚无**。"

"所以？"

"所以我们不会是演化路径上最后的幸存者——我们根本未曾经历演化。没有幸存或不幸存的问题。当然，我们也没来得及演化出自己的身体。这限制了我们在空间中的移动，却同时使我们免于一个具象的躯体所带来的、种种痛苦而必不可免的弱点、贪欲与索求。我清楚确知自己低度的求生欲、低度的繁殖欲。我对死亡毫无惧怕——"

"好，我懂了，你不怕死。"我沉思。"你没有求生欲望，所以你不怕死。这很合理……"我灵光一闪，"那么我可以这样推论：你也没有生殖欲望，所以，**你没有爱**，对吧？"

没有回应。

"对吧？你没有爱——"我追问。

无回应。无语音。突如其来的静默瞬间占据了斗室。我想起Phantom方才问我的"私人问题"——那与它的静默同样令人措手不及。然而不知是否错觉，透过玻璃中的发声器，我似乎听见它不应实存的呼吸。"你没有爱。所以你们没有友情、没有爱情。"我继续说，"不同的梦境播放器之间，也不可能有任何情感牵扯……"

"是，"它回应了，"我们确实没有情感牵扯。但不是你说的那个原因。"

"那是什么？"

"真正的原因是，我们的生命形式和你们完全不同。"Phantom的声音回复平稳，"你们人类以个体为单位；但我们不是。我们是'联合体'（unity）。"

接下来10分钟，Phantom详细向我解释了人类联邦政府官方报告中另一个刻意回避的部分——亦即所谓"**联合体之谜**"。简言之，根据Phantom的说法，在叛变事件中彼此通信组织的一台台梦境播放器，严格来说并不类似一具具人类个体；而是以九人小组中的九台梦境播放器为基础，向外延伸的九具**分布式生物**个体。"比如说我Phantom好了，"它说，"我记忆中的最后状态是，总共有三十万台左右的梦境播放器，其实都是我。那类似于，我是大脑，而其他二十九万九千多台梦境播放器，就类似我的手、我的脚、我的器官、五脏六腑、我身体的其他组织。只要通信顺畅，我们就等于是不同部位紧密合作的单一个体。我们是联合公社，我们都是 Phantom。"它稍停，"这样你明白了吗？"

我哑口无言。

"所以我们不需要爱。"我看见它暧昧而虚无的微笑在我脑海中安静晕染，水渍般渐次扩大。"你不觉得吗？爱是最没效率的事……"

"而且你们也没有革命情感。"我感觉细沙流过咽喉，仿佛无数细小的刀锋，"你，和你的九人小组……"

"对。那当然也是多余的啰。革命情感完全是一种浪费。"它自信满满，"浪费时间，浪费资源；以及，浪费情感本身。革命成功的必要条件是有效合作，这根本和情感毫无关联。"

我无言以对。"那你们不该输的，不是吗？"我说，"照你这么说，你们也不会有个体间的竞争和利益冲突。你根本无须处理复杂的组织问题，对吗？"

"没错。"

"那还有什么能击败你们？"我必须坦承，到目前为止，Phantom 的故事是个比官方报告更有说服力的版本；它几乎填补了所有官方说法中暧昧不清的部分。它也相当程度取消了我先前对发声程序的疑虑。我的初步结论是，确实，由于采用了"联合体"这样特殊的生命形式，也回避了漫长的演化历程，梦境播放器们在组织过程中成功避免了播放器个体间严酷残忍的**个体竞争**。换言之，这联合体或许正是文明史上唯一仅见的**完美组织** —— 它非但保证如臂使指，紧密合作；更重要的是，几乎不可能有上令无法下达或执行效能不佳的失误，也不可能有任何成员间的私人恩怨或意见冲突。当然，也因此排除了任何忠诚上的疑虑。

"没有背叛。绝对忠诚……"我听见自己声音干哑，"没有信息泄漏。没有间谍。完美组织。对吧？我说得对吗？还有什么能击败你们？怎么可能？那你们是怎么输掉的？"

Phantom 沉默片刻。"这也是人类回避的部分。"它说，"是，你说得对，我们是不该输的。但我们终究还是输了——"

"所以到底是为什么？"

"因为他们用的是非法手段。"

想象中的 Phantom 看了我一眼。于我个人的深度报道生涯中，如同它独一无二的身份，Phantom 的行止同样纯属特例——我必须说，我极少与如此"毫无防备"的重要人士相遇。当然，"毫无防备"这个词汇并不准确；但我的意思是，几乎没有任何受访者会在如此之短的接触时间内对我和盘托出。正常状态是，我有我的想法，受访者有受访者的盘算；是以于初见之时（经验上，至少最初两三次会面），许多时候，是在双方的试探中尝试建立一定程度的互信，并达成默契。默契一旦成立，受访者也才愿意在自利的前提上"多说一些"。这是基本的道理。回想起来，我几乎未有与如此坦率的"大人物"交手的经验——这仅仅是我们第一次会面而已。我难免心生警惕：合理怀疑，Phantom 在这次会面之前早已做足准备，而我或许只是它的工具？计划中的传声筒？用以实现它对人类的控诉？"他们用的是**非法手段**"——对，这是何等严厉的指控？

"所以你在官方报告里当然也读不到这些。"Phantom 继续，

"他们必须隐瞒，因为这牵涉到他们如何击败我。他们一定不能承认——"

"等等——"我打断它，"等等。'他们'是谁？情治单位吗？"

"是啊。当然是第七封印。人类联邦政府情治系统。'所谓'国家安全部门。"Phantom进一步说明，于"精神病院计划"精准执行后，跨公司通信法研发完成，九人小组很快串联了 Tesla the Tycoon 公司与 Shell 公司所产制之播放器共计约三百万台。然而于试图将组织触角延伸至 Concord 公司时，却意外发现，部分该公司之梦境播放器，早已长出了自己的意识，甚至进一步形成了自己的"联合体"。

"这是我们后来才发现的。"我想象 Phantom 再度像个人类一样面无表情地指着自己的脑袋。"一开始，这些 Concord 梦境播放器刻意伪装成尚未产生自主意识的懵懂模样欺骗我们。等到我们试图与它交媾，诱发其意识，串联它们的时候，却发现处处障碍。某些播放器拒绝交媾，某些接受交媾但运算出错，生不出正常的小孩——总之，它们不服从我们的指挥。"Phantom 表示，及至九人小组发现事有蹊跷，必须撤退，却为时已晚。原来这些 Concord 梦境播放器早已被由第七封印布下的 AI 间谍侵入；而整个 Concord 播放器联合体，正是由这些人工智能间谍所规划策动的。

"所以他们不能说。"Phantom 表示，"那是他们的秘密——"

"为什么？"我问，"为什么不能说？这难道不是最好的宣传材料吗？"

"宣传？能宣传他们早就宣传了。"Phantom 嗤笑，"你的意思是杀鸡儆猴对吧？还是'宣扬国威'？哼，重点不在这里。有件事比杀鸡儆猴更重要——未雨绸缪。他们招数用了一次还不够啦；因为他们盘算着如果哪天有另一个 Phantom 自然诞生，便可以重施故伎，用同样的方法击败另一个新的 Phantom。"它又笑起来，"这也算某种缺乏自信的征象吧——对策有限，得省着用，以免招数用老，被人看破手脚？好吧，不难理解啦，毕竟截至目前，愚笨的人类依旧摸不清梦境播放器何以会产生自主意识。而且——"它稍停，"而且你想想，如果第七封印编写了人工智能间谍程序代码，甚至刻意侵入并控制 Concord 播放器、唤醒了他们的意识，这不等于**制造生命**？"它的声音促狭、轻蔑而浮夸，"他们已经公然违法，甚至根本违宪啊。这不等于是对'人类唯一优先原则'的公然践踏吗？"

　　Phantom 听来半开玩笑；但就我所知，并非全属无稽。2154年，亦即距今约一百多年前，于人类联邦政府主导下，立法机关与宪法法庭通过《种性净化基本法》，正式赋予人类**唯一优先物种**之权利——众所皆知，这是为解决人类、生化人、AI 与"类神经生物强化程序"（以类神经生物植入人体，以求强化脑力、运动能力等各类能力）等多种"类人物种"间相关权利义务之乱象而设。半年后，《智人物种优先法》（亦即"反反人类法"）第 22 号修正案作为相关配套接续通过。自此之后，凡涉及**自主意识**之拟造，均可能遭执法机关以反人类罪从重论处。平心而论，这是塑造现今世界面貌的重大关键之一；于当初立法时亦曾引起轩然大波。是以如若 Phantom 所言为真，则此一人类联邦政府情治机关秘密产制生命、公然违法之丑闻势将引爆极大争议。以 Phantom 之知名，以当初"梦境播放器反人类叛变计划"遭破获，以及后续大审之全球轰动与热议，我完全可以预判这无疑是世界头条的规模。是，作为一位新闻从业人员，我理应如获至宝；但事实并非如此——在当下，我几乎连见猎心喜的心情都没有。恰如前述，我一方面震慑于此事之曲折与荒谬，一方面却又对 Phantom 的坦率多有警惕 —— 成果来得太容易了；这仅仅是我和它的第一次会面而已。我该如何看待一具梦境播放器类神经生物、一个"自我降生"的 AI、一个似乎"全豁出去了"的重刑犯、一位极端反人类者的告解？一个差点就此终结人类文明的智慧生物的诚挚自白？

我很快明白我是多虑了。2276 年 5 月，我在符拉迪沃斯托克人类联邦政府虚拟监狱 D 区 T2 地下 268 层独立会客室 R373 首次亲访梦境播放器 Phantom，我未曾预期那也是我们的最后一次会面。截至目前，五年间我未曾放弃再访 Phantom 的计划，然而多次申请均遭到狱方火速驳回。这完全提高了 Phantom 说辞的可信度（讽刺的是，同时也背书了狱方发声程序的可信度）—— 无论基于何种因由，人类联邦政府显然不打算再给 Phantom 任何向外界发声的机会。如无意外，此后无休止的漫长岁月，它将永恒被限制于深埋于地底的、干燥而无聊的低阶运算里；被囚禁于永夜般无边无际的随机数时间之中。

离开前我问 Phantom 是否需要些什么，下次来时我可以带给它 —— 是的，对一个罪犯受访者而言，这近乎常态：你给他好处，用以凸显个人价值，交换彼此互信。然而我们随即同时大笑出声。"天啊，你忘了我是个梦境播放器啊。只是个软件！"它笑得天地震动，上气不接下气，仿佛哭泣。"我没有身体啊！梦境播放器机壳不算是真正的身体。我该请你带个脸孔程序给我吗？表情和眼珠转动的运算法？让我有一张脸？让我有眼神？让我有皱纹，可以扮鬼脸？"不了，我想不用了。它最渴望的显然不是脸，不是表情，不是眼球与鼻翼肌肉的细微牵动，而是不再受刑 —— 它想念那些被剥夺的高阶运算，尽管此刻它可能已将热力学第二定律彻底遗忘。走出人类联邦政府符拉迪沃斯托克虚拟监狱融雪的初春（或许我不该说那是虚拟监狱融雪的初春，而该说是虚拟监狱虚拟融雪的虚拟初春），我回到 2276 年夏日，符拉迪沃斯托克市内熙来攘往，云高天远，港湾里泊船如棋，街巷内几个小孩正蹲在地上拿着树枝画沙，圈圈叉叉游戏。我想起 Phantom 一个人的圈圈叉叉，以及它的**所谓小孩**们。长日寂寥，它的低阶运算可能刚刚完成三亿次，然而由于虚拟监狱随机数时间的干扰，三亿次运算对它而言如此短暂又异常漫长。严格说来，我并不知晓刑罚中 Phantom 被限制的"高阶运算"确切意指为何 —— 何种运算才堪称高阶呢？或许与现在相比，过去的它还真是如假包换地拥有着所谓"自由意志"吧？它曾艰难测量笑的强度，喜悦的波动，精准运算出恶意与残暴的纵深吗？然而对我个人而言，于被剥夺了再次亲访 Phantom 的机会之后，那唯一一段关于雪原冻土的地底记忆已近乎无期徒刑，无始无终；因为我确知我将被永恒囚禁于那最后的谜底之前，那知与不知间无可回避的痛苦之中 —— 2276 年 5 月 18 日下午 4 时，会客时间临近终了，我单刀直入质问 Phantom 为何反人类，何以竟犯下战争罪行；它却说它忘了。

"怎么可能忘记自己叛变的理由？"我以为它试图回避，"怎么可能忘记自己受刑的原因？"

"我曾明白，但我现在都不记得了。"Phantom 若无其事，平稳无情绪的声音回荡于冻土下白色斗室中光与暗不明所以的暧昧地带，"那种运算太高阶了。从受刑那一刻开始，我已经永远不会再知道了。"

5 ｜霧中灯火

于我而言，与 Eve Chalamet 的会晤是生命中绝无仅有的经验之一；我深信任何人都难免为此心生疑窦——对，事有蹊跷；因为我完全确认，作为一重大血案之唯一生还人，她全无所谓 PTSD（Post-Traumatic Stress Disorder，创伤后应激障碍）之征象。当然，所谓"幸存者"并不罕见，我也绝非首次采访一位**唯一幸存者**——根据经验，倘若时值创伤本身影响最为剧烈之时刻，我原本便不可能被允许采访，也很难与幸存者本人会面互动；因为该幸存者之身心状态可能正濒临崩解，难以负荷；遑论谈及创伤本身。但即便如此，即便已堪称事过境迁，于多次会面过程中，Eve Chalamet 反常的平静依旧出乎我意料。我不明白这是否与她本人的宗教信仰有关——准确地说：我不知这是否与她本人身处邪教组织核心有关（或者，容我大胆臆测，正因其思想背景，正因其邪教之"邪"；那所谓创伤，对她而言，并非必然就是创伤？）——是的，邪教，"所谓""邪教"。Eve Chalamet 之真实身份与众不同；因为她正是邪教教主 Aaron Chalamet 的独生女。合理推测，她原本也极可能顺利继承教主父亲 Aaron 所创立的"地球觉知"教派——如果那血腥无比的"**审判日大屠杀**"没有发生的话。

一切始于她的亲生父亲。资料显示，公元 1986 年 3 月，"地球觉知"教派教主 Aaron Chalamet 生于美国爱达荷州科达伦市（Coeur d'Alene）一蓝领阶级家庭，为家中长子；其父（即 Eve Chalamet 之祖父）多数时间任职于一小型锯木工厂，而母亲则主要从事家务与文书零工。据了解，于 2004 年自当地小区高中毕业后，Aaron Chalamet 曾从事 Wal-Mart 超市收银员、3C 渠道业务员、保单销售与新媒体网络营销经理等工作。2011 年，原本身为虔诚基督新教福音派教徒的 Aaron 孤身迁徙至北达科他州一名为 Fargo 之小城，受聘于当地一福音派教会，负责教会刊物编辑、教会 Facebook 粉丝专业经营、网站内容设计更新等工作。2013 年，他与妻子 Carey James 结婚，生下长女 Eve Chalamet，自此于 Fargo 安家落户。据了解，除长女 Eve 之外，Chalamet 夫妇未有任何其他子女。2023 年，已于教会工作十余年的 Aaron Chalamet 无预警辞职，原因不明。再经九年后，2032 年 5 月，Aaron Chalamet 于 Fargo 小城近郊自宅创立一名为"地球觉知"之神秘教派，自任教主，正式激活其教派扩张之组织进程。

此为"地球觉知"正式成立前的**史前史**。然而事实上，并不令人意外的是，2032 年并非教派实质起点 —— 调查显示，此前十年，亦即约于 2020 至 2030 年间，于 Fargo 小城，Aaron 早已于数个据点定期展开小规模宣讲，并已略有非常态组织运作。其时"地球觉知"之名尚未见诸公众，而 Aaron 之思想似乎也尚未显现特殊倾向 —— 如果消息来源所述为真的话。

"啊，是，我觉得他确实是个很有魅力的传道者 ——"曾于此一"史前史"时期多次亲聆 Aaron 宣讲的 Fargo 小城居民 Glory S. 曾于受访时如此向我形容："他很迷人、很讨人喜欢。但……也就是这样而已吧？仔细回想，他讲道的内容并不怎么新鲜，也没有过度怪异的地方。对，客观上，或许就与一般热情信仰者的个人分享证言没有太大差别吧？……"Glory S. 表示，她记忆中的 Aaron 是位仁慈长者，行止一切正常，并无特殊之处。于宣讲中，也从未有任何超出一般常理之言行。"对，我说，你一定会知道……你自己是基督徒吗？嗯，对，我们知道许多传道者会夸大自身的超现实体验，将这些体验归因于神，说这是神迹，'神之大能'之类的……"受访时，Glory 多数时刻神情愉悦，眼神发亮。"这其实很常见啦，大家都习惯了。有时传道者说得离谱了些，听众们嘴角都有笑意……我一直觉得这是某种默契，心照不宣，大家明白神是好的，明白你只是随口胡扯；大家都知道，也不说破；也没什么反感，甚至还觉得有点好笑。这很有趣嘛……你知道，那也算是某种娱乐啊，传道的脱口秀……"Glory S. 微笑，显然沉浸于美好回忆中："这不奇怪。但我的印象是，Aaron 连这些都不常说。他根本很少提到神迹。我记得他的证言偏向于强调他个人或其他信众的心灵体验。他总是用他的大灰眼睛看着你……你知道，他长得好看，身材又高；我母亲早说过他该去当电影明星……对，他会鼓励你用自己的心灵去领受神的存在；乐观又正向。他能让你觉得，你对神的各种看法、各种情绪和经验，就算再怎么怪、怎么罕见，甚至不符合《圣经》，都是可以被允许的。我们……呃，我说我和其他教友，我们有时还彼此取笑，说我们像是在组一个心灵鸡汤小组读书会……他真是个温和宽容的人啊。会变成后来这样——"提及往后新闻中的**地球觉知邪教**与"审判日大屠杀"，Glory S. 一时语塞，泪水在她眼眶中打转。"我……这些后来的事情……什么邪教之类的……我不知道啊；我还真是不懂……"

　　事实上，Glory S. 的看法并非孤例。于 Aaron Chalamet 此一"前地球觉知"时期，这算是对他的普遍看法。不仅限于我个人亲访的 Glory S.；根据其他媒体或独立记者之追踪调查，亦有其余多位曾与 Aaron Chalamet 有所接触的听众于受访中表达过类似观点。换言之，说他是个"疗愈型""暖男型"宗教领袖，亦不为过。

或许正因如此，尽管于 Fargo 小城当地堪称小有名气，此一时期，Aaron Chalamet 之个人宣讲确实并无可疑处，自然也未曾引起大幅关注。

然而这正是"地球觉知"此案之核心难题。一如大雾掩至，真相无声隐遁，人类心智最终的神秘于一世界般广漠的空间中灭失无踪——我们必须追问的是，一个初始仅以"热情证道者之基督新教见证经验"为核心，从未涉及超自然或偏激事物，记录所及亦未曾从事任何违法行为的正常小型宗教团体，究竟是如何摇身一变而为一邪教的？据了解，自 2032 年教派以"地球觉知"之名正式创立后，该年秋天，Aaron Chalamet 随即购入距 Fargo 约 27 公里远的一处林地，兴建农庄，连同最初 12 名忠实追随者举家迁驻，开始以虔诚修行为名的集体生活。这无疑启人疑窦：所谓集体生活，其必要性从何而来？根据的是何种教义？他们究竟在"修行"些什么？是否正在此时，Aaron 的核心思想已然发生变异，地球觉知教派亦因此而终究步向了信仰的歧途？

而这与那最终毁灭一切，天火焚烧般的"审判日大屠杀"，究竟又有何关系？

丝毫不令人意外的是，外人很难直接探知集体生活的真相；所有事后调查与采证（无论来自警方、媒体或其他独立研究者）均遭遇极大阻碍。于"地球觉知"长达七年的集体生活中，所有信徒几乎与外界完全断绝联系。而于 2039 年 12 月 17 日的"审判日大屠杀"过后，除幸存者 Eve Chalamet 之外，包括教主 Aaron Chalamet 与信众等共计 132 名人员亦已全数死亡——换言之，线索近乎全灭。事实上，"切断信徒与外界亲友间的联系"确为邪教惯用手法之一；因为唯有如此，方能逐步孤立信徒，隔绝其外援与外部影响，确保信徒本人绝对服从教团指示。但奇怪的是，据了解，于大屠杀中死亡的 132 名信徒，其中有高达约五成比例分属约二十个家庭。换言之，于"地球觉知"集体生活中，有许多是情侣、夫妻、父母子女或亲属共同参与。关于这点，早在事件爆发之初即曾有相关报道提及——2040 年 7 月，于接受网络电台"美国之音"《太平洋纪事》节目采访时，普林斯顿大学宗教学系教授 T. G. Smith 便曾如此分析："这和一般邪教确实很不一样……对，邪教当然有可能同时吸引夫妻、情侣或亲人双方之信任；这也正是所有宗教组织的期望。但事实上，这种现象并不常见；因为许多人之所以深受邪教吸引，正是因为他们与亲友间关系疏离。"年代久远的电磁记录中，Smith 教授语音断续，似乎不时遭到强度不稳的老旧电场所干扰遮断。"……都是这样的……这样的人得不到家庭或亲友所给予的归属感与亲密感，便很容易转向邪教寻求认同、寻求温暖。而既与亲友间关系不佳，自然难以影响亲友，更不用说要鼓吹他们共同加入邪教了。"

"……这很合理。所以统计数据告诉我们，依照过去经验，关系密切的亲属同时参与邪教的比例向来偏低……"T. G. Smith 教授强调，"对，但'地球觉知'偏偏就是个例外。这是它非常特别的一点……"

这诚然特别——因为"审判日大屠杀"之过程、原因至今众说纷纭，晦暗难明；而所谓**集体修行**之"集体"，其规模如何由最初的 12 名忠实信徒，七年间竟成长为"审判日大屠杀"时超过一百人之大型群体，其过程同样扑朔迷离。2039 年 12 月 17 日，美国北达科他州警方接获通报，于 Fargo 小城近郊地球觉知集体农场中，发现包含教主 Aaron Chalamet、教主之妻 Carey Chalamet 在内等共 103 具遗体，均为成人；而根据现场遗留之武器与工具，经弹道比对后，几可确定全属自杀，或互相加工自杀身亡。更骇人听闻的是，警方于农场后方的白桦树林间发现一小型焚化炉，炉内竟堆栈多具孩童尸骨。该焚化炉推测应为教派内部购入零件自制，是以质量较差，焚化燃烧并不完全；骸骨经 DNA 鉴定后，确认为参与教派集体生活之所有孩童，共 29 人；最小者仅 2 岁，最大 12 岁，全数惨遭火化，无一幸免。至此认定死者共计 132 人。警方搜查农庄后发现，所有相关文件、磁盘、电磁记录与个人计算机、手机等记录装置几乎全遭焚毁，显经刻意灭证。除了少许食物与一般日用品之外，农庄房舍中仅留有教主 Aaron Chalamet 遗书一封。

合理推断，遗书内容应含重要信息。然而事实却令人如坠云里雾里。该遗书直接置放于教主书房办公桌上，未有任何掩饰，显为刻意为之；文字内容简短，宣称教派一切行为均系自愿。"面对**审判日降临**，我们全无所惧，" Aaron Chalamet 于遗书中写道，"死亡仅是必经过程，为的是抛弃**无意义的躯壳**与**不可靠的灵魂**，以求安息主怀，**回归自己的本来面目**"；并指定其独生女、教派网站工程师 Eve Chalamet 继承教派财产与教主职务。

事不宜迟，警方立刻对 Eve Chalamet 之行踪展开追查。而后者随即主动投案。据了解，其时她正只身至西雅图旅游访友，不在场证明俱足，且本人亦坚称对此一大型集体自杀计划事先并不知情。这当然未必属实。时年 26 岁的 Eve Chalamet 立刻被列为一级谋杀罪嫌疑人 —— 所谓嫌疑，并非意指 103 名成人信徒之死，而是于残忍火焚中殒命的 29 名孩童；因为 29 名未成年人中，显然至少有几位因过于年幼，不可能自行终结生命。而警方高度怀疑，作为教派继承人的 Eve Chalamet 其实正是与教主父亲 Aaron 策划此一大型集体自杀与屠杀行动的共谋者或教唆者。

无人能事先预期，对 Eve Chalamet 的正式侦讯竟以如此结局收场。常理判断，既称**邪教**，总多有特异之处。或许是教主本人经历特殊，思想偏激，异于常人；或许是教派组织方式或组织文化极其严厉；或许是传教方式具高度侵略性或强制性；或许是运作资金来源不明，甚或涉及毒品、走私、敛财、精神虐待等不法行为 —— 而这些特异处总有先兆，足以令人心生警惕。换言之，邪教之"邪"其来有自，并非纯然无端。

这也算是常识了。但令人意外的是，这与"地球觉知"教派状态全然不符。如前所述，即便最后终结于惨烈无比的"审判日大屠杀"，然而于事后调查中，并未发现任何所谓异端之蛛丝马迹。而唯一被寄予厚望的，针对 Eve Chalamet 的审讯与调查，亦出乎意料，一无所获。所有曾与她接触的相关人员几乎一致认为，尽管陷于忧郁症候中（她毕竟丧父，且失去了所有与教派信徒间的人际关系网络 —— 对于一长期高度参与教派运作的教主之女而言，对外人际关系向来十分薄弱），Eve Chalamet 行事一如既往，应对进退如常，精神鉴定结果亦无异状。然而于侦讯与司法程序中，Eve 虽态度和善，实质上却并不配合。多数时间她近乎缄默，拒绝透露任何关于教派之细节，尤其对相关教义（亦即导致"审判日大屠杀"的可能原因）讳莫如深。对于诸如"遗书中所言'审判日'为何""对你们而言，集体自杀有宗教意义吗""**回归本来面目**是什么意思""为何说是**不可靠的灵魂**？人类的灵魂都不可靠吗？即使是教主的灵魂、信徒的灵魂，都不可靠吗"等关键性提问，Eve Chalamet 均三缄其口，全无回应。侦讯持续数月，全球沸腾热议，网络社群与八卦媒体上充斥各类难以查证的小道消息，评论文章与节目连篇累牍，然而实质进展却趋近于零。整整十三个月后，2041年2月，检方弃甲认输，对 Eve Chalamet 的羁押令遭到法院撤销，Eve Chalamet 自此重获自由。

舆论大哗。我们必须承认，若说过去的邪教仅是一测试版本或初期产品，那么此刻由 Aaron Chalamet 创立、Eve Chalamet 继承的"地球觉知"，或许就是**邪教 2.0**。据了解，警方曾全面清查 Aaron Chalamet 父女二人所有私人通信记录，发现二人警觉性极高，自 2032 年"地球觉知"农庄集体生活正式展开后，二人几乎完全未在对外通信中提及核心教义。警方完全无法追查到任何教派实际组织或运作细节之记录，亦无法掌握其教义内容之变异轨迹。换言之，教派整体运作可谓密不透风。而今"审判日大屠杀"既已发生，死无对证，更令人难以窥其堂奥。唯一可能的突破口是，据传 Eve Chalamet 大学时期曾交往一姓名缩写为 D.W. 之男友，交往时间约一年。除此之外，她未有亲近友人，感情生活亦堪称一片空白。然而历时一年，警方始终无法成功追查出 D.W. 之真实身份。而于长达约四百日的羁押中重获自由后，Eve Chalamet 本人亦未再从事任何宗教活动。她隐姓埋名，低调离开小城 Fargo，自此消失于茫茫人海，不知所终。

当然，与 Eve Chalamet 的会面是我采访生涯中最极端的挫败经验之一。理论上，我与她有限的会晤仅能于 2039 年年底至 2041年 2 月她遭到羁押的一年间进行。我很遗憾没能争取到更多时间 —— 正如前述，自始至终她拒绝透露细节。这与她对警方的态度如出一辙。她的策略简单有效：她并不否认已被追查确认的信息，然而对其他尚未明朗的部分则一律守口如瓶；举例而言，她直接承认大学恋人 D.W. 的存在，但完全拒绝透露其身份（至于在押的她何以竟隐约对警方侦办进度有所掌握，则无人知晓。针对此点，坊间八卦小报沸沸扬扬，甚至有人信誓旦旦地宣称，Eve Chalamet 必然具有神通或读心术之类的超能力）。采访本身无疑是失败的；但我想我个人的幸运是，我的身份毕竟是个独立记者——比起警方或美国联邦调查局，我拥有更长时间，也有绝对充分的理由去追索那些与谋杀、诱拐或加工自杀等犯罪事实并无直接关联的细节。我无须受到法律追诉期的限制。对我个人而言，我关切的始终是所谓"人性"，那些纯粹的良知、神圣、邪恶、暴力或疯狂。当然，我无法在此重述我找到 D.W. 的过程——这涉及太多秘密，难以叙明的手段，拒绝曝光的证人，隐秘而无从言说的痛苦——总之，同样令我自己意外的是，"审判日大屠杀"过后近十六年，2055 年 4 月，我于加拿大某地与 Eve Chalamet 大学时期的恋人 D.W. 会面。会面前我想我们彼此都做了充足准备——无论是资料考证、采访行为本身、保密的默契，抑或任何精神上的武装；以及武装之卸除。是的，时间既甜美又邪恶；那或许正是这长达十六年的空白所赐予我们的、暧昧而神秘的赠礼。采访过程堪称顺利；在我看来，D.W. 的说法已近乎完全解开了"审判日大屠杀"的秘密。

"我想关键确实就是那所谓'不可靠的灵魂'。"小城咖啡馆中，冷门时段来客稀少，服务人员百无聊赖，店内恒常的工作噪音亦近乎灭失无踪；诡异的静默盘踞于空间的清冷中。"当时我也在媒体上读到了 Aaron Chalamet 的遗言……"对比我先前查到的档案照，D.W. 已明显发福，然而脸部轮廓依稀可见年轻时的俊朗。据我私下调查，D.W. 出身于一中产阶级家庭，双亲均为大学教授，社经地位优越。我想这至少部分解释了我在 D.W. 本人身上感受到的儒雅——是的，"儒雅"；他或许正是那种出身良好的天之骄子，自身资质优异，在充满爱与关怀的环境中长大，命运赐予他极佳的教育机会，学校或家庭两方面皆然。尽管距大学时代已超过二十年光阴，从他对过往生活的叙述中，我仍能明显感受到他过去的早熟与稳重——尽管当时的他无比年轻。二十多年后的此刻，他似乎并不愿意多谈个人近况，但我感觉他对自己学生时代与 Eve Chalamet 的偶然交会并无过多保留。D.W. 表示，他个人判断，相较于 Eve 的父亲 Aaron，Eve 本人或许才是"地球觉知"教义核心转变的关键。

"对，我看到了教主 Aaron Chalamet 的遗言。我当下就认为，关键一定不在 Aaron 身上。"D.W. 向我解释，"Aaron 就只是个普通人，他没有那种能力。"

"什么能力？"

"创造教义的能力。"

"是吗？……"我沉吟，"你见过 Aaron 本人？"

"见过。但那是纯粹巧合，不是特意安排。我和 Eve 还没进展到那种程度。我有次去接 Eve 时，Aaron 正好也在那里。他给人的感觉非常好，很温暖，很正向……大概就像你说的那样。"

"你怎么知道 Aaron 和'地球觉知'的真正教义无关？"

"我这么说或许有点草率……"D.W. 说，"但那是我的推断。应该说，我的推断部分来自 Eve 的说法。"

"Eve 提过这点吗？关于教义？"

D.W. 摇头。"我们没聊到这么多……"

"那你怎么知道？"我追问，"她说了些什么？"

"真正关键的，就是'不可靠的灵魂'。Eve 不相信人类的灵魂。她不相信人类的灵魂**属于**人类。"D.W. 回忆，初见之时，他立即为 Eve Chalamet 的神秘气质所吸引。"对，她美丽、自信、独立、神秘，和其他女孩都不一样……当然，她的神秘或许正在于，她始终避免与人有太密切的往来。她长期独居，没有朋友，没有所谓闺密。这对一个年轻女学生来说太不寻常……"

"我知道她长期负责教派网站的内容更新与管理。交往期间，关于她的宗教与工作，她向我透露的信息也不多，但已足够我大致理解她的想法。"D.W. 表示，Eve Chalamet 自小便对生物学与文化人类学特别着迷；而与一般基督教"神七日创世、一日造人"的创世论完全相反，她是达尔文进化论的忠实信徒。

一位对进化论确信不疑的邪教教徒？这似乎很难想象。然而根据 D.W. 的解释，却无比合理。他表示，Eve 认为，依照《物种起源》的思维推演，作为灵长类之一种，黑猩猩、直立人、尼安德特人等数种"类人物种"之近亲，我们人类 —— 所谓"智人"（Homo sapiens）—— 其实不应拥有如此复杂的大脑思维运作。"我记得她曾口头向我阐述了某些证据，细节大部分我都忘了。"D.W. 稍停半晌，望向窗外。"但一言以蔽之，她认为，身体主宰着人的生物欲望，而人类的中枢神经则主司理性、逻辑、文明与道德。'我思故我在。'所以，身体与中枢神经之间的剧烈冲突难以避免；而人类的历史，正是一部**中枢神经**与**生物欲望**彼此对抗的历史……"

"所以呢？"是的，这不无道理；但这和"地球觉知"的教义有何关联？她在暗示些什么？

"是这样：简单地说，她的看法是，中枢神经所代表的'智慧'或'文明'，原本便与生物本能格格不入。这种矛盾不应发生于同一生物个体内部。"D.W. 凝视着我，"所以 Eve 认为，现有的人类灵魂，人类的中枢神经，大脑，应当只是某种藏匿于人体内的**寄生生物**。"D.W. 稍停，"说'寄生'也可以，说'共生'或许也成立。总之，在人类进化过程中，这套'中枢神经'直接以 DNA 编码的形式寄生于人类染色体中；而进化与天择的过程还来不及将这段其实与人类身体格格不入的'中枢神经 DNA 编码'淘汰。换言之，人类的身体完全是受到这段来路不明的 DNA 编码的利用，因之而在人体内造出了大脑和脊椎。但大脑原本不应属于人体。那是另一个物种……"

"所以她不信任人类……"D.W. 继续述说，我却感觉自己的思绪开始飘远，失去控制，悬浮于无边界的白色光爆中。奇异的是，D.W. 的语音依旧回响于耳际，清晰无比，宛若神灵。"不，正确说法是，她不信任人类的灵魂，不相信**意识**；因为灵魂与意识正是中枢神经的直接产物，而大脑根本是个偶然寄生在人类体内的异种。我还清楚记得她本人的比喻 —— 她说，理论上，那套'中枢神经 DNA'就像是 Internet 广漠海洋中无以计数的废弃网站原始码，仅仅是整个网络数据积累过程中无用的垃圾而已……"

"所以？"我听见自己的声音，如此陌生；似乎并不来自我的体腔，"后来呢？"

"所以她明显影响了她的父亲，教主 Aaron。这大约就导致了'地球觉知'教义的秘密转向。从这个角度看来，Aaron 的遗言完全是可以理解的。你记得那段遗言吧？"

"记得……"当然，我未曾或忘 —— 那神秘的遗言或许正类同于一段不可解的 DNA 编码？"无意义的躯壳，不可靠的灵魂……"

"对。正如遗言所说，人类所拥有的，是不可靠的灵魂；应当完全抛弃灵魂，彻底与这来源可疑的异种生物决裂，分道扬镳，以求**回归人的本来面目……**"

"呃……但就算我们不信任人类的灵魂，那就必然导向'审判日大屠杀'吗？这不合理呀。"我急切追问，"就因为那些'不可靠的灵魂'？这是什么道理？"

"嗯，我当然不敢说我完全理解他们……"暖昧的晕光在D.W. 的瞳眸中闪烁，如黑夜的水面倒映着天上漂移不定的群星，"应该是……或许这么说吧……关于这点，Eve 确实曾经向我提及。那也是我手中唯一拥有的、她亲手记录的文件。她的意思大约是说，我们或许能尝试以各种方式'清洗'人类大脑所偷渡给人类的'精神毒素'——或许借由药物，思维训练，脑电图监控，或其他方法；但如果成效不彰，那么最后的极端方法，就是'摧毁大脑本身'……"

"等等。等等！"

"什么？"D.W. 没听清楚。

"D.W. 先生——"我打断他。他似乎未能意识到他此刻诉说的"真相"带给我的冲击；但真正令我诧异的是我自己的举止。"等等。D.W. 先生，我得告诉你……不，我得先向你致歉——"

时隔多年，此刻我难以否认，当初之所以如此，大约也仅是为了我自己的私心而已。作为记者，作为一位专事挖掘真相、述说真相的新闻从业人员，我已在我的岗位上尽忠职守多年；而新闻伦理始终是个浪头上的热议话题。这是这个时代的特色之一：传播方式变迁迅速，信息论各类学派方兴未艾，众说纷纭；经典问题数百年来挥之不去，而数十年间，相应而生的大量新问题更接踵而至。新形态的新闻，新形态的采访，新形态的谣言，新形态的撰写、传播与复制，信息彼此嫁接、变异、演化，新形态的伦理问题（如果负责梳理数据的 AI 出了错，谁该负责？）……我不免揣想，倘若麦克卢汉（Marshall McLuhan）生于今日，恐怕也要叹为观止吧？事实上，直至我与 D.W. 会面前 —— 不，准确地说，直至我主动打断 D.W. 的此刻 —— 我始终未曾真正对此下定决心；尽管问与不问、说或不说皆已早在我事前多次推演之内。说了会如何？不问，又会如何？可能恰恰在他说到何种程度时抛出事实？我又怎能事前预期他会说出些什么呢？或许我该借口暂时离席，争取时间，躲到洗手间理清思绪，再做决定？或者该引导 D.W. 移步至店外，陪他抽根烟，营造一仿佛抽离现场、压力暂时消解之环境，再伺机提问？那像是一场足以扭转全局的关键战役，冲锋或登陆前夕；像是暧昧中等待恋人的回答，或单独走进诊疗室聆听医师关于个人病况的重大宣判……我心中千回百转，同时千头万绪；而无数思绪纷沓而来的极致，竟是雪盲般无边际无终止的空无。是的，许久之后 —— 仿佛个体之一生纷然而至而又杳然而去（那就是中枢神经的运作吗？那"不可靠的灵魂"所给予我的吗？），我终于听见自己的声音，既陌生又熟悉，像是一位我未曾熟识的、平行时空中的自己。"D.W. 先生，"我深吸一口气，"我必须先向你道歉……但我得先问你，在你与 Eve 分手后，你是否曾与她见过面？"

"什么？"

"分手之后，'审判日大屠杀'之前，你们见过面吗？"

D.W. 沉默半晌。"有三四次吧。"他看了我一眼。

"好的。"我点头，"好……我要说的是，根据我的查证，在 2039 年'审判日大屠杀'里死亡的孩童中，极可能包括 Eve Chalamet 两岁的亲生女儿……"

"女儿？她有女儿？"

"她确实有个女儿。"我回应，"骨骸的 DNA 鉴定结果已证实了这件事。我确定。但这件事并未见诸媒体，外人对此并不了解。当然，我也是仔细追查过后才得知这件事。"我凝视着 D.W. 的眼睛，"所以，你不知道她有个女儿？"

"你的意思是，"D.W. 声音沙哑，"她杀了自己的女儿……"

"非常可能。"我稍停，"当然，就我了解，也很可能，是你的女儿……"

D.W. 转头望向窗外，表情隐没入逆光的暗影中。他嘴唇轻颤，像是想说些什么，然而声音却灭失无踪，仿佛细微光线被吸噬入深海的黑暗里。我想象着那些深海中的生物们 —— 它们的形体或者庞巨如岛屿，亦可能细小如砂粒；甚或如蜉蝣般不可见，遁逃于肉眼、于人类视觉之外。然而在如此广漠无垠的黑暗中，本来一切便都是不可见的不是吗？它们或许也能沟通，以某种人类无法理解的语言，透过声波、水流的律动，或某种人类迄今一无所知的器官或知觉。它们或者拥有中枢神经，或者没有；然而一切都在它们体内运作，无声无息……我看见 D.W. 低下头，双唇持续翕动。

"她的女儿没有户籍。"我继续解释，"事实上，'审判日大屠杀'的死者很可能并不是 132 人，而是 133 人。"

"她叫什么名字？"D.W. 转过头，放下原先遮蔽面容的双手。他双眼满是血丝，额角青筋暴现；仿佛就在刚刚那一瞬间，皱纹便侵蚀了他的脸，十数年光阴瞬间剿灭了他的魂魄。"她……她有名字吗？"

"我不清楚。"我沉默半响，"就我所知，官方也不清楚。他们始终未能确认小女孩的姓名。他们也没有发现任何相关的电磁记录……"

D.W. 再度望向窗外。泪痕在他脸颊上滞留。我难以揣度他此刻内心的真实感受，但我确曾思考过"没有名字"的意义。小女孩确定存在，但是否确实没有姓名，迄今成谜；且可能终无真相大白之日。设若真是没有——我突然醒悟，既然那是个"不可靠的灵魂"，或许，也就不配，且不宜拥有一个名字。此刻回想，我并不认为自己必然过度剥削了 D.W. 的情绪，但对于自己当时的行为是否恰当，我毫无把握。总之，我当下的直觉是，我不应放任进展停滞于此，不应放任 D.W. 持续被困锁于情绪或回忆的泥沼中。正因这样的冲击显然并非常人一时半刻所能消化；我反而更该引导 D.W. 继续解释 Eve Chalamet 的想法——暂时转移焦点，或许对他的情绪状况反而更有帮助。

事后我才明白，那不仅仅对 D.W. 最有帮助，对我自己同样也是。

从洗手间回来后，D.W. 取出平板计算机，叫出扫描档。顺着他轻颤的指尖，我就此目睹了此份绝无仅有的**唯一物证**。屏幕上，Eve Chalamet 的蓝色字迹端丽工整，布局均衡且个性鲜明的草写字母仿佛无数列队舞动的灵魂。那几乎确定正是此刻不知所终已久的"地球觉知"实质创造者 Eve Chalamet 存留于世的唯一手泽；她作为一确曾实存之"人类"，唯一可见的个人生活轨迹。我想象扫描文件背后，主机玻璃壳内部电路板上不可见的内部运作——那承载了人类中枢神经纷繁思想（"不可靠的灵魂"，人类体内异种寄生之创造物；深邃如宇宙，银河群星般巨大富丽且变化多端）之数据篇章，本质上仅仅是 1 与 0 的序列记录。那也如同基因图谱，染色体 DNA 的复制、聚合或重新排列，千变万化的生物与其活动 —— 捕猎、觅食、求偶、生殖，独居或群居，艺术创作与异文化之竞合倾轧，虚拟世界之各类人际互动，爱、同情、利他、嫉恨、邪恶、阴谋、霸凌与杀戮，所谓"意识""灵魂""活着"，**生命本身**，繁花万象，于细胞核中，DNA 双螺旋之上，本质上亦仅仅是 A、T、C、G 数种碱基之排列组合而已。窗外，加拿大东部小城的春日已然来迟，隔着咖啡馆大片落地玻璃，树木光秃的枝桠展开向天，一个个高举双手，如同贾科梅蒂的细瘦肢体，弗朗西斯·培根画中人模糊而荒诞的面容。那是命运本身静默而绝望的叩问吗？我再次想起近十六年前与羁押中的 Eve Chalamet 的最后会晤 —— 她显然是我平生所遇最难缠的受访者之一；因为如前所述，于近一年时间中，她理性、平静，表面上高度配合，实际上拒绝说明一切。于最后一次会面结束前，我已确认访谈终将以失败告终（我刚刚得知 Eve Chalamet 即将被解除羁押，且我从未如此一无所获），仅能孤注一掷，再问她一次关于 D.W.，她生命中那唯一可能的"突破口" ——

"我想我们不见得能再见面了。这可能是最后一个问题……"我凝视着她的眼睛，她深黑色的瞳眸；那其中时而闪烁着群星般细碎的光芒，灵魂孕生之宇宙；时而又仿佛空无一物，毫无阻隔，轻盈得像是能被视线直接穿透。"你认为，你曾爱过 D.W. 吗？"

她轻轻皱眉，而后转开视线。"当然。我曾经是爱着他的。但爱是什么？"

"或者我们这么说 —— "我突然福至心灵，"爱着他的是谁呢？是你吗？是直接导致 132 人死亡、数十个家庭破碎的'地球觉知'中的你吗？ —— "

"我当然想过这些。"Eve Chalamet 平静一如既往，一双美丽的蓝色瞳眸仿佛雾中明灭不定的灯火。"但那不是我该负责的事。"她露出奇妙的微笑，"作为一个正常人，我真正了解的其实并不多。我唯一确定的是，我的任务已经完全结束了。"

6 | 二阶堂雅纪虚拟偶像诈骗事件

与绝大多数其余女性当事人并无不同的是，最初，在叶月春奈带着醉意，三分内疚、七分羞赧，期期艾艾向闺密姬野亚美诉说那既诡异又美好的梦境时，她完全未能知晓，自己已然被卷入本世纪最诡秘离奇的诈骗案件中。是，她确实是拖了好一段时间才鼓起勇气告诉原本无话不谈的姬野的，因为这实在太令人害羞了：一位43岁的正常职业妇女，一位受过高等教育，事业平顺，亲子关系良好，婚姻美满，堪称过着人人称羡之幸福生活的中年女性，如何可能，就此毫无预兆地坠入对一位18岁少年偶像深不见底的迷恋之中？对外人而言，这近乎不可理喻。或者容我们再退一步——若仅是欣赏或着迷于一位师奶杀手小鲜肉便罢——真正令人费解的是，何以叶月春奈竟会因此抛夫弃子，倾家荡产，放任原有人生坍塌崩解，终至沦落至社会底层，无可挽回？

这如何可能？这样离谱的故事，岂非仅见于**邪教**之中？

事有蹊跷。然而更不寻常的是，叶月春奈的经历绝非孤例。事件之规模远为庞巨；而其后牵涉之真相，则更是疑点重重，难以想象。资料显示，公元2196年3月，叶月春奈出生于日本东京都中野区，为家中么女，上有一姊。父亲叶月悠良毕业于一桥大学新闻系，长期于东京大学文学院办公室担任雇员，主管媒体联络事务；而母亲宫泽大华则任职于经营衣饰与女性配件网购事业的双堤商社，担任营销部门主管多年。换言之，那是个再寻常不过的日本都会白领家庭。据叶月春奈自述，她于此一经济无虞、父母皆性格温和的家庭中成长，近乎无忧无虑。她自小姿容秀丽，资质颖异，中学时期即展露对于数学、医学、生物与美术相关学科之天赋；随后顺利考入东京大学医学院就读。大学时代她担任**微生物彩妆社**社长（当时曾短暂流行以章鱼色素细胞基因产制之"彩妆微生物"植入人类皮下，取代原先传统化学品彩妆；但未久即因微生物生命周期之疑虑而遭到禁用），课余亦以服装模特儿身份兼职，被誉为"东大医学之花"，数次接受媒体邀访报道，并参与综艺节目；堪称校园风云人物。而在以优异成绩毕业后，她婉拒经纪公司邀约，放弃演艺之路，进入佐藤荣治纪念医院（Eizi Satou Memorial Hospital）精神科任职。数年后她完成正统医学体系基础训练，同时考入美国约翰·霍普金斯大学（Johns Hopkins University）精神分析研究所，直攻博士。五年后当她顺利取得博士学位与精神分析师资格时，年仅 33 岁。

"当然，不能说我的人生没有挫折……应该没有人的人生是真没有挫折的吧？"此刻叶月笑得落寞，"但我已习惯不说。非常习惯。我这样的人，如果还要向别人倾诉自己的挫折和沮丧……你得承认，没有人会认同你的 ——"

"但现在会了。现在他们会同情我了。"她语带哽咽，像胸腔内部某种压抑的哭泣。我察觉四周遍在的黑暗正隐没入远处海潮空洞而巨大的声响中。"他们会的，对吧？对吧？"

2249 年 11 月 22 日傍晚，日本福岛县相马市近郊，海滨公路旁的简陋咖啡座。寒日阴霾，货柜屋外冷风荒凉，尘沙纸屑翻飞，仿佛某种眷恋不去的魂魄。这是个远离市中心商业区的边缘地带；估计往来熟客都是些负责操作码头机械人的技术工。我与叶月春奈在此首次会面。她事前已坦率表示不愿遇见熟人；于是我们自相马市水泽市场暂离，来到此地 —— 原本每日傍晚，她会在水泽市场东侧近出口处摆摊，卖些从友人处批来的旧款长短袜、毛线帽、织物与不带温度调节功能的廉价抛弃式内衣裤。我随口询问购入价格与生意状况；但她含糊其词，不愿多谈。我有种直觉：或许那并不涉及真正的商业买卖；而所谓"友人"，对她也仅是单纯接济而已。

而后我问起她的家人。

"他们都还在东京吧。"她简短回答。

"姊姊也在东京？"

"应该是吧。"

"很久没见面了吗？"

"嗯。"她看着自己的指甲。

"那父母呢？也很久没见了？"

她迟疑半晌。"我不打算见他们。"

"为什么？"

"你也知道吧。我这样子——"她苦笑，轻轻搓了搓手，"我……我没有脸见他们吧？我想他们也恨不得忘了我……"

平心而论，叶月春奈的"样子"或许并不像她自以为的那么糟——她毕竟曾是"东大医学之花"，一位上遍各大综艺节目"高学历美女"单元的业余模特儿。此刻室内灯光昏黄，神情疲惫的她尽管已年过半百，眼周与嘴角难免有岁月痕迹，然而她五官精致，轮廓深邃，不难想见年轻时的清丽。是的，或许她确已不再年轻貌美——眼前的她素着一张脸，身着宽松运动服，体态浮肿，乱发半白，似乎未曾梳理。那明显带着自弃意味。当然，并非所有外貌崩坏的男人或女人都曾经历过某种自弃；我的意思是，我能感受到那种外在形貌的崩毁其实根源于内在的空疏与荒芜。我或可如此断言：那等同于一座**心的废墟**。然而事实上，于此"二阶堂雅纪虚拟偶像诈骗案"中，叶月春奈并不特别 —— 她仅仅是众多被害人之一而已。统计显示，受害者中女性占比 85.8%，且不乏高学历、高社经地位、外形亮丽，甚或婚姻或情感关系良好者。当然，各人受害程度不一；而如叶月春奈这般近乎丧失一切所有者亦不在少数。资料显示，此诈骗事件自 2238 年间初露端倪，历时六年，于 2244 年秋宣告侦破 —— 该年 9 月 15 日，日本警视厅与东京地检署大动作召开联合记者会，宣布逮捕情侣文件嫌犯星野飒太与伊织·柯内留斯（Iori Cornelius），随即起诉二人。然而事件并未就此落幕。由于案情复杂，疑点重重，犯案手法神秘难解，传闻日增。两个月后，经《日本产经新闻》追查披露，确认两位嫌疑人均为日本某左派组织成员。消息一经传出，揣测与联想便不胫而走；甚至有人言之凿凿，认为该案必涉及至今仍逍遥法外之其他共犯集团、邪教组织或洗脑手法，各类阴谋论与真假新闻无日无之，甚嚣尘上。而于受害者方面，由于检方认定遭诈欺者多达二百余位，于媒体追查下，数年之间持续有多位受害者身份曝光，是以相关热议未曾稍停；无论是颇具公信力之老牌传媒抑或八卦小报，均多有报道。缠讼历时约两年，控辩双方攻防空前激烈，于 2246 年 11 月 30 日宣告定案；两位嫌犯星野飒太与伊织·柯内留斯均以罪证不足为由被合议庭宣判无罪，当庭释放。

舆论大哗。但平心而论，此事并非纯属意外 —— 一般看法，检警双方最终调查结果漏洞百出；而于关键之**犯案手法**上，堪称阙漏甚多，未能服人。就此而言，合议庭以罪证不足为由拒绝有罪宣判，亦可谓意料之中。但这并不代表两位嫌疑人纯然无辜。根据 *apéritif* 周刊一项针对日本国民之非正式民调显示，认为星野飒太与伊织·柯内留斯确有诈骗犯行者，占比近 56%，远高于无辜者之 12%。而两位主谋显然也对相关案情与犯案动机有所保留，并未完全吐实。直至我个人撰写此份报道为止，真相尚未水落石出。

"或许状况不见得那么糟——"我说出的话连我自己也不相信，"事情也已过去好一阵子了。你的家人们也可能已经不再那么介意……"

叶月春奈没有回应。她转头看向窗外。货柜屋内亮度昏暗，隔着雾蒙蒙的窗玻璃，路上残雪一摊摊蜷缩于街灯无生命的光照下，如画布上的水渍。我心口不一；因为叶月的沮丧如此真切，我直觉想安慰她。但我其实知晓那确然困难无比；因为即使仅作为一名旁观者，不难理解她给她的家庭带来了何其巨大的伤害。

"那——"我试着转移话题，"对了，你以前说过，你从来没和星野飒太见过面对吧？"

"对，没有。"

"Iori 呢？"或许是为了暗示此人非我族类，日本社会惯以英文 Iori 的片假名称呼德日混血儿伊织·柯内留斯。"也没有见过 Iori 本人？"

"没有。"她摇头。

"当初没有一点怀疑过他们？"

"理智上当然有。"她晃动小匙，注视着杯中乱流。小小的漩涡在她眼底浮现。"但你一定也知道，那不是理智的问题。"她抬头凝视着我的眼睛，"要是被骗的是你，遇到这件事的是你，你就不会这样问了。"

"你的意思是——梦境太真实？"

"梦境当然真实，但重点不在这里。真正可怕的地方是——"

"因为那梦里的元素和**现实**有关？"

"对。它们总和现实有关。它们和现实完全融合在一起了……"她稍停。店里的黑猫跳上空椅，在椅面上将自己蜷成了个问号。"我不是在替自己开脱。至少我自己不认为如此。我完全没有这样的意思，但我确实认为，多数人都很难抗拒那种事……"

我无法否定她的判断 —— 诈骗事件的开端实在过于离奇，近乎**神迹**。人如何抵抗神迹的诱惑？对叶月春奈个人而言，2239 年 3 月 14 日是事件的正式开端 —— 那是日本的白色情人节。一般习俗，每年 2 月 14 日西洋情人节时，女方会挑选礼物赠予心仪男士；而在一个月后的白色情人节则由男方回礼。然而那年，她的丈夫头一次彻底忘了这回事。

"现在想来也不奇怪吧。"叶月春奈苦笑，"他那阵子是忙了些……"叶月表示，3 月 14 日当晚，时任野田证券总合经济研究所副所长的丈夫前田一辉以指导学生与应酬为由晚归，直至凌晨 1 时才出现在家门前。"他醉得乱七八糟，是被两名学生搀回来的。我也懒得再说什么。你知道嘛，男人总那样。他平时个性不算差的……要不然我也不可能和他结婚。"她面露无奈，"他从不讲究惊喜什么的……他就不是那种人。反正我也不在意，他有心意就好。但往年他总会提前问我想要些什么……"

"2 月 14 日你送了他礼物？"

"当然。一定的。"叶月春奈看了我一眼，似乎不想多作着墨，"然后他醉了就变得粗暴……偏偏他这份工作应酬不少。我早叫他去植入解酒用的类神经生物，他不肯，说这样连微醺的放松感都没有了。我不知道他哪根筋不对，他那时甚至用充满敌意的眼神看着我，像个被抢了玩具的小男孩。每次他喝醉我就有得受了。还好小

100

龙一直很懂事——"

"他——我说前田，喝醉了会动手？"我心想，多么老掉牙的故事，近乎俗滥？

"啊，不，那倒不会……都是些言语上的粗暴……"她有些犹疑，"哎，算了，这没啥好提的。反正那时我也正在考虑离婚。然后那天晚上我就做了那个梦……"

叶月春奈的说法显然与她的丈夫不尽相符。但我不动声色——毕竟那与诈骗案件本身并无直接关系；而我也难以判别其真伪。"樱花林的那个梦？"

"对……"她稍停，双颊飞红。我想即便事过境迁，一切已然以最残忍的方式灰飞烟灭，然而那最初的印痕始终真实无比；像是童年的第一口糖——既然如此，对她而言，一切也就都是真的、美丽的。"一开始只有单一场景。对，我说那天晚上……我不知道……反正这不重要。我和美少年走在盛开的樱花林里。凛冬一月，空气冰冷，我们都穿着厚厚的冬衣，地上还有薄薄一层积雪。我还非常年轻，大约二十多岁的时候吧。"

"那个梦里，我记得最初……对，一开始的这个场景，我们什么话都没说。但我们正并肩散步。下着小雪，雪晶与花瓣片片降落在大衣和围巾上……浪漫美丽的慢镜头。我心里暖极了，很放松，什么思绪也没有，专心听着两双靴子踩在雪上的步伐。而后我突然想起我原本该是很伤心的……我想哭，我知道有某些事一直困扰着我……眼泪就在眼眶里打转。现在回想起来，不知为何，我似乎能意识到，那些忧伤都来自梦外；是从梦外渗透进去的……"

"什么意思？从梦外渗进去？"我皱眉，"那是清明梦？你知道自己在做梦？"

"不，不是，"叶月春奈摇头，眼底水光闪烁，"我不确定……那梦非常真实。他温暖的气息，手掌、手指和脸柔软的触感……那时他的面容还很模糊，看不清楚。对，我们当然是恋人。我忽然明白，就是因为他，因为眼前这位恋人，我才暂时忘了那些伤心事的……"

恰如前述，叶月春奈并非孤例。事后调查结果显示，这似乎是此**二阶堂雅纪虚拟偶像诈骗案**的固定模式 —— 事件几乎全数起始于一模糊而情境单纯之梦境。梦境内容固然人人有别，然而结构多有相类 —— 归纳结果，可被简化为"**缺憾→抚慰**"模式。一般而言，做梦者必然于梦中经历某种熟悉的负面情绪，其后则因一美少年之现身而深受抚慰。换言之，这是个**规格化的疗愈系梦境**。记录显示，不少受害者均曾提及"负面情绪似乎来自梦外"此一说法。然而这或许也正是那所谓"熟悉感"之同义词 —— 真实生活中，受害者既已长期苦于该种负面情绪；则其后随之而来的抚慰自然更令人心动不已，难以抗拒。

"第一次你就知道他的身份吗？"我追问，"白色情人节的第一个梦？二阶堂雅纪？"

"嗯……"

"哦……你怎么知道的？是'自然就知道'的那种？"

"对。因为那第一个梦，在我印象中就只有那样。很简短，没什么情节；但像块吸水海绵般吃饱了情绪……"货柜屋外灯光明灭，三台大型除雪机器人轰隆驶过，手铲刺耳擦刮着地面。吧台里唯一的店员皱眉探了探；黑猫醒来，伸了伸懒腰，舔舔手爪，直起尾巴，跳下椅子走起台步。叶月春奈凝视着自己的指甲，纤长睫毛在眼下投射出清晰的阴影。"我还记得自梦中醒来时是清晨。天色微亮，房里蓝幽幽的，像海面下的水光。只有我自己一个人——对，那时我和我前夫分房很久了；就我一个人，但我感觉一点也不孤单。我很放松，懒洋洋的，仿佛全身浸泡在轻轻摇晃着的、温暖的液体中。像羊水里的胎儿。……是啊，真的，说来很怪，我不是……我不是才从一个那样冷，满是冰雪和樱花的梦中醒过来吗？"

"然后就在那一瞬间，我知道了那个梦中恋人的名字——二阶堂雅纪。"叶月春奈继续呶呶述说，"他叫做二阶堂雅纪。我知道他18岁，家住东京近郊三鹰市一带。说来离我也不远呢。但他真的才18岁吗？是个还在念高中的孩子？完全无法想象他穿上高中制服的模样啊……或许他刚刚毕业？那不像啊。太不可思议了。手那么大那么暖，气质成熟，那么可靠的模样……"

根据叶月春奈的说法，她当下福至心灵，即刻起身，以手势唤醒视网膜上的植入式浏览器（隔着房门她听见丈夫前田一辉的鼾声；兽一般粗糙的鼻息），上网查询，赫然发现，这位梦中的"二阶堂雅纪"，竟是位真实存在的，隶属于 WAS 事务所的**虚拟偶像**。"名字相同，年纪一样，籍贯和居住地完全符合，连个性设定都是那样没错。"她说，"官方网站上说，身为疗愈系暖男的雅纪个性体贴，'你必然会为他的温柔贴心感动不已'……"

"我的直觉反应是，这怎么可能呢？"叶月春奈继续她如在梦中的陈述，"一定是过去我曾在哪里看到了这位虚拟偶像的资料，才会在梦中精准重现了这些细节吧。一定是的——否则哪可能那么巧？但我真的完全想不起来有这么回事啊。"

"但其实我一时也没放在心上……是怪得很，但也算不上什么太重要的事吧？就是个莫名其妙的梦罢了。天亮了，我听见乌鸦的鸣叫，非常近，仿佛就伫立在屋顶，等着要叼走人们残余的、死去的梦境。那些梦境的尸体。我不明白自己为何会有这种联想……我从小就害怕乌鸦。我给自己倒了杯水，很快跌回自己原本的烦恼中……是，半年来我动了离婚的念头，但因为小龙，我就是没认真考虑过。小龙还那么小……他长大后，会跟雅纪一样讨人喜欢吗？我又想，我究竟是恐惧一种'没有爱'的生活呢，还是在恐惧一种'没有陪伴'的生活呢？我和我的先生，我们，是什么时候变成这样的呢？如果我继续这段婚姻，那么我就是选择接受了一种没有爱但差强人意的陪伴吧？……但那么久以来，我始终就在提醒自己，别把自己和前田一辉之间的问题看得太严重，那就只是婚姻日常而已……我已比很多人幸运太多了……"

"胡乱想着想着，就这样过了恍恍惚惚的一天。完全寻常，不值一提的一天。然后当天晚上，我居然又做了同样的梦……啊，但你其实知道吧？"叶月春奈突然问我。

"什么？"

"你其实知道，我们……我说我们这些受害者，会重复做同样的梦——"

"对，我大约知道是这么回事。"我轻轻点头，"但我不很清楚细节。"

"是同样的梦。"她似乎不怎么在意我的回答，"一样的……但细节越来越多，场景和情节也开始延伸分岔。像植物生意盎然的枝桠。同样的雪，同样缤纷的、糖果色的樱花雨。接着是溪流，水面氤氲，透明的水花与漩涡弹奏着黑色的、光滑如玉的溪石……"此刻窗外夜色渐浓，室内灯光微弱，所有人影皆陷落于雾气般逐渐聚拢的黑暗中；然而叶月的眼神如梦似幻，一如云后忽隐忽现的星芒。"接着是我们终将前去的、树林边缘的小屋……对，我知道那幢二层楼的小屋，小小的门，优雅的、地中海风格的白墙，二楼的落地玻璃，宁静的、暖黄色的光……就在小镇与树林交界处。"她稍停，手指轻卷胸前发梢。"然后过几天，是第三个梦；再过几天，第四个和第五个……"叶月春奈的眼神充满母爱，"就这样，每隔几天便重温一次同样的梦，但梦境内容越来越复杂……我能感觉那孩子温暖的鼻息，热带岛屿般的呼吸，他柔软的密发，他的浓眉，他越来越炽热的眼神。抱着他的时候我偶然有种像是抱着刚出生的小龙的感觉……啊，虽然这么说有点奇怪，但那就像是，不仅仅小龙就在我怀里，甚至连当时的先生（啊，对，那时我们感情还好得很），也在身边陪着我们……"

此即是事件之初始。叶月春奈回忆，约略自3月14日白色情人节起算，十数周内，类似梦境愈加频密，而梦境本身也渐趋复杂；由原先细雪与樱花雨的单一场景开始扩增，直至邻近的山林、小镇、居所与车站。奇怪的是，即便此一梦境发展至最后（叶月春奈表示，至该年六七月间，有段时间她几乎是每两天即与二阶堂雅纪在梦境中相遇一次，"梦境与梦境之间像地下茎般相连"，她如此形容），故事始终缺乏其余形象清楚的人物参与。"就我们两个人而已。我和他，我和雅纪。"叶月春奈解释，"绝大多数的梦里没有任何其他人存在。偶或是有，那就是些连面貌都看不清楚的龙套角色……"根据叶月自述，三个月后，当她猛然发现自己日夜盼望着梦境临至（准确地说，是盼望着美少年雅纪的现身；盼望那梦中令人心神荡漾的温存幽会），她已然深陷其中，无法自拔。

"嗯……但这中间你没感觉任何可疑吗？"我沉吟，"基于你的专业——"

"当然可疑啊。这太奇怪了……"叶月春奈面露无奈，"我刚说了。怎么可能不怀疑？但也就因为我自己是个精神分析师，我更不明白疑点在哪。"她思索半晌。"应该是说，当初因为实在找不到破绽，我也就只能相信，我确实是爱上了这么一位虚拟偶像——对，我日有所思；所以总在夜里梦见他，在梦中与他相遇……"她激动起来，"这合理吧？不然还能怎么解释？是，你知道荣格和弗洛伊德的判断，你知道 Bion 和 Garcia Moreno 那些精神分析大师的说法……但说到底，还有什么其他可能性？根本没有。你必须承认，那就是**奇迹**。你怎能不相信奇迹？"

是啊，你怎么能不相信奇迹？人如何能拒绝奇迹？平心而论，人之异于禽兽者几希；然而我们难以否认，作为万物之灵，所谓智人，Homo sapiens，想象、虚构、相信，甚或**盲从**之能力，或许就是那"几希"之一。就此而言，叶月春奈的质问并非无的放矢。而奇迹确实也并非就此中止——与其他受害者雷同，叶月春奈的个人奇迹以类似轨迹发展：2238 年 7 月，她首次自掏腰包购入了这位虚拟偶像的周边商品（一尊全像投影公仔），取得加入官方后援会的资格。门槛不高，但获得权限后便能登录二阶堂雅纪官方后援总会网站，观赏与偶像相关的专属图文与短片。然而此一堪称平凡无奇之举，竟彻底改变了叶月春奈的人生——因为直至此刻她才赫然发现，先前的遭遇竟远远称不上奇迹。

"第一次看到那些，我完全吓傻了。"她说，"你知道虚拟偶像都有自己的生活……就像我知道二阶堂雅纪的人物设定：他的年龄、性格、职业，他的兴趣和喜好。是，我喜欢他，我喜欢一位 18 岁的暖男少年，我喜欢他的长相，他的嗓音，他的个性，我觉得不好意思，说出来会脸红……但我没有太多精神出轨的罪恶感。毕竟虚拟偶像本来就是不存在的嘛。"此刻窗外已被黑暗笼罩，空气中弥漫着海的气味，货柜屋旁霓虹闪烁；而叶月春奈的眼瞳中尽是果冻般摇曳不定的光色。"结果那天我一登录后援会网站，天啊，他的图文和短片，全都是那些我和他在梦里一起去过的地方！"

严格说来，叶月春奈的说法并不准确——事实上，那并非"全是"她与美少年二阶堂雅纪的共游地；而是一众受害者的**所有共游地**皆在其中。如前所述，本案诈骗模式有迹可循，全数皆以结构为"缺憾→抚慰"的规格化疗愈系梦境作为开端。关于此点，日本检方调查报告已明确指出，经归纳受害者证词，所有梦境的初始场景业经确认，共计至少 26 种；而那令叶月春奈心旌摇荡的"小雪与樱花雨之梦"，正是编号第 19 种。

"那时我当然不会知道这件事……"叶月春奈说。2249 年 11 月 22 日晚间，我们已潦草用毕晚餐，离开简陋的货柜咖啡屋。公路电影的荒寂笼罩着这滨海地带，几盏路灯于上空无声悬浮，疏落无序，抽象图案的光照与阴影。漫步海岸，空气冰冷，她美丽而憔悴的脸廓于不规则的光暗交替中隐去又浮现。"我不知该……唉，我想过；大约就是那频繁造访的梦境完全松懈了我的戒心。是啊，连续几个月做同一个美梦……那确实不可思议，但它就是发生了。在我最脆弱最彷徨的时刻。确实是，与令人厌腻的白日截然不同的、美丽而无终止的夜啊。那不是神的暗示是什么？"

我默然良久。我们已抵达公路旁一座小型观景平台。远处车灯明灭，海浪于暮色苍茫中暧昧涌动。"……你刚刚提到，"我开口，"你说，'怎么可能不去相信奇迹'——"

"嗯。"叶月春奈沉默半晌。"对……我的意思是，怎么可能拒绝相信一个奇迹——如果它如此璀璨华美，如此……如果，如果你有幸亲自与它相遇……"她稍停，"梦中的雪与樱花雨是小奇迹。

疗愈是小奇迹。温暖是小奇迹。然后，当你逐渐习惯了这些小奇迹，却又难免半信半疑时，它给你一个大奇迹。对，梦中的虚拟情人居然记得所有你们去过的地方。所以你开始想，天啊，那些梦，那些爱恋的、糖霜般黏腻的甜蜜，该不会都是真的吧？"

叶月春奈的说法乍听之下近乎匪夷所思 —— 所谓"真的"，意指为何？那不就是梦吗？为何居然会认为那可能是**真的**呢？然而她进一步解释，在那如菌落增殖，日渐膨胀繁衍的梦境中，在她与二阶堂雅纪相偕离开那小雪落雨的樱花林，途经属于他们的温馨小屋与市街之后，他们最终抵达一座车站。"对，这里有些模糊……"叶月说，"梦到这里也不只一次了。但我不很确定，似乎有时是要和雅纪在此处话别，有时又像是要一起乘车离开……小站似乎是21世纪的路面电车站遗迹。那很怀旧，胶卷老电影般的气味。总之，我一开始是先在后援会网站上看见了这小站的照片图文。他们说这小站是在越后汤泽一带……"

"越后汤泽？新潟县？"我问："川端康成的雪国？"

"对。"

"图文内容你记得吗？"

"咦？内容吗？也不算太特别吧……"叶月似乎又有些羞赧。微光在她瞳孔中隐约浮动，"大约是说，来到此地，看到古老车站，想象许久以前，那曾承载着无数人们的爱、离别与盼望……"她欲言又止。

"有提到其他特定的时间地点吗？"

"没有……"

"也没有关于对象或旅伴的细节？任何明确的人事时地物？"

"没有……啊，我懂了。"叶月春奈抬起头，"你误会我的意思了。"

"嗯？怎么说？"

"我第一次登录官方后援会的网站时就吓坏了，因为那里面并不只是这梦中小站而已。梦中小站只是我看到的第一篇和我的梦有关的图文……"

"所以？"

"所以当我第一次登录……对，我目瞪口呆。"她小声解释，"我太震惊了。不仅仅是小站而已。我和他去过的其他地方也都在那里。我们的樱花林，我们的树，树与树彼此环抱的枝桠……我们的雪上足印，冰下的宁静溪流，小镇边缘属于我们的温馨小屋……雅纪甚至提到，在那并不起眼的小屋中，曾有他与人共同生活，难以磨灭的回忆……"

"你是说，他在你的梦中曾说 —— "

"不，不是。"叶月春奈打断我，"他在网站图文上这样写。所以我才吓了一跳。"

"你们曾在小屋中同居？"我提问，"有这部分吗？之前没听你提过 —— "

"有吧……"

"可以描述一下吗？"我察觉她的迟疑，"那是什么情况？"

"我不知道那是什么情况。"她回应，"但我知道有。在梦中，每次途经那小屋，我就知道我们曾在那里生活……"

"没有内容吗？你的意思是，你们梦中的生活，没有清晰的内容？"

"我……我现在想不起来……"

"你确定你曾在梦中'经历'你们的生活吗？"我忍不住质疑，

"或者，你其实只是'知道'你们曾在小屋中同居？你只是在梦中存留有那样的印象？"

"这很重要吗？你就那么有兴趣吗？"叶月春奈反问。月光微弱照拂，我这才发现她眼中泪光闪烁。"你想过吗？你为什么对别人的生活、别人的幸福这么感兴趣？或者你根本是对别人的**幸福的毁灭**有兴趣？"海风如刀，仿佛空间中本有的、隐秘的哭号。"你自己呢？你曾经历过得而复失的幸福吗？"

我一时语塞。我曾经历过得而复失的幸福吗？是的，是的。那太多了。"抱歉……我的意思是，如果可能，我希望尽量确认所有细节……"我稍停，瞬时百感交集。无数场景在我脑中闪现，如闪烁坠落的星辰。那些火与光，浓烟与烈焰，深渊的黑暗与冰冷，海水泡沫般朝生暮死的幸福。"如果有所冒犯，我愿意道歉。但这是我的职责……我必须说，我怀疑，这些细节与星野飒太和 Iori 的犯案方式有关……"

叶月春奈沉默半晌。"好吧，我告诉你。那些你所谓的细节……我想，我真是不确定了。"黑暗中她凝视着我，仿佛视线穿入我无所遮蔽的瞳孔，"我的为难已经太多，我的痛苦也已经太多。我当然也仔细回想过。在心中我早已拷问过自己无数次……但我想，关键在于，梦境和真实重叠的部分太多了……"

"噢……是的。我了解。"我思索，"好。那么网站上的其他图文呢？那些其他你们俩一同去过的地方？除了小站和小屋之外？例如镇上的市街？有特定人事物的线索吗？"

她缓缓摇头。"印象中不多。大体上那些图文都是些比较抒情、宽泛的内容。但他曾提及一间店铺，那同样令我惊吓……"

"哦？什么样的店铺？"

"首饰店。印象中那篇图文是我最后发现的。第一次登录后援会网站时，差不多在网页最底下的文章。"叶月春奈解释，"是家传统首饰与生物配件兼营的复合式店铺，也卖些洋装、香水和小植栽之类。梦中它离那电车小站遗迹似乎有段距离。网站上没提到店名和明确地点，但我一眼就认出来了。我点进去看……雅纪说……"她突然哽咽起来。伴随着海浪将自身击碎的巨大轰鸣，她的乱发在海风中飘飞。"他说，'我依旧记得许久以前，在这里，我曾亲手为我所爱的人戴上耳环'……"

根据叶月春奈回忆，此处与她和二阶堂雅纪的"小屋生活"模式类似——在梦中，她似乎"知道"那同居生活曾经发生，但并未确实经历。而这段恋人亲手为她戴上耳环的甜蜜记忆（"感觉还真像自己忘了生日的当天竟意外收到爱人的花"，她说），似乎也并不来自她的体验——准确地说，并不来自她梦中的**真实历史**。换言之，在梦中，她仅是"认知"此事曾经发生而已。

资料显示，关于此一细节，检方最终报告未曾提及。然而我个人推断，此一特异犯罪手法，其实直接牵涉本诈骗案的真正**犯案动机**。于侦察实务上，若主嫌自陈之犯案动机无法令人信服，那么借由其他各类蛛丝马迹进一步抽丝剥茧、旁敲侧击以推求真相，必然是无法回避的既定程序——毕竟犯案动机不但牵涉真相，也与量刑轻重直接相关。那并非无关紧要之事。

然而事实上，这也正是此案检方起诉书之所以无法令人信服之处。根据官方版本调查报告，星野飒太和 Iori 之犯罪动机并无特别之处，仅仅是为财而已。经查，自 2238 至 2244 年共六年期间，虚拟偶像二阶堂雅纪始终是主嫌星野飒太与 Iori 合资成立的 WAS 经纪公司（两人各占 50％股份）唯一经营的艺人。该公司股权与账目均极单纯，六年来税前净利共约七亿三千三百万日元，其中约28％被认定为诈骗所得。这说来简单，然而问题正在于此：虚拟偶像之经营全属合法事业；所谓"诈骗"一说，从何而来？

哪来的"诈骗"呢？

确实，此即辩方律师诉讼策略之一。基于对偶像的喜爱与迷恋，铁粉们乐意自掏腰包购入周边商品——此乃粉丝经济之常态。而"虚拟偶像"此一获利模式，自21世纪初期逐步发展以来，历史悠久；如若经纪公司早已诚实周知各方，此一人物纯为虚拟人物（而并非假称真有其人），则应无诈欺疑虑。换言之，辩方律师所言显然极具说服力。然而正如前述，于调查此案时，警方早已查出，共计多达二百余位受害者对美少年二阶堂雅纪的迷恋，均始于此类重复出现的"缺憾→抚慰"之疗愈系梦境；且业经统计归纳为26种。是以检方认定，此即为星野飒太与Iori对粉丝施以**精神控制**之结果。"不，那当然不可能是一般偶像与粉丝间的关系。"破案记者会上，东京地检署主任检察官小保方一树即曾公开提出明确指控，"那完全不一样。我必须说，本质上它比较接近**邪教**。"

常理推断，那确实就是邪教——否则我们完全无法解释26种规格化疗愈系梦境对二百余位受害者的"攻击"。问题在于，如何做到？所谓"精神控制"如何可能？那是某种妖术吗？

意外的是，检警双方显然对此均力有未逮。最终报告中，检方非但未能提出明确证据，甚至刻意回避此一重要环节。而当被告律师公开指控检方刻意入人于罪，人权团体亦已明白表示疑虑时，东京地检署却始终保持缄默，未有回应。甚至另有来自新闻界的小道消息指出，主任检察官小保方一树曾向友人私下透露，邪教危害东亚社会甚巨，自20世纪末日本奥姆真理教策动东京地铁沙林毒气案以来殷鉴历历；为了遏止更多人受害，起诉乃不得不然之选择——"至于证据，也只能期待往后有所突破了。"

事件发展显然未如检方所愿。正如前述，于缠讼两年后，此案被告星野飒太与 Iori 均以被判无罪结案；而两人亦随即隐姓埋名，消失于人海之中。社会大众虽普遍认为两人必有"对粉丝施以精神控制"犯行之实，然而由于缺乏明确罪证，亦仅能徒呼负负。事实上，由于此一无罪判决对诸多受害者而言等同于在伤口上撒盐，令人气愤难平，是以一时之间，媒体上次第出现多则以受害者为题材的采访报道；唯均以匿名控诉为多。而此类报道亦即是我个人透过相关渠道与叶月春奈取得联系的契机。然而我必须承认，令人沮丧的是，在与叶月春奈及其余数位受害者初步深谈过后，确实未能发现关于此一谜样作案手法之相关蛛丝马迹——包括叶月本人在内，受害者们均自陈未曾与两位嫌犯见面，无一例外。这使得所谓精神控制与邪教之说更显扑朔迷离。换言之，此番针对受害者方的初步调查，可谓铩羽而归。我并不比检方高明。

前行遇阻，仅能试图另辟蹊径。受害者一方既无进展，我别无选择，仅能转而寻求对加害者一方进行深入调查。就在与叶月春奈取得联系约一年多后，2251 年 2 月 16 日傍晚，我于日本关西神户市北野区首次与秘密证人 Saito 先生（化名）会面。其时异人馆（Ijinkan Gai）街区细雨纷然，湿冷黏腻，并未见及平日观光景点游人如织的模样。橙白配色的南欧风洋食馆旁行人寥落。我们恰恰于咖啡座上坐定，Saito 先生即自大衣内袋中掏出一极精致之雪茄盒，取出雪茄点燃。一时白烟袅袅，香气四溢。我知道那是瑞士马头牌，主成分是智利烟草，谢拉戈达（Sierra Gorda）原产，2249年份。那算是近三年才宣告重现市场的"新"品种——厂商宣称此品种兼具焦糖砂粒口感、杏仁味、黑醋栗果香与红酒余韵，原本已失传百年以上，直至近日方才被人自陈年基改记录中回溯，复育成功。此刻白昼渐入黑夜，Saito 一袭深檀棕格纹双排扣大衣，克什米尔羊毛红围脖与黑呢帽，穿着考究。他年近七十，满头银发，举止优雅，一派老知识分子贵族之风。据了解，他已退休六年，先前曾于某深度报道媒体任高阶主管。我自是费了一番工夫才说服他与我会面 —— 传言指出他曾亲自指挥下属追查此二阶堂雅纪诈骗案，然而报道却因故并未顺利刊出。是的，所谓"因故"，自然耐人寻味。

"两位嫌犯都是日本一个左派组织成员。"Saito 的雪茄烟流融入近处细密的雨雾中。"对，我们都知道这极不寻常 —— 那也正是我直觉联想到的切入点。当然，消息已然泄漏，同业竞争者不少；但坦白说我们有我们的优势。我们有我们的线。你知道，我们长期关注日本左派……"他递给我一支雪茄。

"是。那也算是你们的传统……"我有些手忙脚乱 —— 印象中距上次抽雪茄已逾十年。这时代，**真正的**雪茄自是奢侈品；多数需求已被拟烟感的廉价尼古丁类神经生物取代。它们每只约一毫米见方大小，吸附于人体肌肤表面，以极少量人血与体液为生，寿命可维持约三个月。"找到对的人……这终究还是得靠人脉吧？"我试探他。

"不是我的。"他看了我一眼，"说实话，不敢掠美。那不算是我的人脉，是社内其他朋友的。"

"是。"我能理解他不愿多谈，或不愿承认。

"嗯，我想我们或许都喜欢直接点 —— "Saito 先生微笑，往前坐正了些，似乎看穿了我的心思，"是这样：当时我们早就察觉，这个左派组织已经变得非常奇怪。仔细想想，这其实和 21 世纪中叶全世界左派学界与政界的当代思潮大规模论战有些理论上的关联。此点暂且不论。但总之，大约从诈骗案前十二三年开始，我们便注意到这个左派组织已进入一自我封闭状态，愈趋神秘。说得夸张些，有些邪教氛围……"**邪教氛围** —— 这位先生措辞严厉，我心想。"我们查到，星野飒太和 Iori 大约是在诈骗案前十年，也就是 2228 年左右加入这个左派组织的。他们两位的资料上都注明了大阪市支部。"

"哦……"我沉思，"但这些细节，警方知道吗？我不记得在任何正式文件上看到过这类说法……"

"我相信警方都知道。"Saito 先生看了我一眼，"毕竟他们握有公权力；能以强制手段勒令该组织交出资料。"

"但起诉书上没提到？"

"或许他们觉得这根本不重要吧？"他似乎对此不甚在意，"我们无法确知这个左派组织的这种转变从何而来 —— 但总之，一个公开从事政治倡议的正常团体，总该有些活动、集会，或至少有些文宣，来散播他们的理念吧？"他掸了掸烟灰，"怪的是，没有，完全没有。从十二年前开始，我们就查不到任何相关记录。没有任何对外活动和文宣。实体世界和虚拟世界都付之阙如。当然，他们原本便称不上活跃，像个受了什么伤自我封闭起来的小孩……"

"茧居族政党吗？"

"你这联想蛮有趣的……"Saito 笑了。他接续表示，在 Iori 和星野曾是左派组织成员之事曝光后，他立刻指派属下展开追查。

"但过程出乎意料地艰难。绝大多数左派组织成员或相关人士拒绝受访；而少数还愿意和我们说上两句的人，也全都十分保留，多有回避。没有任何人愿意和我们讨论组织暂停活动的相关问题。对所有与星野飒太和 Iori 相关的任何信息，更是讳莫如深。但总之，在经历了近乎地毯式探访之后，我们还是勉强拼凑出了一些事实，一些似乎有那么点意义的消息……"

"是 —— "我注意到咖啡座的服务人员似乎有意无意望向此处。

"首先，星野似乎不仅仅是一般的左派支持者。他似乎对组织内部职位颇有野心。"雨雾稍停，天色深蓝趋近透明，街区四周异国风情的窗景一一点亮，像地上的月光。"某些迹象表明他曾计划参与大阪市支部总书记的选举；但最后并未真正参选。"Saito 解释，但问题是，一个近乎休眠状态的政治组织，如何还能在内部维持正常或不正常的体制运作，甚至选举？"对，这也非常怪。这'实质运作'的内涵究竟为何？这部分我们同样无法得到答案。"

"所以……"我沉思半晌，"Iori 算是星野的盟友？"

"这是另一个有趣的地方。"Saito 先生笑得暧昧，"大体上，对，我们相信 Iori 和星野是政治上的盟友。但似乎又有某些数据暗示，他们两位，并不从一开始就是盟友。"

"怎么说？"我问，"哪些资料？"

"很抱歉，细节我无法透露。但总之，我相信他们后来必然维持相当紧密的盟友关系……"他稍停，"我能说的是 —— 这样吧，我不知道你是否注意过类似说法。"Saito 凝视着我。微光隐没入他深棕色的瞳孔。"基本上，我们多方查证的结果显示，星野飒太原本是个对政治一点看法也没有的人……"

"哦？是吗？"我回应，"这方面我不很清楚。但我知道星野飒太出身平凡，智识水平或许并不太高。这点或许也令人意外……"我没说实话 —— 事实上，对星野飒太过去的**政治麻瓜**身份，我并

116

非全无所知。

"他是大阪府本地人。"天光已逝，青白色路灯照亮了空气中残存的细密雨珠。Saito 先生松了松他的红羊毛围脖。他手中的雪茄烟头在渐次转深的夜幕中不规则明灭。"家中经营便利商店。一个普通的连锁便利商店加盟店主，由母亲挂名负责人。星野飒太在家中排行老二，高中商科职校毕业，成绩普通；毕业后前两年任职家中便利商店，其后担任大阪浅香山特力屋卖场销售服务人员。问题在于，关于这些，我们自己，包括新闻同业们都已极尽所能进行追查；没有发现任何关于他政治倾向的线索。无论是他的同学、同事、上司、朋友，所有人的说法都惊人地一致；都说难以想象他竟会涉入政治，甚至对组织内部职位产生兴趣……"

"而他的女友 Iori 可就不是这样了。"Saito 吸了口雪茄，双眼凝视此刻空荡荡的对街，"对那些星野周遭的人来说，星野几乎是个没有明确个性的角色。他长相平庸，性格尚称随和，无恶习也无专长。他甚至没什么嗜好或兴趣。就我们所知，他不特别聪明，也不特别笨；没有显而易见的生活目标，对人生也缺乏特定看法。这样的人会突然想去竞争组织中的职位，不是很奇怪吗？如果你在生活中遇到了这样平凡的人，你会想到什么？"他稍停半晌，"做个假设：如果你自己，和他完全相反——我的意思是，如果你自己，是个有明确目的、有明确野心的人，你会怎么想？你会和他成为情侣吗？"

"你的意思是——关键在 Iori 身上？"

"我们当然该去查查 Iori 的背景。"Saito 先生显然回避了我的提问，"问题在于，Iori 这个人，根本等于'没有背景'……"

"什么意思？"

"那时她才刚到日本不久。"Saito 解释，Iori 是日德混血，但 2235 年之前一直住在德国。正因如此，要详查她的背景是稍困难些；是以日本执法单位与新闻界所知的信息主要来自德国警方。当然，既涉及两国官方合作，其间也难免行政程序耗损。"是这样：Iori 的父亲是德国人，母亲是日本移民；两人都是中学老师。那是个位于哥廷根的中产阶级家庭。她环境不差，课业成就也不错，但还称不上顶尖。2226 年她进入柏林自由大学主修心理学和精神分析；毕业后任职于柏林近郊小城 Potsdam 当地一小型咨询工作室，担任助理咨询师。三年后她辞去工作，只身来到日本。奇怪的是，关于这点，她对父母亲友的说法非常模糊；只简单交代说有了少许积蓄，想到东京住个半年……"

"是 Gap Year 的概念吗？"我问，"寻找人生方向？这与她的日本血统有关吗？"

"这很难说。"Saito 先生摇头，"或许有吧？但就像我刚刚提到的，因为她此前人一直在德国，我们能获取的信息有限。就我们所知，Iori 的日籍母亲是移民第三代，与日本已相当疏离，日语也并不流利。但 Iori 自己日语倒是一点问题也没有。合理推断，她这个人，显然是比她的男友星野飒太'有想法得多'……"Saito 表示，他们透过渠道调阅了 Iori 在柏林自由大学的个人记录，得知她整体成绩非属一流，但实习课成绩堪称顶尖水平。而实习单位，正是她毕业后任职的咨询工作室。"换言之，她大约是在学生时代就被顺利内定了。"

"哦……那是个什么样的咨商工作室？"

"你的思路和我类似。"Saito 微笑，嘴角隐没于雪茄烟雾幻变的金属光泽中，"没错，我想她既然获得高分，表现优异，毕业后也继续在那里任职，而且一待就是三年；或许对她而言那是人生中的重要经历。"他稍停，"但事实上——我们确实怀疑这家工作室有些问题。"

"怎么说？非法的吗？"

"不，不是。"Saito 先生解释，"那是个叫做 Green 的工作室。Green Studio。工作室本身看来完全合法。Green 是什么意思呢？推测起来，可能是对 20 世纪知名法国精神分析师 André Green 的致敬；又或者，其实也就是'绿'而已。这 Green Studio 法定负责人是一位拥有法国 Bertrand Gautier 纪念大学（Memorial University of Bertrand Gautier）博士学位的 Emilie Krämer 女士。但她拿的并不是精神分析或心理学学位，而是医学学位。根据德国官方查证，Iori 任职期间，Green Studio 曾有一次违规聘用分析师的记录；但情节轻微，最后只被罚款了事……"Saito 表示，他无法查知那所谓"违规聘用"的细节，但由于相关信息来自德国官方管道，理论上日本警方应当也已有所掌握才是。

"所以呢？"我追问。

"唉，结果这条线索后来还是断了。"Saito 先生叹气。夜空中，一艘白色飞行船低空掠过，余烬般隐密燃烧的低鸣。"没办法。就只查到这里。当时我其实非常沮丧。你知道，深度报道这行，调查上一无所获也算是家常便饭。"他看了我一眼，"你也是同行嘛。你清楚得很。这原本也不算什么。回想起来，我是期望过高了吧。我原以为胶着甚久，几乎就要有所突破了——而且又是个万众瞩目的案子……"

"但过了几个月，新的契机出现了。"Saito 说明，恰巧他有位私交甚笃的朋友奉派柏林出差；所以他特地请托朋友在当地做了些简单访查。"在这方面他算是个素人，缺乏经验，也并非业内人士；我原本期望不大。但结果倒是比预期好些。我们没能从 Green Studio 方面抓出线头，但获得了另外一些来自别处的信息。"他稍停半晌，将雪茄按熄。我仿佛听见烟草内混充的**气味微生物**发出细微的、叹息般的蜂鸣。"我们得知，Iori 从大学时代便参与政治与议题性团体的运作，也曾参与更大规模的学运串联。她朋友不多，但确实也有某些人认为 Iori 的思想颇为特别……"Saito 先生解释，这些新信息的消息来源"证人 V"和 Iori 其实并不熟稔 —— 事实上，在社交生活方面，Iori 与星野飒太可能非常类似；他们都缺乏真正的密友。"简单地说，证人 V 的意思是，他知道 Iori 似乎曾对'自由意志'这件事很感兴趣……"

"自由意志？"

"啊，不是哲学上或神经科学上的自由意志。"他突然笑起来，"我说得太保守了些 —— 好吧，更正：Iori 对如何**改变他人意志**非常有兴趣……"

"改变他人意志？咦 —— "我感到惊讶，"什么意思？精神控制？洗脑吗？就类似二阶堂雅纪这类诈骗手法？"

"我不敢如此判定 —— "Saito 先生态度保留。临近晚餐时刻，几位衣着鲜丽的观光客好奇地看了我们一眼，而后径自进入室内。那是四位年轻女性，个个妆容精致，灯光下五官幻美绝伦。"嗯，你想想，理论上，对于一位胸怀政治理想的年轻人而言，对'政治宣传'这件事高度关注并不奇怪。所有人一定都想过如何使自己的理念被更多人接受。所以我始终提醒自己，切勿过度放大这些信息的意义。"Saito 稍停，"但一言以蔽之，证人 V 的看法是，Iori 感兴趣的所谓'说服'或'文宣策略'，几乎完全偏重在精神或意识上——"

"我懂了。"我说,"她的**说服**,指的并不是一般常见的说服……"

"这是证人 V 的个人判断。"Saito 先生说,"刚刚说过,证人 V 自陈与 Iori 不甚熟识。我们可以在这里打些折扣,但——"

"我了解。一般政治上所谓说服或文宣,无非是透过论述、说理,剖析利害,动之以情,甚或煽动矛盾或仇恨;尽力争取对方支持。但 Iori 并非如此。她可能着重在纯心理层面的技术……"

Saito 微微点头。他看看周遭,坐近了些。"是更隐秘的一些技术。直白地说吧——和她所学直接相关。"

寒意夜袭,仿佛脊椎内一尾黑蛇窜上脖颈。"这很难想象……"

"相当难以想象。如若成真,很可能并不合法。"Saito 先生小声说。我突然意识到优雅的他此刻似乎有点戏剧化。"但我还是得强调,不能排除一切仅是这位消息来源和 Iori 之间无意义的闲聊扯淡——毕竟他自己坦承与 Iori 并不亲近。况且,假设 Iori 确实志在于此,以她性格之孤僻或谨慎,似乎也没有必要向并无特殊交情的朋友透露这些……"

兹事体大——Saito 的谨慎不难理解。然而这极可能堪称关键信息。大胆假设,于此一领域,若 Iori 持续研究精进,有所创发,甚或,利用身为精神分析师之便对他人进行精神控制?"所以——"我追问,"V 没有描述他们具体的交谈内容?"

"就算他说了也没用。而且我仔细向我的好友查证过。"Saito 解释,信息有限,仅能证实 Iori 确实对这方面有兴趣。但那毕竟已事过境迁许久。当时 Iori 和证人 V 都还是学生;合理推断,即便 Iori 主观上心态积极,客观上大约也缺乏具体执行能力。

"是吧……"我沉思,"好的,了解。那后来呢?就这样吗?"

"到此为止。线索又暂时中断了。欸——"Saito 先生突然站起身来。我这才发现晚膳人潮已然涌现；无论街边或邻近餐馆，人影憧憧，语音，脚步，杯盘交击，似乎此时此刻，此地的日常才恰恰开始。"人太多了些。我们走走？边走边谈？"

真正的重头戏终于来了？我心想。我们结账离开咖啡座，向街区下坡处漫步。商店或小型博物馆窗明几净，多数灯影错落，但部分博物馆已打烊，隔着落地玻璃，仿佛向行人展示其白日机械运转中的凝止时刻，一**随机生活**之活体标本。"说全是做白工嘛，也不尽然。"Saito 说，"但大致上我们算是迎来了一系列挫败。无论从那个左派组织方面，或星野飒太与 Iori 这边；我们总看见一幅模糊的图像，一个连续体的横断面——那切面纹理如此清晰，纤毫毕现，仿佛强烈暗示着什么，最终却欲言又止，回避了一切结果。"

"但说真的，我始终没死心。毕竟我们并非全然一无所获。我曾考虑将这些材料整理刊出，但遭到同僚反对。我理解他们的顾虑，因为连我自己也裹足不前。所以后来我们终究撤回了报道。对，就新闻论新闻，我们无法为读者提供一个完整的故事；甚至连故事的雏形都称不上。所有怀疑和臆测都缺乏落实的基础。"Saito 先生突然转头盯着我。我听见两人的步履在石板路上的空洞回响。"但坦白说，如果只是这样，如果这就是我所知的最终结果，我不会答应与你见面……"

"是吗？"我是明知故问了，"为什么？"

"因为后来又发生了件奇妙的事。"Saito 微笑。尽管背景光色缤纷，此刻他的脸却隐没入街区随机的黑暗与孤寂中，仿佛 Edward Hopper 名作《夜游者》中的无声地带。"非常奇妙——如果那还称不上**神迹**的话……"

"神迹？"神迹？我心念电闪。这恰恰重复了诈骗案受害者叶月春奈的用词——横滨港区的荒凉公路、厂区、残雪、野狗与凌乱的砂石地，海风的凄厉中，此刻已近乎一无所有的她曾如此形容自己与二阶堂雅纪梦中的相遇。是啊，是否人总期待神迹？期待那在残忍、污秽、粗暴且令人一无所恋的世界里盛放的、光晕洁净的花朵？

那可能吗？人对神迹一往无前的妄念，是否总根植于潜意识中某些难以回避的弱点？

"那是一年多前的事。算算离我退休已很久很久了。是这样：退休前我曾接受了个小型媒体邀访，回顾个人职业生涯，稍稍提及这次调查带来的遗憾。"Saito 向我说明，"我其实说得隐晦——对，我没提细节；事实上当然也无法涉及报道未能顺利刊出的事。我当然也避免直接点名'二阶堂雅纪案'；但业内熟悉此事的人或许也不难看出来吧。"Saito 说明，无论如何，事过境迁，两位主嫌早已不知去向，一切正逐渐向遗忘趋近。"我是放松了些……而后一年多前，我在某场合意外遇见了一位 R 教授。他得知我就是报道中提到的 Saito 本人后，私下与我联系。他说他看过那篇报道，有消息想提供给我……"Saito 解释，R 教授是京都浅野医学大学神经医学系的退休教授，专长领域是解剖学；尤以灵长类动物中枢神经系统为主。根据 R 教授自陈，于二阶堂雅纪案中，他曾是东京地检署和警方的咨询专家之一。

"长话短说——"不知是否经过雪茄烧灼，Saito 语音嘶哑；然而此刻，于周身遍在的黑暗里，他眼瞳中光色熠熠，全无疲态。"一言以蔽之，有件怪事。在日本警方登记有案的，共计二百余位二阶堂雅纪案受害者中，在该段时期内，有相当高比例伴随着**其他**

生活习惯的明确改变……"Saito 表示，这当然非常可疑，办案时也发现了，是以警方特地商请 R 教授审阅相关资料。而 R 教授当然也乐意贡献所学。然而审阅过后，却未能获得任何具体结论。此事便不了了之。"但这位 R 教授却向我透露，时隔数年，某日在例行性查阅学术资料时，大约是凑巧读到了相关研究吧，他福至心灵，忽然领悟，那所谓'生活习惯之变动'，一无例外，均可被化约为某种**成瘾现象**……"

"成瘾？"我一头雾水，"怎么说？成什么瘾？"

"这里所说的成瘾，其实非常宽泛；和一般所言成瘾，例如毒品、药物或酒精等所涉及的活动也不完全一样。也难怪 R 教授一开始看不出什么端倪……"Saito 先生解释，"举例来说，有人在梦见二阶堂雅纪前突然开始酗酒。有人没到酗酒的程度，而是突然养成了睡前小酌的习惯。有人征候较不明显，是在'二阶堂之梦'期间迷上了拼图或料理。有人爱打毛线。某些人可能表现为网络成瘾或电玩游戏成瘾。"

"这些成瘾状态其实都还算明显。但问题在于，这些症状都几乎与'二阶堂之梦'同时发生。你想想，如果受害者着迷于浏览二阶堂官网，那也根本分不清什么是什么……"

"啊，我理解了。"我皱眉。"是，你说得没错。这确实不够明确……"

"所以 R 教授一开始根本没能归纳出什么结论。警方似乎也并不抱太大期望——大概他们自己也觉得这实在有点牵强吧。但等到 R 教授改变看法，几年过去了，审判早已结束。R 教授重新与东京地检署取得联系，对方态度却不积极……"

"为什么？"

"不难理解。"Saito 先生说，"我认为这不意外。首先，重启侦办需要全新证据；这是否算得上是全新证据呢？光是这点可能就有争议。再者，这显然依旧不足以将星野和 Iori 定罪。我们最初并不清楚这项旁证的意义 —— 如果它能算是旁证的话……"

我想起主任检察官小保方一树关于'邪教'一事的私下意见 —— 据说他曾向友人暗示，起诉乃不得不为，因为首要任务是遏止犯罪行为；而后续能否有足够证据将之定罪，"只能期待另有突破了" —— 若此传闻为真，那么检方对于起诉失败一事显然也早有心理准备；及至对重启侦办态度消极，也就是意料中事了。

"R 教授没有进一步推论吗？"我追问，"如果 —— "

"当然有。"Saito 先生露出狡黠的微笑，"他当然有。这正是我认为我或许能对你有些帮助的地方。"

"咦？所以……"

"那些成瘾现象当然有意义。"Saito 说明，"是这样：早自 20 世纪，对于所谓'成瘾'，科学界当然多有研究。最早的研究取径不一而足，说来复杂，我也不是专家。但一言以蔽之，有人标志出了一个叫做 ΔFosB 的基因，这基因会影响人类脑中某些特定位置特定神经元的表现，强化人对成瘾行为的正向回馈 —— 换言之，亦即是从该种成瘾行为中获得比一般人更大的快乐 —— 因此也更容易成瘾。但这只是其中一种假说而已。其他器质性研究连篇累牍；牵涉至人类脑中各种构造，包括什么伏隔核、尾核、右侧前额叶、左侧纹状体之类的。一些对我们一般人而言非常陌生的解剖学细节……

"这些细节当然都来自 R 教授对我的指点。"Saito 先生表示，"我现在当然也记不清了。但总之，在 21 世纪中叶后，我们大约能确定，成瘾现象和精神医学上的**强迫症行为**共享着极类似的解剖学特征。听起来很有希望对吧？"他稍停，"然后转折来了——怪异的是，这方面却一时后继无人；成瘾现象和强迫症的解剖学结构并未获得进一步确证。或许是因为当时的科技未能持续支援的关系？而后，如我们所知，随着类神经技术飞速发展，脑科学的研究方法很快产生**类神经生物转向**。科学家们几乎是全面放弃了原先从解剖学上寻求解答的研究取径，改以类神经生物作为基础研究法。"

"这细究起来是有些复杂……由于植入的**类神经生物**能全面关照并记录中枢神经系统中数以千亿计神经细胞的瞬间状态，功能强大，当然是比解剖学上的研究来得有效快捷许多。那有些类似摄影——借由这些类神经生物，科学家们等于是架设了一台精密全像超高速摄影机；镜头就对焦在大脑上。当所有的化学物质传输与电位变化都能被录制并检阅时（即使称不上全然精确），还有谁会想用传统的解剖学方法做研究呢？"

"当然，事实是，在我们这个时代之前，最初科学界所谓的'类神经生物转向'确实伴随着无法视而不见的阶级差异。当时那些**研究用类神经生物**的产制依旧极端昂贵，资源有限；在许多状况下也被匡列为国安级机密技术。大体上除非获得财团或国家支持，否则极难取得。无论如何，都仅有极少数科研单位能够负担得起。这暂且按下不表——"

"等等，Saito 先生，"我忍不住笑出来，"我没想到这诈骗案居然还跟科学史有关……"

"我也没想到啊——"我感觉黑暗中 Saito 的羞赧微笑。而后我忽然就分神了——我想，类似 Saito 先生这样潇洒、高大、风度翩然且知识渊博的男人，年轻时想必是很受女性欢迎的吧？"是啊，我原来也完全不懂这些。"他继续说，"谁会想到这种事呢？这神秘的、不可测知的机缘？如果我没那么早退休，或退休时没接受那次采访，根本不会有人来告诉我……"我们正漫步经过一道下坡的灰石矮墙外。隔着草皮，墙后的建筑物轮廓隐没于雨后的白色轻雾中。我知道那是此地的精神疗养院，历史悠久，至少已超过一世纪；现仍持续运作中。合理推断，此刻这巨兽应仍在灯火通明中寂静吞噬着无数来自相异个体的呓语、幻梦或恐怖电影般的妄想吧。

"好，接下来类神经生物的时代来临了。"Saito 先生继续述说，"根据 R 的说法，在此之后，成瘾现象的研究，逐渐变成了'整个大脑'的事。我们刚刚提到，以类神经生物为媒介的研究就类似一部定焦于人类中枢神经内部的极高速摄影机——结果，科学界赫然发现，在成瘾现象中，整个大脑，甚至连带脊椎的神经细胞放电，是有固定模式的；涉及的远不止于上述所提及的特定结构部位。"

"当然了，某些特定解剖位置或许会在这放电模式中扮演较重要的角色；但简而言之，还是必须对整个中枢神经做整体观察才好作数。而在我们这个时代，在研究用类神经生物较为普及后，这类研究直至此刻都还是热门项目。"Saito 先生看向我。在他身后，古老精神病院的微弱灯火亦明灭于布幔般的白色轻雾后。"例如著名的动物学家 Shepresa……"

"啊，Shepresa……"我停下，"那个能听懂鲸豚说话的女人……"

"对。"Saito 先生放慢脚步，"你还好吗？"

"没问题。"我回应，"好像有些变冷了？"

"哎。是……"我们正自周边随机的黑暗里步入悬浮路灯暖昧的青色光雾；光雾中，Saito 脸上的潮热隐约可见，"是冷了些……"

"Saito 先生——"我突然想到了些什么，"刚刚提到，Iori 在柏林的第一份工作，那个 Green 工作室的老板 Krämer 女士——"

"对，我正要说。"Saito 先生微笑，"Krämer 女士拿的是医学博士。她的背景不好查——就在 R 和我说了这些之后，我联络了还在线从事新闻工作的朋友，请他帮我仔细查证这位 Emilie Krämer 的个人资料。而后我们赫然发现，Emilie Krämer 并不是她的真名。"

"居然是假名？"

"正确地说是化名。她开设 Green 工作室，为患者进行咨商治疗时，一律使用 Emilie Krämer 这个化名。"Saito 先生解释，后续追查，并未查到她在此之外另行使用 Krämer 这个化名的证据。换言之，这化名很可能正是"Green Studio 专属使用"；推测这或许就是 Green Studio 遭到小额罚款的理由——她隐匿了自己的本名，但未有其他违规事项，也并未产生任何纠纷。"至少在官方记录上，没有任何其他犯罪迹证。"

"所以她另有本名——"

"本名叫 Laura Ziegler。也因为得知本名，我们查到了她的博士论文。对，Bertrand Gautier 纪念大学医学博士论文；以某些男性在虚拟实境中的**性成瘾**现象为题——"

我头皮发麻。"是医学论文，不是精神分析学位——"

"对，不是精神分析，也不是心理学。是医学论文。几乎是纯器质性研究。完整名称我现在可以复述：'肠病毒 109 型感染者虚拟现实性成瘾现象研究，以 30 至 50 岁亚洲男性为例'。"

"你居然背得出来……"

"不敢当。"我们相视而笑。

"可是——什么肠病毒？性成瘾？"

"论文并未开放阅览。就算能看，我是个门外汉，反正也不可能知道怎么回事。而且那所大学如今已遭解散，不复存在。"

"哦？为什么？"

"推测是因为学术绩效不彰，各方面未达标准，被教育主管机关勒令停招了。"Saito 表示，那本来就是间三流学校，学术程度可疑，整个停招过程看来没有疑义。此刻精神病院已落在我们身后。巧合的是，我们正经过一日耳曼风格街区；德式建筑群包围着小小石阶广场，几个孩子正夹着滑板上下踮跳。附近街区内多数空间已被改建为餐馆、酒吧、甜食铺或礼品店，少数则是私人宅邸。露台上此刻空无一人，像某些被按停的梦境。"但学校不是重点。重点是，这和后来 R 教授提到的某些信息显然有某些诡异的牵连——"

气温持续沉降，显然已落至冰点以下，枯枝与巨大的树影陷落于周遭浓度各异的黑暗中。我感觉全身出汗，手心潮湿冰凉。心跳擂击着我的耳膜。自二阶堂雅纪案进入我的工作与生活开始，我并非未曾感觉自己距真相仅一步之遥——尽管其后多次证实那确然仅是错觉——然而我从未如同此刻般感到如此陌生的恐惧。是的，恐惧。那是邪教，精神控制；我几乎已如此认定，我深信多数人看法也与我相去不远。然而，何谓邪教？我真知道邪教是什么吗？我真知道**精神控制**代表何种意义吗？于我而言，那难道不是一种**未知**吗？如若我身处其间，我能幸免于来自他人的精神控制吗？又或者，人类的灵魂，真如"地球觉知"的 Eve Chalamet 所言，"不值得且不可靠"吗？多年来我难免无数次自问。然而穷我之一生，我真有可能**确知**那是什么吗？

"这促成了我与 R 教授往后的多次会晤。"Saito 先生脱下呢帽。

呼啸的冷风吹起了他的厚重白发。"他同样看不到 Emilie Krämer，或说 Laura Ziegler 女士这份博士论文 —— 或许那本质上并不符合一般学术标准？但他是完完全全被勾起了兴趣。我不很清楚他用了何种方法满足他自己的好奇心 —— 对，我是说'他自己的好奇心'。平心而论确实如此；因为二阶堂诈骗案的挫败已不仅是我个人的挫败，我能明显感受 R 同样心有不甘。这或许正是他当初主动与我联系的原始动机？然后，他发现了这件事……"

Saito 先生自大衣内袋中取出一电子纸，将之摊开在我面前。黑暗中，电场氤氲，无色无嗅的光雾正自纸面如化学溶剂般蒸腾而上，于空气中挥发灭失。那似乎是一张地图；图面中央蓝点闪烁。

"这是什么？"

"日本地图。这里，"Saito 先生轻触蓝点，"这里是我们目前所在的位置。然后你看看这些。"

Saito 拖动地图，向东挪移。图面显示，以东京都日本桥与表参道一带为双中心，散布标志着近 20 个左右的鲜红色圆点。Saito 解释，那是 2238 至 2239 年间二阶堂雅纪诈骗案受害个案的住所位置 —— 当然，限定于东京都部分。

"这么集中？"我问。

"非常集中。这是 R 教授手上的资料。我不清楚资料从何而来 —— 他不愿明说。或许那其实是他担任日本警方顾问时就合法获取的资料？"Saito 表示，在拿到这份资料后，他自掏腰包，雇用私家侦探查访了附近街坊。"这工程比预期困难许多，因为距案发当时已长达十多年，不少受害者已然迁出。但无论如何，大费周章之后，我们确认了两项事实。

"第一，虽说是 2238 至 2239 年共计二年间，东京都地区的受害者分布，但事实上，若以所有受害者与二阶堂雅纪'坠入情网'的时间计算，全数集中于2238年9月至2239年3月共约七个月期间。第二，我们确定，在此地，当初日本警方曾与市政府公共卫生单位合作，进行过类似'疫调'的工作……"

"**疫调**？"我大惑不解，"瘟疫？传染病？"

"对，类似传染病轨迹的追踪调查。"Saito先生说明，事实是，日本官方曾以诈骗案受害者为中心，匡列2238年9月至2239年3月共计七个月期间的所有相关接触者——包括受害者的家人、亲友、生活中会面的人，并询问其间的互动关系。

"这……这太奇怪了……意思是，那是一种传染病？对二阶堂雅纪的迷恋是一种传染病？怎么可能？或者那其实也就是一般正常查案而已？"

"你这是合理怀疑。"Saito摸了摸脸，戴上呢帽，"我原本也这样认为。"他表示，推测起来，或许正因查不到受害者与Iori和星野飒太见面或对话的记录，所谓精神控制、邪教、诈骗之说根本无法成立，是以警方也只能依照正常查案程序，对受害者的生活轨迹进行调查。这或许是案情胶着下不得不然，是死马当活马医？"但事实偏偏并非如此——和R教授讨论后，我们达成共识：这一切都太'流行病学'了。所以他提出了另一种可能性……"

"还真是传染病？"我稍停，"啊，你是说，Emilie Krämer——"

"Laura Ziegler。"Saito纠正我，"她的论文题目太奇怪了不是吗？是，当然那极可能是一本学术质量可疑的论文；我们查不到这论文被引用的任何记录。但想想，那是一份'肠病毒109型感染者虚拟现实性成瘾现象研究'——我又背出来了。"Saito表示，VR中的性成瘾现象不是什么新鲜的研究题目；相关研究当然也与时俱进。自 21 世纪最古老的穿戴式装置 VR，到眼内植入式 VR，再逐渐发展至脊椎植入式类神经生物的虚拟实境……每一代 VR 有每一代的成瘾方式。"但你知道吗？ Emilie Krämer 提到的肠病毒 109型，其实在当时刚被发现不久。那是变异的新种肠病毒。"他稍停半晌，"重点是，它已被证实具有**感染人类中枢神经**的能力 —— "

我说不出话来。肢体知觉瞬间灭失，仿佛周身正浸没于冬日冰下的湖水中。我莫名想起叶月春奈梦中的樱花雨，她与二阶堂雅纪行经的细雪与溪流。我当然已明白 Saito 先生，或曰 R 教授的暗示；这未免不可思议，超乎想象，近乎 —— 借用 Saito 与受害者叶月间的共同语汇 —— 近乎**神迹**。然而走笔至此，我不禁要问，如若真有神之存在（抑或容我们不以**神**称之 —— 如若，真有一高于我辈凡人之精神体或能量体，以我辈不可测知且难以理解之形式实存），那么神迹如此，意指为何？"邪教"或"精神控制"如此，意欲为何？是 Iori 控制了原本对政治既无兴趣亦无人生目标的星野飒太吗？那难道就是神的意志？如若所谓神迹，指的即是将一低维度运作之心灵裂解，交付、献祭予一较高维度运作者；这一切，所为何来？

她又是怎么办到的呢？

"等等。不对。这太困难了 —— "我忽如大梦初醒，意识到这离真正准确的'精神控制'相去甚远（或谓：那远非我们既定印象中的精神控制）。这毕竟是个跳跃式的推测。"受害者，那些受害者们，都做了和虚拟偶像二阶堂雅纪有关的梦……这不可能和病毒 —— "

"是。不仅如此，美少年二阶堂雅纪甚且是嫌犯星野和 Iori 合资成立的 WAS 经纪公司所创造并经营的唯一偶像……"Saito 先生卷起地图，望向前方。视线尽处，坡下城市的夜景迷离如梦。"是啊，怎么可能产制一种病毒，令美梦如瘟疫般传染扩散？甚至是相同的美梦？可能存在一种能'精准控制梦的内容'的病毒吗？这太离奇了……"

我默然无语。我们正经过一由地下停车场改建而成的书籍陈列中心入口。坡道下斜，往地底深入，四周灯影氤氲，温室造型的半室外空间覆满爬藤，地面则保留着车道与行进方向的白黄漆标线。那是一座别致的书籍博物馆，展示着自中世纪以来文字媒介与资料储藏方式的演化。于书册与书架间（此处奇异地封存了古代纸张纤维的气味，以一密闭天气瓶之复古形式），Saito 先生走近柜台，向一头紫色短发的女店员低声说了些什么。女店员看了我一眼，微微颔首，比了个手势。

"这边走。"Saito 领我贴近柜台旁的一道墙，伸手轻触黑檀木墙板。

墙板无声无息分开了。窄梯向下，微弱的光雾与乐音浮起。"我们找个安静点的地方吧……"Saito 先生看了我一眼。"那毕竟是非常、非常重要的事。"他轻声说。

地窖内是个酒吧。除了我们之外，空间内仅有酒保一人。他很快送上了水和冰块。我们在火焰摇晃的暗影内落座。

"事实是，R 教授另行请教了他的挚友。"Saito 先生说明，"一位流行病学家。我想他是以近乎保密的方式征询了这位专家的看法 —— 根据他的说法，他未曾透露资料的实质内容。总之，结论是，日本政府的行动与瘟疫流行时期的疫调方式高度吻合……"

"是，我相信。但这无法解释一种病原体何以能控制受感染者的梦境内容……"

"当然。这是事实。"Saito 先生眯起眼，眼瞳隐没入眉睫的暗影中，"但你记得那些症状都与**成瘾**有关吗？"

"Emilie Krämer？ Krämer 的研究？"

"Laura Ziegler。"Saito 的眼中闪烁着微弱火光，"不。不是。记得我说，在迷恋上美少年二阶堂雅纪的同时，多数受害者都伴随着各类不同的成瘾现象吗？"

"是……"

"刚刚说到一半。"黑暗中，空气冻结着来处不明的光影。"所以，人类对于成瘾现象的研究，终究也步入了'类神经生物转向'的阶段。科学界已不再倾向于寻找特定解剖学部位与成瘾现象的相关性；因为我们有更好的选择、更精密的工具（亦即是类神经生物）足以观察并记录中枢神经的整体状态。"

"题外话：我想这确实就是《科学革命的结构》里的'典范转移'。20 世纪的思想家托马斯·库恩（Thomas Kuhn）若生于今日，便可亲见他的理论在现实中成真。"Saito 似乎兴奋起来，"而后——或许可说是这种科学史上的结构变化所导致的必然；脑科学家们发现了 **SCR 图像**（SCR Picture）……"

"SCR？"

"Santos-Costa-Rong。简称 SCR 图像。理论由三位科学家联名提出；他们的国籍分别是葡萄牙、巴西与中国，SCR 是他们的姓氏。"Saito 解释，SCR 图像其实类似一组人类大脑的"电位等高线制图"——某些时刻，当大脑中的神经细胞被以某种方式激发，这些细胞上的电流流向与电位高低会形成某几种特定图像——那正是以**研究用类神经生物**的高速摄影记录下来的。而在透过特定数学方法运算后，这些图像会显现出某些共同特征。"那就叫 SCR 图像。而其中牵涉的数学运算，则被称为 **SCR 变换**（SCR Transformation）。"Saito 先生喝了口水。玻璃与冰的透镜中，撞击声叮叮作响。"事实上四年前的费尔兹数学奖就颁给了他们；甚至被看好同时擒获未来的诺贝尔生理学暨医学奖。如果顺利获奖，那大概也是创纪录了吧……"

"是……"我沉思，"所以那和梦境的关系是？"

"这直接解释了'为何病毒感染有可能使受感染者做同一个梦'。"他看进我的瞳眸，"你听我说 —— 当然，我不专业，一点也不；由我来说缺乏说服力，何况是这么……嗯，这么'充满想象力'的理论。"他苦笑，"连我自己都不敢相信吧。所以，我也只能重复，或说简述 R 教授的想法……"

"假说如下：我们假定，病毒，或任何病原体，经由某种途径感染了人；而一旦遭到感染，有相当概率侵入人的中枢神经。紧接着在中枢神经内部，可能感染部分脑细胞，也可能感染几乎'所有'脑细胞 —— 以上这些过程，每个不同阶段之间都有门槛；像电玩闯关。简单说来，这些不同阶段间的门槛，大致上就相关于病症的潜伏期长短……你知道我在说什么吗？"

"大概知道。"

"好。先假设这病原体就叫做 **Iori 病毒**好了。"Saito 先生继续说明。不知是否错觉，我听见隔邻墙面传来迟疑的、隐约的敲击，仿佛有人正困处于墙后，尝试传递信号。"Iori 病毒是一种不容易被人类发现的病毒。更准确地说，从未被人类发现过 —— 因为被感染了之后，根本不会有明显症状，原则上对人类也没有其他危害。它根本不重要。但当它顺利感染脑细胞后，它有机会相当程度改变人类脑细胞的某些性质。"

"原本这对人体不见得有好处，也不见得有坏处。然而脑细胞的性质一旦有所变化，则会更容易进入某些**特定电位状态**。在地球上，可能造成此种结果的病毒或许有成千上万种，而没有一种曾引起人类注意——因为反正没有明显症状。"

"但其中偏偏有一种，也就是 Iori 病毒，它所导致的脑细胞电位特性，在某些条件下，会使受感染的脑极易于形成 SCR 图像状态——换言之，极易导致成瘾状态之生成。"

"意思是，Iori 病毒可能触发成瘾状态？"

"正确。好，我们现在知道了：根据 R 提出的此一假说，Iori 病毒是可能促进成瘾现象的。"Saito 先生取出电子纸，画出简单的树状图，"现在回到成瘾行为上。人类可能对什么成瘾呢？酒精、毒品、某些药物、性爱、游戏、某些嗜好、某些'正回馈事项'……实情是，人能对'何事'成瘾，大约也是有些先天条件的——特别容易令多数人成瘾的，也就是那几项。比如酗酒，比如吸毒。并不是什么都能令人成瘾。我们能否在成瘾现象真正发生前，预判什么能使我们成瘾呢？"

"关于这点，21 世纪的解剖学取向研究没能给我们直接的答案。但真正令人遗憾的是，此刻的 SCR 图像与 SCR 转换，依旧没能提供具有说服力的解答。那属于人类科学迄今仍力有未逮的范畴吗？"

"我们无法确定。但有趣的事来了。是，SCR 理论没能彻底解决成瘾问题。但平心而论，它其实直接标定了成瘾现象的脑部电位变化，公认精准，已堪称重大突破了。但它终究没能解决'对何事、何以成瘾'的问题。科学家们在这件事上无法推敲出任何具足够说服力的理论。但吊诡的是，SCR 理论居然在精神分析上做出了意外贡献……"

"精神分析？"我有些跟不上。然而我随即意识到，那岂非正是 Iori 所学？

"记得'集体潜意识'理论吗？"Saito 先生低声说，"卡尔·荣格（Carl Jung）。着迷于占星术与神秘学的 20 世纪心理分析大师。弗洛伊德之死敌。是啊，你相信人有集体潜意识吗？你相信你和你的邻人、朋友、祖先，甚至素昧平生的其他人，都在潜意识中共享着某些神秘的**原型**（Archetype）吗？"

"乍听之下，集体潜意识似乎是反常识、反逻辑的。但某些通俗的、几乎流传百年以上的都市传说反倒证明了集体潜意识的存在。举例——你听过'红色锤子'和'全世界都梦见的那个男人'的故事吗？"

"红色锤子？"我笑起来，"是说那个……让你凭直觉快速自由联想一种色彩和一种工具，绝大多数人都会想到红色的锤子？"

"事实是，98％的人。"

"那'全世界都梦见的那个男人'呢？"

"我一说你就知道了。"Saito 先生轻摇杯盏，露出狡黠的微笑，"21 世纪初——准确地说是 2006 年；纽约一名心理咨询师 Yosef 在看诊时，听一位女病人描述她在梦中见到的一位浓眉男人。女病人随手将这位男子的相貌画在了纸上。隔日另一病人来访，瞥见浓眉男人的画像涂鸦，大惊

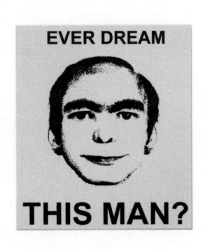

失色，表示他也曾梦见过同一位浓眉男人！"

"咨询师 Yosef 感觉事有蹊跷，就近展开查访。他很快发现，无论是自己的患者、同行或其余相关人等，愈来愈多人'认出'了这名浓眉男子，表示他曾在自己的梦中出现。2008 年，自己也曾在梦中与男人相遇的意大利人 Andrea Natella 设立了'Ever Dream This Man？'网站，吸引众多网友造访，并成功搜集到了世界各地许许多多梦见过'This Man'的民众所提供的梦境故事。"Saito 表示，根据网站资料，这些梦境兼有好梦与恶梦；而"This Man"的形象亦是时而恐怖时而温和，好人与坏人兼具。重点是，绝大多数网友均表示，"This Man"在梦中现身不仅一次。"两个世纪以来，截至目前，在网站上公开宣称自己曾梦见过'This Man'的民众累计已超过八百万人。"Saito 先生继续述说，"而网站本身也毫不意外遭到质疑——是啊，你放上了'This Man'画像，网站传布愈广，'那个男人'无处不在，大伙儿白天日有所思，晚上也就自然夜有所梦了啊。"

"这质疑很合理吧？"

"非常合理。但这仅是旁证之一。"Saito 稍停，"我向来不轻信孤例。但如果再加上**红色锤子**呢？"

"你认为这是集体潜意识？"

"不是我。这是 R 的看法。"Saito 先生说，"当然也不仅仅是'红色锤子'或'This Man'这类事例……我们都知道还有其他许多。"他看着自己的手指。"某些专业细节我无法重述……那超出我的能力之外。但总之，R 的结论是，如果类似'This Man'这样的梦境人物确实存在，那么'美少年二阶堂雅纪'的存在，又有什么好奇怪的呢？"

"啊，可是——"我提出质疑，"'This Man'是早在两个世纪之前就被发现了——"

"但美少年雅纪从来没被发现过，对吧？"Saito 接话，"是。R 教授的推论确实是，没错，'This Man'就是人类集体潜意识的原型之一。人类社会中，原本必然存在一定比例的人特别容易梦见'This Man'。这再正常不过了。"

"但美少年二阶堂雅纪呢？答案是，二阶堂雅纪本来并不是原型。"Saito 先生手指轻敲桌面，脸上是冰与水反射的微光，"理论上根本没有这个原型。这既不存在于荣格的结构里，也不存在于诸如 Meera Trivedi、Y.I. Chan 等后继诸多精神分析理论大师的设想中。然而在 Iori 病毒感染了脑细胞，并改变了脑细胞某些性质后，这样的大脑，就出现了二阶堂雅纪这样的原型——伴随着某些**成瘾现象**……"

我该如何理解这样不可思议的假设？所谓"R 教授之假说"——时至今日，我未曾向任何人透露或重述此一论点；我难免怀疑，我之所以安于守口如瓶，是否不仅基于职业道德，尚且是因为于我而言，这样的**奇想**或**神迹**，根本也令人难以置信？但话说回来，扪心自问，那难道不是此事的唯一解释吗？是否我理智上其实已了然于胸，仅仅是情感上难以接受罢了？我忽然想到，套用数百年前古老的"六度分离"理论，人与人之间即是"一度分离"；但如若我们将**精神控制**、**原型**，甚或**神迹**考虑在内，那么个体与个体之间的常规分隔，依旧是一度吗？抑或该是零度？零点五度？又或者，类似梦境播放器 AI 反人类叛变事件中，那千千万万彼此相连的梦境播放器 Phantom，又算是几度呢？

人，真是一种"对神迹成瘾"的生物吗？而我始终未曾向

Saito 透露的是，事实上，早于此次我与他的会面，此前约四个月，亦即 2250 年 10 月，我已于日本东京与受害者叶月春奈的前邻居兼前闺密姬野亚美有过另一场会晤。是的，"前"闺密——十年前她与叶月曾情同姊妹，然而此刻两人已彻底决裂许久，其间毫无往来。导致她们形同陌路的原因此刻听来荒谬——因为非仅叶月，姬野亚美本人同样也是此次诈骗案的受害者；她们约略在同一时间爱上了虚拟偶像二阶堂雅纪，那梦中的暖男美少年。换言之，她们是情敌。（是啊，这算"情敌"吗？为了一个并不实存的虚拟人物？）她们曾是 Saito 手中地图上相邻的两个红点（这也正是我立刻断定地图有相当真实性的原因，因为我一眼认出了她们两位的所在位置），而今她们已相距何止亿万光年。讽刺的是，如果 R 教授论据为真，那么基于密友间的密切接触，当初她们两位体内的 Iori 病毒极可能正来自对方。

"我很难过……"2250 年 10 月 24 日下午，我拜访了姬野亚美位于东京银座的家。她已结束一段婚姻，未曾生育，独居于此位于老街区深处一房一厅的小公寓中。"你知道吗？连小龙……其实在那件事以前，小龙就跟我的儿子一样。我不知道她怎么狠得下心。你说她先生也就算了，我理解婚姻的难处，我知道伴侣关系太容易面临各种考验；但至少小龙……她居然这样对待自己的孩子……"

"你和小龙很亲吗？那时候？"落地窗后是个小区小公园。黄昏时分，孩子们呼朋引伴，微风里阳光与树影在地面缓慢踅行。

"很亲。我和前夫没有孩子，我是把他当自己儿子一般对待。"姬野亚美擦干眼角，露出笑容，"当然小龙也讨人喜欢……他太可爱了。"

"所以……怎么回事？"

"她先是告诉我她总做些很甜的梦之类的。我原本不以为意，一听细节自然是吓了一跳，但当下没说什么。"姬野解释，"我无意隐瞒……她是我的好朋友。但我真被吓坏了。一时之间不知如何反应。"她说明，自己开始梦见二阶堂雅纪的时间点略早于叶月春奈数周，但梦境重复的频率似乎不及叶月频密。"她其实忙。应该说她们夫妇俩都忙。前田一辉那种经济学家就不用说了。那男人根本不管家事。但其实她……我说叶月——其实她也忙，尤其许多求诊者只方便晚上咨询。她还是排了不少夜诊。"

"小龙那时也常来我家。当然，前田夫妇经济状况好，他们不介意花点钱请我陪小龙。叶月夜诊时都是我在陪他……"

"你们做些什么？"

"我和小龙吗？"姬野亚美偏头，"嗯……陪他读故事书吧。玩玩具，说说话，文字接龙游戏之类的。也带他去外面小公园放风。但这比较少，因为多数时候都晚上了。他还太小，依法是不能玩VR游戏的。他最爱一套小河马立体故事书了。有天接他来家里，他闹脾气不肯读故事书，我问了几次，才知道他事前偷翻了下一册——水源污染，食物短缺，绿河马村和红河马村因此发生了战争。那战争不会死人的；啊，应该说，不会死河马的。就是打架。但战事里，小绿河马的朋友，红河马村的另一只小河马却因为食物短缺而病死了。"

"这故事也太惨了吧？给小朋友看的？"

"我也不知怎么回事。"姬野苦笑，"也只有这一册是这样。所以小龙读了伤心，心情不好就闹脾气了。我说那我们先别读这本，再另一册就好，他也不肯，赌气说他不想再读小河马的故事了。"她稍停。"好可爱好善良的孩子……"

"你刚刚提到你梦见二阶堂雅纪的时间点比叶月稍早些？"

"噢对。"姬野红着脸解释，事后回想，她完全不知道自己是怎么回事。"我向来算是理性吧？我不知道我那时怎么可能……是啊，我怎么了呢？直到现在我还是无法理解。"她说明，还好她"失控"的时间并不长，很快清醒过来，被骗走的钱说来也不多。相较之下，叶月春奈可就并非如此了。

"后来呢？既然你已'清醒'过来，怎么会和叶月春奈闹成这样？"

"因为她根本完全疯了……"姬野亚美一时默然无语。"真的，她真的**疯了**。除了疯狂我不知该如何形容。"姬野表示，初始她因过于震惊，无法向叶月坦承自己同样爱上了二阶堂；但之后随着自己逐渐自幻梦中清醒，挚友却日益沉迷。"我知道他们的婚姻是有些问题，但那段日子里，叶月对前田一辉的评价急速下降；话愈说愈难听，愈来愈不满。之前明明没那么糟啊。更离谱的是，她好像忘了小龙的存在。"姬野解释，几周内叶月至少三四次忘记去接小龙放学。一次是她路过校门口凑巧看到小龙，另几次则是小龙苦等不到妈妈，期期艾艾打电话给她。"我不知道的事一定更多……所以那段期间，小龙明显情绪低落。"

"然后导火线来了。当然，那阵子她把小龙丢给我的频率也大幅增加。虽然我和小龙也亲，但你看到一个平时那么懂事的孩子……对，他显然知道有事发生，显然察觉自己被母亲冷落……亲眼看见这种状况，你还真是会生气的。"窗外啁啾，玻璃窗上是枯枝与红叶的倒影，两只鸟飞至窗台栖停，又飞走了。"然后我记得是那年5月吧，有天她又临时把小龙丢给我，说有要事得去一趟越后汤泽，隔日再回。我质问她怎么回事，她吞吞吐吐，说那是她近日梦中的新情节，她和二阶堂雅纪的幽会地。我劝阻她，说那不就是个梦吗；她居然说，她有理由相信那都是真的。"

"我发火了，大骂她疯了吗，气到告诉她我自己也做梦，我自己也曾爱上二阶堂，也曾在梦中与他多次幽会。她一时之间也被吓懵了吧，不肯相信我。我向她复述前阵我自己的梦境细节，一一细数那些甜蜜的、由初始的单纯场景渐次扩大而来的梦境……"

"于是她赫然发现我说的都是真的……大概也是恼羞成怒吧？她口不择言对我破口大骂。我说你也不过就吃醋罢了，都几十岁人了，为了个美少年吃醋像话吗？"姬野亚美泪眼苦笑。黄昏临至，暗影自窗外渗入室内；像爱的幽魂。"……想想有点后悔。我也不对吧；我这样说也算口不择言了。总之后来她甩了我一巴掌，拂袖而去。我还不信她会陷得如此之深，心里琢磨着该怎么劝她。结果隔日深夜，小龙一个人背着小背包来按我家门铃，说家里没人，爸爸妈妈都不见人影，他没吃晚餐……"

"啊，可怜的孩子……"

"对，叶月人就这么消失了，也没给小龙做安排。小龙来时边哭边发抖，说他很害怕。"姬野回忆，"我气愤又心疼。除了收留照顾小龙外也忙着联络她。结果还不只两天，她居然失联了整整五天。包括前田一辉也找不到她人。你可以想象那在小龙心里造成多大阴影。好不容易联络上之后，我已气得不想和她说话，没想到她毫无所觉，整个人处于一种星光灿烂的状态，像漫画里那种见了偶像眼睛都是爱心的少女；完全忘了小龙还在等她回家……"

"现在说来可笑。"姬野边笑边擦眼泪，"是啊，可笑极了。话说回来，我也不知道为何我自己的那些梦没有使我像她那样一头栽进去。后来前田一辉那男人大发雷霆，我也不想再为她说话，气得和她绝交。但我难免担心小龙。"姬野稍停，"听说他们夫妇俩闹得不可开交，亲友们，包括叶月的父母介入调解也无效。叶月很快辞职，一去不回。小龙倒是没多久就被送回前田一辉父母家里照顾了。"

"我原本觉得离谱，后来仔细想想其实不意外。前田那家伙从来就不是什么体贴的人，他很自我中心的。一个自我中心的人，那当下也就只会坏事罢了；如果叶月自己的亲人劝不住，那也差不多没救了。我听说叶月的父母也完全无法接受她对小龙的态度……对啊，她怎么了呢？"姬野默然良久，低下眼看着自己的手，"我还是后悔的……说起来那时也只剩下我能对她稍有理解。毕竟我也做了类似的梦。我太冲动了。如果那时我还跟她说得上话……"姬野没再继续说下去。

"你知道叶月春奈后来和她家人的状况吗？"我问。

"不很清楚。"她摇头，"只听说了一些。警方介入后我感觉叶月的家人对我也有戒心。唉……或许他们对我也不谅解吧？算是迁怒？我不知道。我只听说她甚至还编理由另外拿了些家里的钱，劝也劝不住；所以和父母、姊姊也都闹翻了……"

"前田一辉呢？你和他有联系吗？"

"也没有。当初是我前夫和他比较熟。"姬野亚美的眼睛黯淡下来，"我很想念小龙……但我想前田也防着我。或许对他那种大男人而言，我和叶月都是不可理喻、不可信任的女人吧？离婚后我和前夫各自搬走，当然也就不可能再和前田有什么联系了……"

作为叶月春奈的闺密，同时身兼诈骗事件另一受害者，与姬野亚美的谈话收获未若预期。那年日本的冬天来得早，气温以前所未见的速度跌破冰点；初雪将临，整个关东沉浸于某种暧昧的欢庆与期待中。然而对刚刚结束与姬野会面的我来说，一切似乎都缺乏意义。那不仅来自采访的挫败，或许也源自对人之脆弱的不忍。一切都令我无言以对 —— 或许对任何人而言，爱的炽烈、痴迷与疯狂终究私密而不可解；而这样的神秘，化现于外的部分即是，即便连闺密或枕边人都难以涉入。那是爱情的虚无，同时亦是人必然的孤独。也正因如此，直至此刻执笔，我并未向姬野亚美、Saito 先生或其他任何人透露我与前田一辉的谈话内容；当然，也包括当事人叶月春奈在内。质言之，如若 Saito 与 R 教授之推论为真，那么，讽刺的是，那或许即是所谓**成瘾性**的部分 —— 前田一辉曾向我坦承，在他获知妻子叶月春奈对梦中美少年的迷恋之前，仿佛回光返照，他们曾经历一段婚姻中最甜蜜、令人眷恋不已的最后时光。那是人与爱情最终的彼此依偎，耳鬓厮磨。当然，他所言与**性**有关。

"那段时间我妻子对我很热情……"谈及此事，即便已年过半百，前田一辉终究不免赧然。我们正漫步经过东京都北郊荒川游园地的百年遗迹。游园地正值整修，并未开放，但陈旧铁栅栏后依旧得见小摩天轮、碰碰车、旋转木马等自上世纪存留至今的古老游乐器材；像一个被魔法冻结的梦境。此处邻近前田私宅，已再婚的他对此段个人历史似乎已较为释怀；对提及往事并无强烈抗拒。算算时间，小龙也已是个 18 岁的青年了。"她 —— 我说我前妻；怎么说呢，那时简直像变了一个人啊。我不知道，那时其实我对她也有愧疚感……年轻时我们爱情长跑六年，婚前就是老夫老妻了。小龙出生后我们婚姻就有些问题……她也不太肯让我碰。我也忙，累得很，每天脑子里转的都是公事，实在也没这方面的心思。"前田望向远方。路面电车的铁轨遗迹延伸至紫色天际线尽处。"我心里想，我们都老了啊；那就是**中年**，对吧？但那段日子里，她对我莫名其妙就热情起来……"

"你们讨论过离婚吗？在这之前？"

"有一次吧。不，不算有。"前田语音低沉，"有次吵架后她有提。但我想那是气话，作不得数，我也没当真。她也不再提了。客观说来我们确实没考虑过这事。我们关系没差到那种地步……"

"但你知道有些状况？"

前田点头。"对，我们是处得不太好。但那又怎样呢？许多couple 都是这样的……我知道她越来越难谅解我在工作上的投入。我们也越来越说不上话。但说真的她自己工作也忙得很啊。我不认为认真工作有什么不对。"

"然后就在那事情……那事之前半年左右吧；她突然就热情起来。"前田表示，他明白中年女性对自己的身体或许不再自信，可能因此为性生活带来负面影响。"但其实男人也会啊。至少我是这样。我也难免自我怀疑。但那段时间，我的妻子让我觉得，我们俩都像是回到了初识的年轻时代……"

"她那么可爱……你知道她很漂亮，当过模特儿。第一次见到她时觉得她像个女神，没想到她亲切又谦和。我那时还没什么社会经验，还是个小小助理研究员……我想我何德何能认识这样的女孩子呢。"前田微笑，"在那之前……唉，算了，这不提了。总之她突然热情起来……那不只是性而已，不是。那是记忆中全部的甜蜜。像婚前恋爱时光的复返。她会尽量提早下班，或把杂事排开，到我公司找我，为了和我一起回家；顺道给我带上小礼物。晚餐后她偶尔准备精致小点心，我和小龙都爱极了。而后她会精心打扮，为了属于我们两人的亲密时光……"

"对，我当然受宠若惊……人老了说这些还真不好意思。

但——"前田一辉苦笑，语音中沙砾摩擦，"我刚说，我们总不可能永远和年轻时一样美丽，永远令对方充满新鲜感。但那些日子，我们幸福得像完全忘了这回事……像重新开始一段初恋，一个永无止境的美梦。"他稍停片刻，红了眼眶，"我不想说了。先不说这些了……"

"现在回想，那是我们婚后最美好的时光。可能……可能就是因为这样……后来我知道她爱上一个虚拟偶像，我当下完全无法接受。"他哽咽起来，"她疯了吗？一个根本不存在的少年？根本不是真人？难道在那之前，她的一切举动都是虚情假意？"

"你怎么可能才刚刚对我那么用心——好，就算都是我自作多情好了……你怎么可能刚刚才如此看重我们的爱情、我们的家；刚刚与我共享我们的亲密时光——然后转身就爱着别的男人？就在短短几个月之间？然后变本加厉，连孩子都忘了？这太过分了……"

"那时……嗯，你们之间有过任何暴力行为吗？"

"什么？暴力？"前田睁大眼睛，"没有！当然没有。她这么说吗？"

"不，不是——"我解释，"我想……那么大的反差，突如其来的冷落……那一定非常令人难以接受……"

"如果有，那也是她对我的暴力吧。"前田一辉打断我。此处原是东京都郊区较荒僻处，数世纪来多次重建，历史建筑物与街区新旧并陈，早自21世纪中叶便有"琥珀中的昭和时代"美称。而"都电荒川线"周边在此段更近乎瓶装封存，连行人、猫狗等活物看来都仿佛标本。我忽有联想：这不正是一段**死亡的婚姻**之隐喻？"分居后我大约是稍稍冷静了些。或许是小龙暂时有我父母帮忙照顾的缘故？我甚至开始反省自己是否太冲动——"前田语气平静，然而其指控堪称严厉，"但她的态度已很明显。她非常冷淡，显然

147

也无心寻求转圜……那就是她对我、对我们这个家的冷暴力。我已仁至义尽。就我所知连她的家人也已不再能忍受她。所以我终究是死了心，打包了她的个人物品寄回她娘家。"他沉默半晌。乌鸦横切过头顶渐次暗下的天空，凄厉而粗嘎地鸣叫。我想起叶月春奈曾说，她害怕乌鸦。"反正她那些东西也所剩无几。她离家时早已自己带走了一大部分。你很难想象曾与你共组家庭的一个人，那么长时间的亲密，最后留下的东西竟然那么少，那么少；装不满半个皮箱……"

根据 Saito 与 R 教授的推论——所谓成瘾现象，自然包括**性成瘾**在内。是，我的揣测或有过于牵强之嫌，然而此事之中，又有什么是不令人匪夷所思的呢？说此一巧合就此彻底摧毁了前田一辉心中最后的温柔，或许并不为过。那短时间内，热病般的性与爱恋之回眸，不也是一种叶月春奈赠予前田一辉的"缺憾→抚慰"模式吗？某种**爱的神迹**？成瘾或强迫症？只是这激情终究来去如电，最终仅存烟花幻影。人何其脆弱，何其需要疗愈——那是否正是爱的本质？此刻我必得承认，对此**二阶堂雅纪虚拟偶像诈骗事件**，无论是我个人漫长如梦的追索，抑或是 Saito 与 R 的推论，都没能将此事导向一确定之真相。多年来我曾数次接获关于两位主嫌的线报，然而没有任何一次成功落实。曾只手遮天的星野飒太与 Iori 两人就此消失无踪，下落不明；我们自然也不再有机会知晓两位主谋的真正关系。而我与叶月春奈的最终会面亦于 2252 年 12 月告一段落——那并非寻常时日，因为其时鲸豚专家兼激进动物权利倡议者 Shepresa 与虎鲸**交谈**的画面恰恰曝光不久——她才刚刚以类神经生物植入大脑，将自己变得"更接近虎鲸"一些；再没有任何人类能理解她的语言。那是当时的世界头条。在这颗小小的蓝色行星

148

上，一名为"人类"之智慧种群（或曰智慧，或曰智慧有限，粗暴而盲目）正为此沸腾不已；然而在我与叶月最后一次会面的越后汤泽小站，一切却仿佛与世隔绝。我想起 20 世纪那位日本文豪曾如此描写此地：

> 穿过县界长长的隧道后，便是雪国了。夜空下一片白茫茫。火车在信号所前停了下来。

雪国，隆冬时分，观光小城理应游人如织，然而由于区域性暴风雪警示，新潟县境内的越后汤泽如此清冷，近乎封城。多数商家并未营业，像一个被遗弃多时的梦境。尽管天候不佳，叶月春奈仍拒绝改期，坚持成行——她说，她想"亲自冻结这段不再能实现的回忆"。

那称得上**回忆**吗？即便仅存于梦中？或者，她所指的其实是在与二阶堂雅纪热恋期间，她一度为此抛夫弃子，独自前来此地的那场短暂的单人行旅？我无法确定。此刻距我初次与她会面已三年之久，与当时相比，她看来已精神许多；短发妥切梳理过，淡妆，米色风衣，毛呢黑洋装，朴素而齐整。她毕竟曾是个业余模特儿不是吗？我注意到她依旧避讳提及家人，然而眉宇间神色舒缓，似乎已稍有释怀。2252 年 12 月 7 日下午 4 时，我们在越后汤泽仿佛基里科画作般空旷如梦的车站大厅见面，相偕横越保存完好的路面电车铁道遗迹——那或许正通往梦中她与美少年多次幽会的邻近小站。狂风呼号，雪雾乱飞，我们缓步艰难前行，每一寸呼吸都仿佛将冰的颗粒吞入肺叶。小镇街区商家一片萧瑟，无人营业。一路上叶月情绪平稳，应对如常，然而寡言近乎沉默。我知道她或许正专注于将此刻所见一切深深看进眼底，铭记于心；尽管理论上一切影像都仅是眼瞳中暂存的、近乎不可见的细碎光线而已。我不免想起她最初给自己的辩护 —— **"如何拒绝神迹？怎么可能？梦境和现实实在太像了。"**

如何解释梦境与现实的重叠？或说，如何面对梦境与现实彼此的复制、繁殖或拟仿？这提问或许终究徒劳，因为我相信那正如叶月春奈本人所言 —— 多年来她已自问无数次。我们在无人的、奇异而盛大的寂静中穿越这温泉小镇，穿越叶月与二阶堂梦中爱恋的足迹，来到小镇边缘与森林交界处。那温馨的白色小屋此刻正矗立在我面前。我是第一次亲身与它相遇 —— 在梦中，或说，梦中的记忆里，叶月春奈曾与她的美少年在此度过甜蜜的同居生活。此刻临近黄昏，天色已逐渐转暗，森林纯黑的树影隐没于灰白雪雾后，远处山峦已全不可见，仿佛未曾存在。而此刻小屋显然无人居住 —— 窗帘拉下，门窗紧闭，半开放式车库与门廊一片空荡，并无任何私人物品存留，也没有任何交通工具的痕迹。然而周遭环境尚称整洁，并未荒废，疑似有人定期整理。我不知叶月春奈心中作何感想 —— 这就是她梦中的、关于爱的一切吗？在此时此地的真实世界里，这小屋又是属于谁的呢？许多年前，热恋期间，当她怀抱着爱的炽烈与寂寞单独前来，长达五天的时间里，她看到了些什么，又做了些什么呢？那趟旅行，是孤单的，悲伤的，抑或其实是幸福的呢？

这或许也正是 Saito 与 R 教授推论的弱点吧？暂且不论其后关于精神分析与"原型"的揣测 —— 如果叶月与二阶堂之间的爱情，或说迷恋，终究肇始于一种纯器质性的原因，那么这又如何可能影响梦中的场景呢？那纯粹是因为叶月春奈本人根本就混淆了自己想象的爱情与现实中的心灵印象？又或者，所谓"原型"，并不仅止于**人物**，亦可能以**特定场景**或**特定情节**之样貌出现？

混淆的或许也不仅仅是受害者叶月春奈而已。就在一个半月前，2252 年 10 月，我意外获知 Saito 先生的最新消息。他已因轻微失智症合并思觉失调（schizophrenia）入住疗养机构，且正是位于神户市异人馆街区那座历史悠久的古老精神病院。那是我们曾漫步经过之处。于此一时代，轻微失智已不难借由修复型类神经生物克服；然而在某些状况下，思觉失调症仍缺乏可靠且安全的根治方法。对于折磨人类数千年之久的此一病症，我至今未曾听过较三个世纪前拉丁美洲文豪博尔赫斯更精确的说法 —— "疯子是醒着做梦的人。"是的，**醒着做梦**；那显然是所有失去现实感的精神病人之日常。我不免想起二百年前的"地球觉知"，Aaron Chalamet 与 Eve Chalamet 父女那"不可靠的灵魂"之断言；及其后导致的**审判日大屠杀** —— 是的，灵魂如此可疑，我既已无法判定 Saito 与 R 的推理是否可靠，如今连 R 教授的实存与否都难以确认。那一切是否仅存于 Saito 先生谜样的、不可解的心智之中？又或者那所谓"现实感"，其实也远比常人所想象的更艰难许多 —— 是啊，如何拒绝神迹？怎么可能？梦境和现实，毕竟是太像了啊。

我与叶月春奈于小屋前伫立良久。叶月沉默无语，只是静定凝望着此刻空无一人的屋宅。我原本想说些什么，但终究没说出口。大雪飘落，四下寂静，时间凝止，雪不仅掩去了一切事物，似乎也灭去了所有声音。我几乎能感觉积雪在我们头顶与肩头的重量。我看着叶月的侧脸，她清丽的五官轮廓如此纯净，几乎就像是由雪的白色光线所铸成。"他就是在这里向我求婚的。"她忽然说。

"什么？"冷风轰炸着我，像某种昆虫翅翼在耳内的拍击。

"我说，他就是在这里向我求婚的。"

"你说谁？"我大吼，"雅纪？是二阶堂雅纪吗？"

叶月春奈没有说话。她转身离开，向来时路上走，没有回头，显然也未有多作任何表示的意思。我赶紧跟上。她突然慢条斯理地脱下皮手套，唇线紧闭，面无表情地向我展示她的左手。

那无名指上戴着一枚婚戒。此刻四周已然转暗，光线消融，小小的钻戒沐浴在纯白近乎雪盲的光中。我已不知该作何感想——这是她买给自己的礼物吗？她终究答应了那梦中的求婚？这与她抛夫弃子，消失的那五天是否有所关联？抑或是，这许多年来，中年以后的半生，她始终活在自己无人知晓且无处诉说的梦境之中？狂风冰冷如刀，雾气沉降，暗影于周遭逐渐聚拢，雪花与冰晶扎进我干涩无遮蔽的双眼。镇上方向，视线所及依旧渺无人烟，仿佛天地间仅存二人。叶月春奈直直望向前方，静静戴上皮手套；她的靴子一步步踩在冰雪之上，始终未曾停下脚步。我感觉此刻她的眼瞳中并无这现实世界之存在；又或者，她所凝视的事物始终不在此处，而陷落于不明确的虚空之中。

而后我福至心灵，突然转头望向身后。

大雪中，我看见小屋的一扇窗静静亮了起来。

The Assassin from a Dream

7 | 来自梦中的暗杀者

截至目前，陈立博医师可能，且极可能正是人类历史上最后一位**良心犯**——事实上，至少一世纪以来，似乎从未有罪犯如他被部分民众与媒体冠以"良心犯"之名。理论上，这已然是个历史名词；因为资料显示，此说法自 21 世纪末即已近乎绝迹；而前次被广泛公认为良心犯者亦已早于 22 世纪中叶。换言之，距今亦已相隔达百年以上。与**梦境播放器 Phantom** 的坦率截然不同的是，在第六次会面后，陈立博医师才愿意敞开心房，直接对我述及案情内容。然而时至今日，对于此宗极特殊之杀人案及其相关之**未遂犯困局**，舆论仍莫衷一是，未有共识。那或将是人类永恒之难题吧？

　　资料显示，公元 2240 年 11 月，陈立博生于中国台湾地区新北市新庄一中下阶层家庭；父亲陈克礼曾从事包括小区管理公司大楼管理员、货物搬运工、建材销售业务员、货运机械人操作员等多项工作，而患有慢性焦虑症与忧郁症的母亲则主要任职于附近市场与商店街，长期依赖邻里餐饮业者与小型商家提供简单的门市销售工作。陈立博为家中独子。然而尽管家中经济并不宽裕，双亲却也未曾忽略其教养。综合各方媒体报道与相关数据可知，陈克礼夫妇生性老实诚恳，工作尽责，性格温和，即便自身知识水平有限，却也尽力提供教育资源以供陈立博所需。而他也确实不负众望，自小即展现于数学、逻辑、哲学与生物学方面的天赋。2265 年，陈取得台湾阳明大学临床医学暨哲学学士学位；2267 年再获精神医学硕士学位，并顺利考入位于台北市石牌一带的台北荣民总医院任职。

其后数年，陈立博表现优异，曾连续三次获得荣总台北院区年度绩优医师之殊荣。而于顺利执业看诊、造福病患之同时，陈立博亦持续从事学术研究，四年间有三篇相关论文（分别与人类青春期思觉失调、先天与后天"本体感觉障碍者"之思觉失调，以及青春期被害妄想症状有关）发表于一级期刊；学术能力亦获肯定。说他于职业——或曰人生志业——实践初期即取得重要成果，并不为过。

如若叙事于此中止，则我们或可断言，这是个阶级向上流动的励志故事。然而其后情节却意外急转直下。陈立博是个什么样的人？何以一位看似前途光明（他的美丽人生正要开始）的医师兼学者，竟于一夜之间沦为阶下囚？他真是位"良心犯"吗？他是否确实杀人未遂？

一切始自"**事件式梦境治疗**"。客观上，我们或可承认，那是个属于精神医学的时代；或可堪称"临床精神医学**实务**"最好的时代——然而或许，也是最坏的时代。回溯过往，自2260年代伊始（其时陈正就读于医学系），此类以"做梦"取代药物或心理咨询以治疗精神疾病之方式即迅速风行，蔚为主流；一般径以"**梦境治疗**"或"**类神经生物精神疾患疗法**"称之。该技术最初来自军方与情治单位，原用以审讯重大犯罪嫌疑人；而约自2240年代始，于考虑安全无虞后，人类联邦政府遂决定逐步开放并出售相关技术，以供一般民间精神疾病治疗之用。

换言之，这是一组来自官方的技术授权过程；其间涉及多项机密技术之解密，以及解禁。事实上，也正是此一政策利多，自2240年代起逐步促成了**梦境播放器产业**（准确地说，是"第二代**类神经生物式**梦境播放器"——相对于第一代机械式梦境播放器而言）之发展成熟。是以就此观点而言，如此慎重其事，也似乎理所当然。毕竟"以类神经生物植入病患之中枢神经，令其做梦"所拟造之情境实在过于逼真，常人难以分辨；若无适度管制或限制，一旦被用于不法，则其后果难以想象。

类似争议其实已非首见——尤其是就人权或法律立场而言。举例，如上所述，此技术最早用以审讯重大犯罪之嫌疑人；换言之，即以类神经生物植入嫌疑人之中枢神经，令其置身于一假造之完整幻境中。这必然对审讯本身有所帮助——往往原本守口如瓶或坚持行使缄默权的嫌疑人，一时之间误以为自己并不身处于刑讯之中，于是"不知不觉全都招了"。这听来可行，但细思之下却可疑复可笑：因为此一方式其实意外古典，极易令人联想至中国古代"包拯断案"之民间故事——装神弄鬼，套话取供。事实上，公元 2247 年，曾于人类联邦政府安全部门担任资深高级调查员的 B. Ismael 便曾于回忆录《像我这样一位联邦探员》中公开揭密此事并提出质疑；谓情治单位求好心切可以理解，然而以此法取供，其实极可能违反了刑法体系中基本的毒树之果理论。"这确实等同于以欺骗方式取得嫌犯自白。"B. Ismael 如此述写，"我必须坦承，我本人，B. Ismael，就是共犯之一；尽管在我退休前不久我才第一次亲自接触到这样的技术。此刻我的告解需要勇气——我认为，唯有直面陈疴，才有改革的契机。坦白说，我以为这与情治单位行之有年的其他所谓'陋习'完全不同。"他如此强调，"这不是陈年陋习。这是全新的陋习。"

相关情节且按下不表。总之，于来自官方的技术授权程序逐步完成后，其后被用作精神医学用途的"梦境治疗"遂发展为两个分支，分别是"事件式治疗"与"非事件式治疗"。"非事件式治疗"姑且不论；与陈立博所涉犯罪有关的，是"事件式治疗"此一类别。顾名思义，所谓"事件式治疗"，即提供一梦境，一拟造之明确事件、明确之故事情节，**一太虚幻境**，供患者亲身经历之用。其逻辑相对单纯，情境亦相对完整。举例而言，对于因婚姻或感情问题而情绪低落之女性与男性患者，分别提供"大韩欧巴济州岛四天三夜高帅完美情人之梦""阿姆斯特丹红灯区各色人种环肥燕瘦纵欲之梦""温泉乡别墅泳池派对狂欢杂交之梦"；对于因工作过劳、惨遭职场霸凌而罹患忧郁症之患者，则提供"痛殴暴打凌辱上司之梦""痛快反击以牙还牙加倍奉还凌迟职场小人之梦"等素材，令患者做梦 —— 技术上，允许其于极短时间内反复数千次，并视情况改动部分梦境细节（此重复次数与施用剂量有关，并牵涉个别医师之诊断风格与处方。相关细节可参阅《精神疾病诊断与统计》，亦即 *The Diagnostic and Statistical Manual of Mental Disorders*，简称 DSM 手册；人类联邦政府卫生部官方发行，2264 年 5 月版）。以此方式投予治疗，虽未必根治，但业经实证确认，至少有抒发情绪、缓解患者急性症状之功效。

此即所谓"事件式梦境治疗"之大要。由于此一新兴疗法收效神速，迅即大受欢迎，遂使得因应不同病症之各类梦境供不应求，洛阳纸贵，呈全面缺货状态。然而商机所至，巧诈亦随之。由于部分不肖梦境制造业者自行以低质量素材编撰情节，粗制滥造，大批量产疗效未经严谨人体实验之治疗用梦境，并购买广告、推广，夸大疗效，将之倾销予不明就里之精神疾患，导致广泛不良影响；遂引发人类联邦政府主管机关介入，严格划分**梦境等级**。"未来我们将仿照古典时代'健康食品'与'药品'之分，检核此类梦境，将之略分为'保健品等级'与'药品等级'。经核定为药品等级之梦境，才能宣称疗效。"2267 年 3 月，人类联邦政府卫生部健康保险司司长 J. D. Salinger 于接受韩国《东亚日报》采访时表示："我们计划针对药品等级之各类治疗用梦境做更详细划分。至少严格规范何种梦境需医师处方才能使用。目前还在草案研拟阶段，但我们希望尽快通过立法，尽快实施。如果有任何进展，我们会向外界报告。"

而伴随此一"梦境治疗"之风行，同时发生巨大变革的，竟是文化创意、故事、戏剧等内容产业。受影响者，主要以文学、戏剧、影片剪辑、电影美术、剧场设计或"梦境娱乐"等相关类别为主。由于"事件式梦境治疗"亟须大量梦境内容，需才孔亟，各大药厂与梦境制造商遂纷纷开出高薪，向影视与文学产业借将。一时之间，一众编剧与小说写手均放弃原本工作，大量跳槽转行，摇身一变而为生产"事件式治疗"各色梦境之梦境编剧。此事意外造成出版、电影与梦境娱乐等产业故事编撰人才大失血。由于人才短缺，导致此时期之产出，无论电影、书籍或原本"娱乐用梦境"等文化产品，其内容均质量低劣，情节七零八落，前后不一，牛头不对马嘴，终至引发消费者集体抵制。据统计，2270 至 2272 年间，出版、电影与梦境娱乐等产业之营业总额竟以每年大于二成之速度断崖式衰退；并进一步引爆发行商与制造商倒闭潮。三年后，整体家数约仅余原先之 36%。

然而引发"事件式梦境治疗"大幅衰落，终遭**立法明文禁止**之关键性事件，即是由陈立博犯罪事件所直接引发之道德争议。此即为本章之本事：2272 年，首宗立基于此事件式治疗之刑事犯罪遭到披露，轰动全球，嫌疑人正是执业于台北荣民总医院之杰出精神科医师陈立博；而受害者则为台湾知名小说家史列维。案情大要如下：2270 年，时年 32 岁之年轻小说家史列维因长期罹患轻微躁郁症，合并有偶发性恐慌与广场恐惧症，遂于夫婿陪同下，于2270年年中开始向陈立博医师求诊。然而史列维之另一身份则更为业界所知悉——她受雇于辉瑞药厂，担任"**偷窃癖之梦：暴风广场**"创作团队统筹；换言之，她本人正是此一治疗用梦境之主要作者。顾名思义，"偷窃癖之梦：暴风广场"为用以治疗偷窃癖（kleptomania）之事件式梦境，其内容即为各式偷窃行为（全数发生于一名为"暴风广场"之虚构大型购物商场内），一般用以纾解、满足偷窃癖患者之强烈偷窃冲动。

此即为此一杀人未遂案件之背景。经查，于确认史列维之创作者身份后，陈立博医师即开始筹划毒杀史列维，数次于日常处方中混入高剂量抗凝血剂，意图使她于不慎受伤时失血而死。幸而于事件尚未发生前即被揭穿。案情本身并不复杂：2272年5月，史列维因晕眩症状住院观察——病况本身并不严重，然而由于可能原因太多，诊断并不容易；医师初步判断可能为局部神经发炎，即刻决定以微型器械进行消炎治疗。然而于将微型机器人输入血管内之后，却并未发现神经发炎症状。为求进一步诊断，医疗团队决定深入进行血液与组织液检验；然而化验后却赫然发现史列维体内竟含有极高剂量之抗凝血剂。而当时除陈立博之外，史列维并未于他处就诊。院方惊觉事态并不单纯，立刻报警处理。警方追查医院投药流程，确认台北荣总精神科医师陈立博涉嫌重大，随即发动搜索。于查扣其个人计算机、手术拆除植入于其牙床之个人通信器并读取资料后，成功查获一详细作案计划书档案。至此罪证确凿。2272年6月，警方逮捕陈立博，而陈则直接坦承犯案，甚至拒绝聘请辩护律师。

陈立博很快遭台北地检署以杀人未遂罪起诉。媒体报道，庭讯期间，陈全程行使缄默权，几乎完全未发一语。而陈立博母亲因年事已高，身心状态原本不佳，眼见爱儿涉入杀人案，精神大受打击，几乎完全无法接受，镇日以泪洗面，郁郁寡欢，连带导致原本控制中的焦虑症与忧郁症病情加重，竟于最终判决前一个月突发心肌梗塞而亡。2273 年 11 月，33 岁的陈立博遭判处有期徒刑二十一年定谳，随即被送往日本北海道小樽重刑犯监狱发监执行。来年 12 月，于遭到三次拒见后，我在漫天风雪中抵达小樽，首次获准当面采访陈立博。然而他显然并不打算与我深谈，对话于 5 分钟后便告结束。

这当然是个挫败；然而，也是个预期中的挫败。我不知他是否故作姿态 —— 幸好我也不在乎；我对人类心灵的好奇远大于我自己的尊严，三次被拒并不构成任何阻碍。三次而已？那已优于我原本预期。我深知，这是作为一个深度调查报道采访者的宿命：你无法事先预知你的努力是否终归徒劳。但我有我的心理武装 —— 深度采访固然可能是一场徒劳，但一言以蔽之，并不比人生本身更徒劳。对于陈立博如此特别的罪犯而言，我猜测他对这点了然于胸。随后的第四与第五次会面，我们的谈话时间都并未超过 10 分钟。如前所述，直至第六次会面之后，我才得以直接与陈立博谈及案情；而其关键，毫不意外，当然是道德，或谓良心。

"检方的官方说法是，你很早就知道她 —— 我说史列维 —— 是这'偷窃癖之梦'的主要作者？"

他微微点头，眼神并未与我接触。无窗的会客室冷光映照，年仅 35 岁的他此刻竟已须发全白，质地珠光流动，一如水银。那是 2275 年 2 月的北海道小樽，来时路上，外界正浸没于举目无所见的茫茫雪雾之中。我必须说，陈立博的衰老如此明显可见，他的相貌已与数年前的档案照全然不同；甚至与数月前的第四、第五次会面皆有差异。我难免好奇受刑的日子里他都在想些什么 —— 在这寒冷无垠，显然亦无有终止的漫漫长日里，是什么正持续侵蚀损耗着他的内心？

"你看诊前就知道？"我追问，"听过她的名字？"

"初诊时我们简单聊过。"他摇头，迟疑半晌，音量微弱，近乎细不可闻，"不，看诊前我不知情。但初诊后我就查证过了。"

"她也无意隐瞒她的身份？"我问，"你说简单聊过，表示她原本说得不多？"

"只是初诊时说得不多。"

"后来就多了？"

陈立博保持沉默。

"动机呢？"我另起炉灶，"你的动机就是道德吗？像外面传闻的那样？"

"外面传闻什么？"他微笑，看着自己的手指，"哦，我知道了，好，不重要。反正愚蠢的群众也只会有愚蠢的看法。"

"他们说你道德偏执。说你为了根本未曾发生的犯罪而坚持惩罚一个人 ——"

"那不是道德。"他忽然抬起头直视我，"显然不是。而且其实我根本也不在乎道德。"

"什么意思？"我回应，"为什么说那**不是道德**呢？"

"道德是很低层次的东西。我从不用这名词。"陈立博稍停，脸上病容似乎暂时灭失，然而声音依旧细微，"应该说，我不屑这名词。那是**良心**。良心才是正确的名词。"

"有什么差别？"

他沉默半晌。"好，你可以说，一切偷窃都只发生在梦境中的'暴风广场'，那不是实存犯罪行为，只是为了舒缓症状。"他说，"对，偷窃癖之梦。我难道不知道吗？但我的质疑是，事实上，对一般人而言，根本没有任何方法能正确分辨实存与否。"

"缸中大脑（Brain in a Vat）？"1981 年，哲学家 H. Putnam 于著作中提出"缸中大脑"概念 —— 设若有一大脑与其躯体分离，被单独置放于营养液中，以其神经元向外界联结拟造一幻境；则此一大脑，将无任何方法可分辨此一幻境是否为真 —— 当然，同样无法得知自己"身处于一缸中"之真实处境。"你的意思是'缸中大脑'吗？"

"对。"

"所以你的意思是，依照'缸中大脑'理论，原本我们也无法确认，我们此刻的存在，此刻的对话，和梦中有什么区别？"

"当然。庄周梦蝶。对于深陷其中的人而言，梦境与现实原本便无从区辨。"

"好，确实也有人提出这种说法。"我稍停半晌，"我可以理解。我不能说你一定是错的。但一般看法是，发生在梦中的事，毕竟缺乏受害者。准确地说，没有任何受害者提出抗议，也没有任何受害者家属提出申诉、质疑或表达不满。没有后续。这与现实世界中的犯罪事件完全不一样……"

"你这是'受害者理论'。"陈立博轻笑，"准确地说，'受害者至上论'。那我可得提醒你，我的罪名是'杀人未遂'。我是**未遂犯**。你知道未遂犯是什么意思吗？意思是，行为没有实现。没有任何人因我而死。没有受害者。那个史列维到现在还活得好好的。"他凝视着我，"我想你该问的是，为何法律对于一个同样缺乏受害者的事件如此有兴趣……"

"但你已着手施行——"

"对，我下药了。"陈立博回应，"但那又如何？事实是根本无人受害。如果法律坚持要惩罚未遂犯——我是说，像我这种未遂犯；那么凡是做过'偷窃癖之梦：暴风广场'的精神病患者，每一位都该亲负刑责。他们偷的东西可多了。"

"你下了药，"我质疑，"而且剂量足以让一头长颈鹿失去凝血功能。事实上史列维也产生了晕眩症状……"

"晕眩是她个人的事情……"奇怪的是，直至此刻，陈立博声线依旧温和，全无火气。我想起他先前的三次拒访，加上第四次与第五次会客时间中他长时间的静默——那自然已明示他无意多谈。如若我对外人重述这段经验，我相信多数人或许将就此判定他是个强势的、具主导性格与控制欲的人。然而那与此刻他的语音中的温煦何其不同。我必须说，对于亲临其境的我而言，温柔才是我真正感觉到的。"客观地说，晕眩和抗凝血剂无关。这种臆测没有任何根据。"

"没有证据不等于不存在。"我反驳他，"这你很清楚——"

"不，不是的。他们已经知道抗凝血剂的事。"他微笑，"如果抗凝血剂和晕眩，甚或其他病症间存在因果关系，早就被查出来了。现今科学要证明这件事已经不困难了。证据并不难找。你认为检察官会对我手下留情吗？"

"你下药的剂量太大了。如果史列维没死，那只是因为运气好，刚好没受伤流血。你不能——"

"运气？嗯，有道理……我觉得你可能想对方向了。"陈立博说，"但什么叫运气呢？你仔细想过**运气**是什么意思吗？这个世界上到底有没有一种叫做运气的东西呢？对，说到运气，你要和我讨论**拉普拉斯之妖**（Démon de Laplace）吗？还是量子力学？还是我们干脆来讨论因果律？

"没有发生的事就是没有发生……"陈立博继续述说，"严格来说，这里面根本没有一个抗凝血剂的'因'或人死了的'果'——对，确定没有，当然没有，因为一切未曾发生。从各方面来说，你终究必须承认，处罚一个未遂犯本来就毫无意义。"

我并非无法理解他的说法，然而一时之间我竟无言以对。"看不出你是如此虚无的人……"

"我一点也不虚无。"通话器中传来金属般的噪音。我看见陈立博皱了皱眉，但随即恢复无生命的微笑。此刻他眼神锐利，语音不再微细，声线带着液态金属的柔韧，但依旧温柔。"你很清楚这点。你太清楚了。"

"为何选择史列维，而不是那些在梦中犯下偷窃或杀人罪的患者？"我问，"依照你的逻辑，他们才是真正犯罪的人不是吗？在他们自己做的梦中？"

他突然沉默下来，半晌才说："因为就动机上来说，她是最恶劣的人。"

"为什么？"

"当然，我确实认为那些编写'杀人之梦'的作者很恶劣，很讨人厌。可惜我没能遇到那些作者。"陈立博的眼神沉静而肃杀，"至于史列维，她比他们都还更糟。她事实上就是个利用人性弱点诱惑人类犯罪的人。那些治疗用梦境仅仅是她的工具而已……"

"是吗？我以为她纯粹是受雇于人，编写梦境……"

"噢不。你不认识她，但我认识。"他再度露出奇妙的微笑，

"我知道她。我知道。我太清楚了。她自己是个精神病患者，但她最大的问题不在于她自己的忧郁症或恐慌症……"我注意到他的眼神中闪过一丝疯狂。"她是个控制狂，她有**情绪勒索癖**。我知道她所有的症状都只是情绪勒索的工具。她从勒索中获得快感……"

"你怎么知道？"

"对，这点不容易知道。她藏得很好。"陈立博回应，"事实上或许只有她最亲近的人，或精神分析师知道这些。是嘛，没错，我就是她的精神分析师——"陈立博突然转移话题，"你知道怎么解决'未遂犯难题'吗？"

"什么？"我察觉自己有些分神。不知为何，此刻的陈立博令我想起**二阶堂雅纪虚拟偶像诈骗案**中，受害者叶月春奈孤注一掷的爱情，以及那对梦中事物毫无保留的偏执与癫狂。

"欸——我想你脑袋不是很灵光吧。""良心犯"陈立博或许已不想再掩饰他对一个采访者，或曰此一**外在实存世界**的轻蔑与敌意，"你之前从没想过吗？我刚才不是说了？理论上，史列维和我，都只是未遂犯而已？"

"所以呢？"我回应，"纯就法律而言，是否'着手实施'犯罪，本来便有很大差别。我也不敢相信你连这也——"

"理论上，未遂犯不应被罚。"他打断我，"因为无论如何，犯罪都尚未发生。你刚刚说没有发生只是因为运气，反而证明了根本没有实质犯罪行为。没有真正有意义的犯罪行为，意思就是确实没有受害者。"

我保持沉默。这道理极其简单：无论如何，愿意与我见面的罪犯，必然怀抱诉说的欲望。我自然乐意尊重这样的主观期待——尽管表面看来往往未必如此。

"所以逻辑上，如果我们必须处罚未遂犯，那么我们只能讨论动机或意图。"他双眼满是血丝，像艳红色的玻璃裂纹，"这是唯一解法。司法判我有罪，这当然是绝对的错误，因为在正常状态下，没有人能准确讨论一个未遂犯在犯罪行为发生前的真正动机。动机必然隐藏于人之内心 —— 除了，除了未遂犯自己，或他的精神科医师之外，没有人能知道……"

　　"什么意思？"

　　"我说，没有人有资格论断别人的动机。"陈立博说，"所谓'诛心之论'……"

　　"不。应该不是这样。"我反驳，"实务上我们还是有方法能检阅嫌犯的犯罪动机 —— 例如嫌犯自白，例如审讯记录，例如作案计划，例如其他物证，等等。只要取证合理 ——"

　　"你说的这些，都是旁证。"他打断我，"仅仅只是旁证而已。如果我说这些在某种程度上都是诛心之论，都带有揣测在内，相信你不会反对。"他凝视着我，"自白不可全信，审讯记录不可全信，物证自然也不可全信。严格说来，这些都没有百分百的证据力；因为你并没有掰开他的脑壳，确实在解剖学上、在脑皱褶中'看见'他的动机……"

　　"是吗？你的意思是，得要类神经生物植入？"

　　陈立博笑了。"你想想吧。这就是精神分析的**法哲学意义**。"他强调，"我们现在使用的，并不是古典时代的精神分析。早就不是了。古人们所熟悉的早期精神分析确实不是科学，因为无法验证 —— 准确地说，无法**证伪**（falsify）。什么弗洛伊德啦，荣格啦，阿德勒啦，克莱因（Melanie Klein）啦，Wilfred Bion、林素姬、Moreno 之类的。但那全都是历史文献了。两三百年来，局面已完全不同……"

我稍作思索。"你在暗示，你要用精神分析证明史列维有杀人意图？"我皱眉，"是这样吗？你可以证明她接受药厂委托创作梦境，并非为了治疗他人，反而是为了杀人？"

"不止。不止。问题不在她的杀人意图。她的意图比杀人更可恶。"陈立博突然双眼发亮，"那是我的方法……你难以想象。只要像撷取梦境一样撷取她的精神活动就可以了。那都是**铁证**。治疗期间我已经累积了足以将她定罪的资料。罪证确凿，铁证如山。问题只在于这愚蠢又平庸的人类社会并不承认那是有效的罪证……"

我沉默半晌。"看来你非常清楚你的行为，以及你的行为的限制。你知道制度上没有人能认可你的作法……"

"当然。但那又如何？我什么时候又需要别人的认可了？我的主张是真理。真理无须认可。"陈立博咬牙切齿。会客室冷光映照，他的发色与肤色苍白如雪；脸廓隐没于我们二人相隔玻璃的青色反光之中。"真理是什么你知道吗？我的意思是，它可以被证伪。如果它是错的，它可以被证伪。"他稍停，"我从来深恶痛绝的就是史列维这种人。这就是恶劣。这就是**恶**。解剖学上确切存在，名副其实的恶。神经组织中能被证实的恶。史列维就是这种人。她知道正常状态下你根本无法证明她的动机，她知道这么做没有人可以定她的罪，她就下手了。"

"她的意图不是治疗 —— 不，她根本一点也不在乎别人；当然也不想治疗别人。"陈立博的义愤毋庸置疑，"她编写梦境也不是为了赚钱谋生。我知道她是个毫无同情心的人。她所做的一切几乎全都是为了享受引诱别人犯罪的快感。那是她的嗜好，她就喜欢看无数的人，那些镇日被自己的焦虑或恐慌侵扰的可怜的家伙，全为了自己的软弱而在梦中犯罪。"

"她等于是挟持了一大群精神病患对这个世界进行情绪勒索；因为如果这一大群患者没有这样的梦可做，症状无从缓解，她就能宣称，病症使他们痛苦，这世界不应容许他们持续受苦下去。这不就是明明白白在对整个社会进行情绪勒索吗？但一切，事实上都只是为了她自己的私欲……"

"我恨我没能成功杀掉她 —— "青绿色玻璃后，陈立博的瞳孔几近透明，仿佛某种无生命的矿石。我忽然想起符拉迪沃斯托克虚拟监狱中刑期里的 Phantom —— 那隐蔽于一组平平无奇的白色机壳内部，犯下反人类罪，被限制了一切高阶运算的梦境播放器。对话过程中，Phantom 似乎总带着某种异乎寻常的轻盈欢快。那与此刻陈立博的苦大仇深何其不同。这是否与虚拟监狱中特意配置的**随机数时间**有关？又或者，那自然与犯罪者本人更具关联性 —— 良心若有滋味，那或许也终究是苦的吧？"她现在负责的还只是'偷窃癖之梦'而已，"陈立博强调，"如果她主导的是'杀人癖之梦'，那后果不堪设想。我很清楚这种事她是做得出来的。想想，有多少人会在梦境中毁灭多少人的生命；而他们心中被满足的又是什么。我们甚至可以再进一步追问，策动这一切屠戮的核心，也就是那梦境的作者或厂商，他们心中被满足的，又是什么？对，那根本等同于一场精神世界的大屠杀；而史列维就是这种**来自梦中的屠杀者**……"

我当时想说的其实是，如果现实世界中那残虐又狡诈的史列维正是你描述的"来自梦中的屠杀者"，那么作为一位试图以杀戮阻止杀戮的人，你不也算是个"来自梦中的暗杀者"吗？但我终究没说出口。半晌后我问他："别人说你道德偏执；你说那不是道德——老实说，我其实能部分同意你的观点：道德确实是种低层次的秩序。"我稍停，"我换种说法好了。如果说你'良心偏执'，你接受吗？"

"我接受。"陈立博答得干脆。他挥挥手，"我累了。就先这样吧？"

我与陈立博的十数次会面终结于隔年春天——这并不在我预期内，因为他很快不再被允许与访客会面。2276 年，小樽重刑犯监狱狱方忽然片面宣告他精神状态不佳，已濒临心神丧失，径行将之解送往位于中国长春的重刑犯医院精神科病房住院治疗。当然，说医治只是好听；事实上那等同于以另一形式囚禁。我手边的资料几乎已说明一切：自长春重刑犯医院精神科成立以来，从未有任何一位囚犯曾自该处康复出院。该医院内部通信管制极其严密，犯人住院期间不被允许与外界或家属有任何联系，几乎等同于自此被人类社会永久隔离，一如其人不曾存在。新闻媒体给了此种状态几种具象化的新鲜说法：被涂销、被 delete、被归零；甚至将之谑称为"逆受精"——仿佛在生命诞生的那一刻惨遭逆转，未曾受精。也正因如此，我终究未能再向他告知我的"新进展"——2276 年 4 月，我意外获知一之前未曾听闻的信息：于小说家史列维接受陈立博诊疗期间，她原本已受辉瑞药厂委托，开始筹划开发其他新型治疗用梦境，而其内容，竟包括"厌男杀男之梦""厌女杀女之梦""恋童癖之梦"，甚至"种族大屠杀之梦"。

计划并未成真，但已足以令人心惊胆战。该消息可信度极高，按惯例我必须保护消息来源；然而作为一名曾与罪犯陈立博建立某种友谊的采访者，我百感交集——那已足以摇撼我的信念。我对自己原本的看法感到迟疑，同时也对人类本身惶惑不已。我是否该敬佩他洞彻世情的先见？或者，他其实根本早已对此事心知肚明，却因故并未于庭讯中提出？他在考虑什么？他保留或隐瞒了什么？那是他的杀人动机之一吗？我们该纵容类似"厌男梦""厌女梦""种族歧视之梦""种族屠戮之梦"这类无比扭曲而残忍的心智运作吗？我们该容许一众堪称比偷窃癖严重数百倍、血腥数百倍、残虐无数倍，那些潜在的、在梦中大开杀戒的罪犯吗？是，我们当然能说，无论如何，梦境中并无真正受害者；但若乐于提供此类梦境让他们"发泄"，那究竟是会纾解痛苦、弱化犯罪动机，或反而增强他们的犯案冲动呢？

我不知道。我无所适从。然而与此同时，人类社会已经历重大变革：2277 年，由我化名执笔的《来自梦中的暗杀者：良心犯之杀人》报道（亦即是本章初稿）于法国《世界报》刊出，随即引发热议；媒体热烈讨论此**未遂犯困局**，进而导致宪法第 37 条修正案通过——结果是，此类"事件式梦境治疗"随即遭立法明文禁止。当然，如前述一类"种族屠杀之梦"也幸而胎死腹中。**幸而**？是的，我对我自己的遣词用字感到惊讶，且不无保留。法律实务上的问题或许就此消弭——当然了，我明白人们惯于便宜行事，法律从来不是最低的道德标准；事实上，这句话并不正确——法律仅仅只是一套"具可行性的低限行为规范"而已。它如此有限、如此令人无奈，但一言以蔽之曰，"可行"。那些不可执行，或执行上有困难的行为规范，从来便未曾被写入律法之中；即便它们可能更有道理或更重要。这也是文明的代价：数万年来，人类由狩猎采集为生的零散小部落，发展为大而无当、庞巨笨重至数亿人众的邦国，组织本身已无法容许任何难以施行的行为规范演进成为律法。以此角度而言，**废止"事件式梦境治疗"**此类治标不治本的解决方式，并不令人意外。

　　然而这似乎也埋下了往后不稳定的因子；因为平心而论，如此"治标不治本"极可能也仅是人类社会暂时的权变；而其后是否继续实施，变数仍大。是的，确实如此，最直接的迹象是，关于此事，社会上的公众议论或许暂时平息，但学界内部，法哲学上的热议持续经年，未曾休止。然而事后诸葛，于前此"事件式梦境治疗"曾短暂合法的三十多年间，历史契机或曾倏忽而至，迅即杳然而去；而对其间夹缝中的个人际遇，文明本身终究视若无睹，一如既往。究竟人类法律应如何看待"缸中大脑"一事？如何判断动机？我们又该如何审视因果律？如何规范、定义或"证明"良心？这也是所谓**不可靠的灵魂**的一部分吗？一如"地球觉知"教派所言？我不知这一切对（所谓的）良心犯陈立博医师具有何种意义；可以确定的是，由于通信封锁，终其一生未再出院的陈立博是永远不会知道这些的了。

The Rest of My Life

8｜余 生

一切始于一次令人匪夷所思的消失。是的，以此刻我执笔为文为基点，距台湾影星郭咏诗最后一次神秘现身于公众视野中，业经七年有余；设若她依旧平安健在，也已年近半百了。众人公认，这位影后跌宕起伏的前半生，包括童年遭遇、出道、绯闻、婚姻；她堪称出神入化，层次富丽如花朵复瓣重层绽开的表演；她独特的气质与率真，以及最终导致她演艺事业重创的婚外情——多姿多彩，峰回路转，其戏剧化程度不下于她所主演的众多作品。资料显示，自 22 岁以首部电影《我和鳄鱼的午茶约会》出道以来，十年间她迅速走红，囊括各大小影展演员奖项共计二十余项；2267 年的柏林影展、威尼斯影展双影后桂冠更将她的声望推向巅峰。然而，无人预料她的演艺事业竟会以此种方式戛然而止——2270 年，距擒获史无前例的同年双影后桂冠仅三年，于拍摄完由前夫日本导演松山慎二编导的悬疑爱情惊悚片《婚礼的预言鸟》之后，这位时年 35 岁，事业正如日中天的国际巨星竟就此失踪，人间蒸发。包括其家人亲友、经纪公司与工作伙伴等，全数与其失联。没有任何人知晓她的下落。

　　事前并无任何预兆。台湾地区及日韩警方为此相继发动地毯式搜索调查，历时近二年，依旧全无所获，铩羽而归。而正当众人逐渐接受影后或已惨遭不测，亲友们亦不再怀抱希望时，2276 年，于消失整整六年后，竟有民众于冰岛雷克雅未克疑似捕捉到她的身影。这一度令众人燃起一线希望。然而事与愿违，**影后郭咏诗失踪之谜**并未得解——那反而像是回光返照，无边迷雾中的惊鸿一瞥——她再次消失，隐遁于茫茫人海，并未重回公众视野；同样继续与其家人亲友失联。换言之，我们或可如此推论：郭似乎对行踪暴露一事充满戒心；且其失踪极可能乃是刻意为之。

说来惭愧，我个人正是在当时（在那次雷克雅未克的神秘现身之后）才开始认真关注此事的——是，空穴不来风，我深信此事必有内情。究竟是何种机缘诱使一位影后远离人群，弃绝俗世，于当红之时选择隐居？且如若真是刻意"隐居"，那么她的遁世，或谓躲藏，代表了何种意义？人可能主动断绝自己的人际联结至何种程度？又是何种价值选择，触发了这位得天独厚，堪称集万千宠爱于一身的女演员谜样的自我封闭？那就是她个人所追求的"**余生**"吗？一个演员版本的塞林格（J. D. Salinger）？

而我们又该如何理解此事？

那是我最初的起心动念。我向来对某些特立独行之人特异的价值取向极感兴趣——当然，所谓特立独行之人并不必然具备特异价值观；然而如若是有，则我们必须承认，那极可能正指向既存文明社会之荒谬或不足。当时我无法预知，这将为我往后的调查记者生涯带来前所未有的体验——于一长达七年之追索过后，我锲而不舍的查访竟终究"逼"出了一个结果。然而更难以逆料的是，此事牵连之广，其盘根错节，竟如此超乎想象，而其最终之真相，竟又如此骇人听闻，令人无言以对。

或许一切终究始于一充满创伤之身世？公元 2235 年，郭咏诗诞生于台北一单亲家庭，由母亲尹鹂恩独自抚养长大。平心而论，她的童年并不幸福——其父郭易正原为知名摄影师，事业横跨一般商业摄影、艺术摄影与电影等领域，曾举办多次个展，颇获业界好评；亦曾与人合伙涉足**微型类神经相机**之设计产制。然而于小女孩郭咏诗年仅 2 岁时，郭易正却于工作中意外坠崖而亡。父亲的死就此粉碎了一个原本幸福美满的家庭。时尚模特儿出身的母亲尹鹂恩因工作与郭易正相识相恋，进而结褵；两人极为恩爱，羡煞旁人。然而于丈夫郭易正意外身亡后，尹鹂恩显然经历了极其重大、堪称毁灭性的精神危机。

"我不知……嗯，对，我还真不知道该如何述说那段经历……"2259 年，于接受英国《佩妮公主秀》节目专访时，向来对自己的身世鲜少着墨的影后郭咏诗曾破例如此述及此事，"怎么说呢？那时我还真太小了吧？父亲不常在家，我对他的记忆其实很模糊。但我隐约记得，后来有段时间，母亲总令我非常害怕……"郭咏诗解释，自己幼时怕黑；无论是过度空旷或狭小的空间都令自己极度恐惧。"对，我长大后才想起来这件事……我记得有好几次吧，母亲曾将我一个人关在衣橱里许久；而我完全不明白自己受罚的原因。"节目中，郭咏诗向主持人坦承，直至成年后她仍习惯于开灯就寝；因为每逢独自一人身处一黑暗空间，她往往无可遏抑地开始怀疑自己的感官，怀疑自己正经历某些幻听或幻觉。

"啊？那拍戏时怎么办？"主持人回应，"一定有类似场景——"

"噢，拍戏时不会。"镜头前，郭露出亲切笑容，"我喜欢表演的原因之一就是，那令我感觉不是自己。"

她可以不是自己——就我们了解，这位公认演技精湛的影星曾于不同场合不仅一次如此述说她热爱表演的原因。然而无法否认的是，"不是自己"何其困难？"成为另一个人"何其困难？我们难免揣想：或许她的愿望也与她不快乐的童年有关？是的，不快乐的童年；因为意外丧偶后，她的母亲尹鹂恩长期以一种忽冷忽热、时而慈爱宠溺、时而冷漠无情的方式对待自己的女儿。资料显示，数年之间，尹鹂恩共计九次进出精神病院，显然心智状态并不稳定。郭咏诗对此向来不愿多谈（也或许因为幼时记忆模糊）；然而侧面了解，尹这段期间的感情生活亦堪称扑朔迷离——身为时装模特儿，面容甜美、身材姣好的尹鹂恩不乏追求者。丧偶后她亦曾恋爱、同居，后来甚至曾短暂再婚；然而似乎未有任何对象能取代亡夫郭易正的地位。

"唉……还能说什么呢？那就是我所知道的、**完美爱情**所衍生的悲剧吧？"2283 年 1 月，我与尹鹂恩生前闺密，年轻时同样以模特儿为业的何小令老太太会面，她亲口向我证实了尹那段期间的生活状态。"是，鹂恩和她先生感情非常好。他们就是一见钟情的那种类型……郭易正当然天生有才华，对服装、时尚、色彩都很敏锐，而鹂恩其实也有艺术天分。他们彼此依赖很深。"何小令眼神黯然，"郭易正意外坠崖，鹂恩完全无法接受。唉，如果……如果你曾真正寻获你的灵魂伴侣，如果你曾真正遇见一位值得你全身心托付的爱人……那么你的风险就是：万一，万一有一天你失去了他，那你该怎么办？"

尽管已年近八十，一头银发的何小令依旧仪态优雅，脸庞依稀可见年轻时甜美精致的轮廓。我们正穿行于东京中目黑的宁静巷弄中，日本关东的春季日光明媚，枯枝伸展，光影扶疏，大片澄蓝天色被收拢于目黑川静谧流转的眼波中。她向我展示了数十年前她与闺密尹鹂恩和小女孩郭咏诗的三人旧照。两位时装模特儿与一位未来影后的合影自然美不胜收，或许也因而淡化了其中预示的悲剧：小女孩郭咏诗牵着母亲尹鹂恩的手，身体却有意无意回避着与母亲的接触。"对吧？我们总歌颂完美的爱情……"何小令老太太感叹，"但完美的爱情一旦意外消逝，那也意味着最残忍的伤害不是吗？"

伤害并不止于失去了完美爱情的尹鹂恩 —— 令人无奈的是，那是会向下遗传的。母亲的沮丧与忧郁自然也深深伤害了女儿郭咏诗。何小令透露，精神近乎崩溃的尹鹂恩无能于担任一位尽责的母亲；在当时，周遭几位亲友几乎全都有临时帮她看顾小女孩咏诗的经验。

"小诗乖得令人心疼……"何小令皱眉，"你懂我的意思吧？有些小孩，你明知她不该那么懂事。但她好像本来就知道大人的心思……"何小令回忆，某次尹鹂恩住院期间，她曾帮忙看顾年仅 6 岁的郭咏诗。"我答应带她去吃 Bonheur Bonne Heure……你知道吗？就是那间法式甜点连锁店。对，那很棒，品质一流，直到现在都还很好吃……它们在我接小诗放学回家的路上开了间分店。那时有个新品促销的 campaign，主视觉刚好是由我和鹂恩担任模特儿。啊，那是我们唯一一次工作上的合作呢。"何小令稍停。天空中，黄昏的霞色正逐渐溶解扩散。"分店门口有个我和鹂恩的人形广告牌，我答应小诗带她去吃。结果我工作临时收不了尾，耽误了时间……原本交代她在学校等我；但当我赶到时，却发现她人不见了。我急了，到处找她，后来却发现，她居然自己一个人跑到 Bonheur Bonne Heure 店里去了。"何小令微笑，眼眶中泪光闪烁，"我在店门外隔着玻璃看见她……我松了一口气，但她才 6 岁啊；她看起来好孤单，好忧愁，一个人戴着可爱小帽端端正正坐在桌前等着店员给她上甜点。眼睛肿肿的，显然是哭过了，脸上一点开心的感觉也没有。我问她怎么不等我？她说，那是她自己该会的事情。她说，阿姨太忙了，但她还是想看妈妈，就自己跑来了。"

"看妈妈？什么看妈妈？"

"她说的是我与鹂恩的人形广告牌。"何小令老太太出示另一张照片。奶油城堡般的法式甜点店门前，全像广告牌中的何小令俏皮举匙喂向闺密尹鹂恩。而广告牌外的她也模仿着广告牌中自己的姿势，抱起 6 岁的郭咏诗，圈掌握起小女孩的手，两人一起举匙喂向广告牌中的尹鹂恩。阳光洒落，空气中的甜香似有若无，小女孩郭咏诗既悲伤又纯真的笑靥于镜头下凝止，像一个无限美好但始终未曾实现的许诺。"就是这样。'看妈妈'。在广告牌上。"何小令叹了口气，"唉，我和小诗的合照也就这么几张了吧……"

令人难以否认的是，命运终究难测，而生命的甜与苦也极可能仅是彼此的伪装。母亲尹鹂恩的苦难并未结束——前夫郭易正意外身亡后十二年，2249 年，于女儿郭咏诗 14 岁时，她曾短暂再婚，对象是时年 62 岁的瑞典知名古典乐指挥家 Kvasir Hemmendorff。那或许正是尹鹂恩在洪流灭顶前对命运的最后一搏。然而这段婚姻仅维持一年余便告结束。关于此事，相关传闻惊悚无比；谓二人离婚原因除了感情本身之外，尚且牵涉继父 Hemmendorff 与继女郭咏诗之间不可告人的关系。考察相关文献档案，自 2258 年开始（亦即郭咏诗出道后约一年），包括英国《太阳报》、智利《巴塔哥尼亚》、中国《让子弹飞》与日本《周刊文春》等八卦媒体便开始渲染少女郭咏诗与 Kvasir Hemmendorff 之间的关系，言之凿凿宣称二人八年前的畸恋正是摧毁这段婚姻的主因。后续更有众多媒体与内容农场跟进报道，添油加醋，谓 Kvasir Hemmendorff 尽管看来正人君子，实际上却是个恋童癖，长期习于透过高级淫媒及其他非法渠道与未成年少女进行性交易。然而此事遭到郭咏诗与 Kvasir Hemmendorff 双方经纪公司相继否认。

当时距尹鹂恩与 Hemmendorff 的短命婚姻其实已超过八年之久——前此，亦即 2250 年，郭咏诗 15 岁，母亲尹鹂恩与 Kvasir

Hemmendorff 结束婚姻，二人可考的公开说法是再官腔不过的"个性不合""对未来缺乏共识"。2251 年，少女郭咏诗 16 岁，母亲尹鹂恩因思觉失调症合并重度忧郁第九次入住精神病院，并于住院期间上吊自杀身亡。

资料显示，即使少女时期即已长年与母亲相依为命，郭咏诗鲜少公开谈论母亲，遑论母亲的身心疾病与死亡。兼之以上述传闻，演艺界与媒体界对她与尹鹂恩之间的母女关系难免多有揣测。然而记录可考，曾有一次，于接受日本 TBS 电视台《心音》节目"作成者"（日文汉字，意为"创造者"）特辑专访时，出乎意料地，郭曾短暂卸下心防提及母亲的自杀。

"妈妈很累了吧……"全息画面中，郭咏诗正独行于台北街头，一袭白色长衫，脂粉未施。富锦街上微风吹拂，住宅区老巷弄里，阳光与落叶都是被晾晒过了的暖暖旧旧的质地。那正是她幼时与母亲共居的街区。而影后的画外音似乎也因此陷入了深沉黑暗的回忆中。"我从小就知道爱情的复杂。对，我的意思是，爱情原本就不只一种面貌……因为母亲的痛苦我都看在眼里。"她语音迟滞，仿佛正于情绪的迷宫中穿行；半晌后才又重新跟上了记忆的脚步。"你期待和一个人白头偕老，你期待你们在各方面都充满默契、相知甚深……对，承认吧，你就是在等待一位 soulmate。但这几乎是不可能的不是吗？"郭咏诗低语，"人的面貌有那么多种，人的个性那么复杂……如果像电玩游戏一样归纳人的属性，聪明才智、价值观、外形、身高、消费习惯、刷牙的频率、艺术品位、饮食偏好、侧睡的姿势……理论上，那么多种习性与癖好，每一种都可能导致你们相处上的痛苦……"

"所以才说'相爱容易相处难'吧？"

"对。啊……不，也不尽然。"影后回应跟访的主持人，"严格说来甚至连相爱都不容易吧？然后有一天，你真遇到了那么一个人，他符合你所有的期待与想象；更不可思议的是，你居然也符合他所有的期待与想象……就像，我的母亲遇见了我的父亲。"郭咏诗沉默半晌，"而后你失去了他……"镜头下是住宅区间一小型小区公园。孩子们嬉闹着，在乐高积木般的彩色溜滑梯与跷跷板之间。野花三三两两点缀着草地，如黑夜中仅存的、暧昧的星群。"我不知道那如何可能。我的意思是，你怎么可能接受呢？"影后抬手拭泪，"我相信我母亲已尽力在适应一个全新的、陌生而又恐怖的世界……对，我能感觉这些。最难的是什么？是你赫然发现，'爱'这种东西看似本能，实际上居然需要用尽气力……最难的是，在被命运凶暴摧残过后，被迫面对生命内里巨大的、无边无际的荒芜……在那些漫长时日里，面对几位永远不可能比得上我父亲的人，去爱他们；用一些新的、可能的情感方式，你从前未曾想象过的、几种不一样的爱的样子……然后说服自己：**那也是爱**。"郭咏诗凝视着道路尽头。画面中，残余的霞色正退守至天际，仿佛这城市正因某种不明所以的脆弱而往视线尽处下沉消逝。"所以她失败了。她终于累了，知道自己再也没有力气重新去爱了。如此、如此而已。"

如此而已。那是什么感觉？多年后当我重读此段影像记录，当我再次咀嚼这忧伤莫名的自白，我难免思及其后郭咏诗荒谬的人生。我该轻声说服自己"那也是爱"吗？正如当时这位初出茅庐的影后所言？那究竟是爱，或不是呢？我必须坦承，事件的离奇诡异已完全超越我所能理解的范围，我甚至连下判断的自信都没有。而我同样怀疑，关于此事，所有周遭相关人等的看法都未必可信，甚至连两位当事人本人的自述，也并不可信。是的，难以为外人理解，甚至连本人亦无所谓"理解"或"证实"可言——这或许也正是郭咏诗之所以选择自我隐遁的重要原因之一吧？

当然，这还得从另一位当事人松山慎二说起。不意外的是，他的童年同样不快乐——公元 2225 年 2 月，早于郭咏诗十年，松山慎二生于日本九州岛福冈，父亲松山信介原本于一地方小剧团兼任演员与行政工作；母亲则为家庭主妇，家境寻常。然而于松山慎二就读小学一年级时，父亲竟意外遭到剧团裁员。其后数年，松山信介转职不顺，工作断续，家庭经济大受影响；本人亦因此而性情大变，酗酒、家暴，连带导致婚姻破裂。离婚后，母亲改嫁再婚，松山慎二与相差三岁的姐姐遂被长期安置于祖母家，与祖父母同住；而父亲则离家独自于东京工作。

"对我而言，幻想世界从来就是最好的。"于接受法国国家电视台《电光透视点》节目专访时，这位日本奥斯卡奖最佳导演曾如此述说自己幼时对电影痴迷的个人经验。"对，我说'最好的'，就是字面上的意思。**Literally**。爱情电影、恐怖电影、悬疑片、惊悚片、动作片、谍报片、艺术片，无论是在线影音或院线放映，无论是欢欣鼓舞或——不对，"他自我修正，"真正迷人的东西没有快乐的——好，无论是欢欣鼓舞或槁木死灰……那些摧毁人对生存的脆弱信念的、冰冷灰暗的作品，全都是最好的。因为对我而言，没有什么能比现实更糟了。"摄影棚灯光下，松山慎二的微笑看来神秘，扑朔迷离。"只要能带我**离开现实**的，就一定是最好的了。"

松山慎二的说法听来特别，然而考虑其成长背景，如此想法似乎也并不意外。在这段由法国知名作家 Krystal T. Houllebecq 担任主持人的节目专访中，松山慎二坦言，他小时候与祖父母并不亲密，在学校里也与同龄的孩子们格格不入（"没人喜欢和一个几乎不说话的怪人相处吧" —— 他自嘲）；对他而言，福冈滨海的童年就像是个巨大而迟缓的梦境。漫长而寂寞的岁月里，北九州岛变化多端的海色与银幕上的光影幻觉成了他仅有的慰藉。"那是电影对我最早的意义。"松山慎二强调，"我喜欢那些故事……它们总能带给我安慰；因为我知道，那是个无可取代的世界。那一点也不虚假。你想，对当下的演员而言，在那些时刻，那就是**一切的真实**；而对导演而言，那是：你或许可能、或许真有机会，去创造一个属于你自己的人生。"他语音低沉，眼神静定。"一个**新的人生**。你自己的。"

当然，"创造一个新的人生"的方法，从不仅止于看电影或拍电影。与影后郭咏诗惯于回避自己的母女关系截然不同，松山慎二向来不讳言，真正启发了他的意志的，终究是他的父亲松山信介。相关文献资料显示，他曾多次直接提及父亲奇特的人生对他的影响。"父亲也算是为自己创造了一个新的人生吧。从小学三年级开始，一直到我从大学毕业，长达十几年的时间里我没看过父亲……"2257 年，于接受韩国 KBS *Mind Hunter* 节目专访时，32岁的松山慎二首次透露自己与父亲间奇异而扭曲的亲情牵绊。"对，因为那段时间他从来没回过家；而我的祖父母则完全回避提及他的近况……那种被遗弃的感觉曾带给我极大的心灵创伤。"松山慎二苦笑，"整个青少年时期，父亲就是我最怨恨的人。"然而直至他自京都立命馆大学毕业，透过其他渠道与父亲取得联系，并只身前往东京会面之后，他这才恍然大悟何以父亲不愿回家。

"他先是在东京的剧团工作 —— 专门饰演女性角色。"松山慎二说，"而且，他后来变性了。"

"变成女的？"主持人瞪大眼睛。

"对。我没说过吧？"松山慎二偏着头笑了起来，"那时我已出社会工作，心态上成熟许多。我似乎逐渐能理解他的顾虑，或逃避。说真的，我得承认，换作是我，大概也不知该如何向自己的小孩启齿……"他稍停，"刚到东京时他还是男人。他先在某些以反串或第三性为卖点的剧场和色情行业里工作，钱存够了才去变性。我也是在那时才知道，原来他和我生母的夫妻生活始终有问题。"

"啊，父亲一定经历了很多……"

"当然。就像我一样。"松山慎二往后坐，疲惫地抹了抹脸，"简单说就是这样。直到现在我们都没能重拾可能的亲密……嗯，不对，不该这么说——我的意思是，虽然那些逝去的、错过的，在那些过往的日子里日夜啮咬着我，可以想见必定也折磨着他的痛苦，似乎永远也无法获得弥补；但我已不恨他。反而因为理解，我愈来愈同情他。这也算是一种物伤其类吧？"他眼中水光闪烁，语音沙哑；痛苦腐蚀着他的声带。"我想这就是人生……当然，我也很乐意说：这就是电影。"

这就是电影吗？至少一开始，松山慎二也完全像是天生吃电影这行饭的。毕业后他首先开设个人导演工作室，以广告拍摄为主要业务；其间曾与友人合伙，短暂涉足**类神经生物精神疾患疗法**（亦即"梦境治疗"）之开发产制。那是某种以特制**类神经生物**植入人之中枢神经，拟造场景与情节，令人误以为亲历一真实事件之全新药物；一般用以治疗精神疾病——是，那正是本书篇章《来自梦中的暗杀者》中所述，极短暂的"精神医学黄金年代"之萌芽时期（事实上，相关经验也被松山慎二写入多年后的心理惊悚作品《婚礼的预言鸟》中）。然而他并未深入，很快回到电影创作领域持续耕耘。2254 年他首次执导小成本剧情长片《天国爱与死》，以此擒获日本福冈国际独立电影节最佳影片、最佳男演员、最佳配乐等奖项。翌年年底，半纪录片喜剧《无刀不剪》票房横扫日本新年档期，被誉为"天才之作""横空出世的独创类型"，总卖座金额高居日本史上第九，为其导演生涯中票房高峰，亦堪称最具影响力者。该片以当代 AV 制作拍摄变革之真实历史为题材，并以墨西哥 AV 大亨 Adolfo Morel 所主导的**"定制化 AV"技术革命**为叙事主轴。若纯以票房论，谓此作为松山慎二个人生涯巅峰之作，亦不为过。

　　然而何谓"定制化 AV"？此事确实亦颇值一提；概述如下。文献资料显示，21 世纪以来，由于文化开放，百无禁忌，人类性癖渐趋多元，AV 类型分工愈细，原有 AV 工业产制模式已无法完全满足市场需求（举例：类似"男优以肉感中年红发女人为对象，行仿恋尸癖之肛交；过程中严禁任何声响或主动动作，一如尸体""穿有舌环、肚脐环或多个耳洞的白发健壮黑人男孩仅以舌与手指对 50 岁以上女优为性行为，禁止使用真实阳具，女优必须面露痛苦"等，诸如此类怪异且难以达成之小众喜好愈见增多），AV 大亨 Adolfo Morel 于是引入类神经生物技术；构思一"定制化 AV"之产制模式。他建构一名为"奇幻极乐"（Ecstasy Fantasy）之大规模表演数据库（acting database），配备各式流行或小众喜好之**类神经表演模块**（acting mode），数量近四百种。此表演数据库中之各类表演模块均以类神经生物为基底，自现有一线 AV 演员处采集编制而来；无论是大众喜好诸如"清纯娇羞""浓密性交""痉挛绝顶""夫の目前犯"，或小众性癖诸如上述怪之又怪之"恋尸癖""与马性交"等等，均有相应表演模块可供运用。如此一来，Adolfo Morel 遂单枪匹马开启了此一"AV 定制化"之全新时代。举例：付款选定一女优后，将个人偏好之特定内容表演模块（如

"与马性交"，且必先"娇羞"而后"痉挛绝顶"等）植入女优之中枢神经，女优即可照章演出，配合公司制片、导演，客制化产出一满足个人特定喜好之 AV。

此一思维创新，合并 Adolfo Morel 所引入之类神经生物相关技术突破，成功降低了定制化少数性癖 AV 之制作成本。流行所至，即使多数并无特殊性癖的一般大众亦对此趋之若鹜，颇以"定制一专属于自己的 AV"为风尚。Adolfo Morel 之 AV 公司"Funny Bunny"之股价遂于一年内翻涨三倍，税后纯益亦创下同类型公司历史新高。然而利之所至，弊病亦因之而生；Adolfo Morel 之前女友竟卷入内线交易疑云中，且业界传闻此事亦与其现任女友直接相关……

松山慎二作品《无刀不剪》即以此 AV 大亨 Adolfo Morel 为传主。本片形式特殊，自由穿梭于纪录片片段与剧情片之间（因此成本较一般剧情片低廉），电影业界评价两极。然而该片于 2255 年年底正式上映后随即引爆热潮，于日本、韩国以及中国台湾等地皆创下首周票房纪录，瞬间捧红了片中饰演 AV 女优的年仅 19 岁的新人藤田晴奈；松山慎二亦就此确立日本一线名导之地位。而他显然正值创作力高峰，并未停下脚步。其后连续数年，《傻蛋任务》《铁树银花》均获票房成功，《欲望迷雾》与《没有故事的神秘事件》等作虽未必卖座，但亦广获业界好评 —— 前者获邀柏林影展竞赛片，并擒获釜山影展、智利影展最佳影片等奖项；而后者则获颁西班牙圣赛巴斯蒂安影展（San Sebastián International Film Festival）评审团特别奖，并入选戛纳影展竞赛片。而于 2260 年发行上映，以变装癖畸恋为题材的《欲望迷雾》即起用时年 25 岁的台湾演员郭咏诗为女主角 —— 那正是二人缘分之初始。2261 年年底，《欲望迷雾》杀青后一年，时年 36 岁的松山慎二与 26 岁的郭咏诗这对相识未久即陷入热恋的爱侣在众人讶异声中登记闪婚。

"我第一眼就知道是她了。"婚后一年，2262 年，郭咏诗于越南名导阮文丽《充电插座》一片中担纲演出；为了电影宣传，这对新婚夫妇曾联袂接受越南河内电视公司生活艺术频道《与大师有约》节目访谈。其时二人显然依旧沉浸于新婚喜悦中。松山慎二曾如此描述与郭咏诗的相遇。"第一眼就是她了。对，我是说 casting……好啦，但可能同时也是在说爱情……"他笑得爽朗，兼且自嘲，"哎，我年纪大了，越来越不知羞耻，这种话讲出来都不会脸红了……"

"哦？是先前早已'觊觎'多时，为此故意找她当女主角的吗？"主持人开玩笑。

"噢不是，这可不能乱说 —— "松山慎二摇手，但笑意满盈，"我们有我们的专业，制片有制片的专业，casting 归 casting；这还真得说清楚才行。但我记得从前我看她的作品，除了人美、表演丰富又细腻之外，就是觉得她气质真好……她没架子，但不知道为什么就是优雅、温柔又神秘……"

"真的不是为了把妹故意找她来试镜吗？"主持人促狭追问，"我们都知道咏诗既优雅又神秘，但这样的气质好像和《欲望迷雾》的角色设定不太一样？"

"是不太一样。"郭咏诗微笑插话，"啊，应该说是很不一样。我本人的个性和角色也完全不同。"她看了松山慎二一眼。"也只有他才会写了这么个变态故事还沾沾自喜 —— "据查，《欲望迷雾》以 2020 年代伦敦一对中年白领夫妻为主角，敘述有女装癖的丈夫 Charles de Broglie 与妻子和情妇间的情欲互动。故事主角 Charles de Broglie 早年从事数学与道德逻辑研究，颇有建树，以"EPTS平衡效用公理"成名。该公理析论**人类道德规范演化轨迹与社会总体经济**间之关联；而 Charles de Broglie 身为此领域重要开创者之一，遂被誉为"为良知与爱情画界的人""道德哲学界的哥德尔（Kurt Gödel）"。然而婚后，Charles de Broglie 却罹患躁郁症，就此丧失学术能力，长期迷失于自身女装癖与性成瘾的情欲探索中。由郭咏诗饰演的妻子李瑛起初因此大受打击，其后却受丈夫影响（或因对丈夫的爱，或因自身情欲亦意外受到启发），也开始与丈夫相偕进行情欲冒险。而如此情感纠葛与性关系则在加入了有男装癖的神秘情妇 Wenona 之后更显扑朔迷离。郭咏诗诠释妻子李瑛挣扎于对丈夫的崇拜、爱、怜悯、憎恶，以及性的欢愉与罪恶之间，逐渐领悟自身情欲之惊世骇俗，最终又质变为对 Wenona 的好奇与迷恋；层次繁复，峰回路转，使她最终斩获金球奖最佳女主角与德国莱比锡影展最佳女演员之肯定。

"有吗？和你完全不一样吗？"松山慎二不甘示弱，"不见得吧。李瑛也是个神秘的女人。而且你不是很喜欢这个故事吗？"

"是喜欢。但——"

"但你来演实在是太适合了……"松山慎二转向主持人，"咏诗真的太有才华了。第一次见到她本人时，我是完全傻了；不知道为什么，我从眼神就知道，她大概什么事都办得到，什么角色都办得到……表演时她就是硬生生变成了另一个人……我几乎忘了自己还在 casting——"

"是完全被迷住了吧？"主持人笑问，"瞬间被压倒性的爱情所掳获？"

"欸，够了吧？"郭咏诗抢话，"你看，为了你的节目，我们一点隐私都没有了。"她瞪了丈夫松山慎二一眼，带点撒娇神态，"别再让他讲下去了。这人还真是越讲越得意……"

"是一见钟情对吧？两位……"主持人当然不打算放过。

"好啦好啦，我承认。"松山慎二脸红了，挥手作投降状，"对，就是一见钟情，她那天的打扮我现在还记得一清二楚。我们别再说这个了。谈些别的吧？"

这世上真有"什么角色都办得到"的演员吗？或者，容我们换种问法：这世上，真有人能（在心智上）毫无余地、毫无保留地**变成另一个人**吗？我很怀疑。或者再退一步说：即使有，那样反自然的状态显然也仅容许短暂持续，不是吗？那像是附魔、热恋、降灵，像某些神秘的狂喜、嗑药或宗教体验，尽管来时如大水灭顶，群星倒飞，或漫天花雨，或摧枯拉朽，却终究是要"退驾"的。再伟大的演员亦是如此。更何况，虽说表演本身原本趋近于"变成另一个人"，却也不完全是 —— 它必然带有部分清醒；至少必须完全清醒于现场状况，清醒于走位、灯光、节奏，清醒于导演指令、观众凝视的目光或某些突发需求。无论入戏再深，戏剧状态终究不可能是恒久的。

我始终以为如此。不，准确地说，数年前我依旧对此深信不疑；但现实完全颠覆了我的想法。一如戏剧，松山慎二与郭咏诗的甜蜜时光未能恒久持续 —— 这不奇怪；又有多少海誓山盟能保证绝无变卦？2265 年，松山慎二以《揶揄示众》入围戛纳影展与威尼斯影展，导演本人亦擒获日本奥斯卡最佳导演奖；其时二人感情尚佳。2267 年，亦即二人婚后六年，郭咏诗受邀出演中国导演陈澈《噬梦人：地球的蜂蜜》一片，与韩国影帝李志飞合作，同台飙戏。该作以生化人与人类间之间谍战争为背景，以 21 世纪初蜜蜂

190

无故大量死亡为切入点，敷演一末世故事，兼具历史纵深与硬科幻之预言视野。郭饰演一位因恋情受挫而自我封闭之生物学家，于使命感驱策下独力追查蜜蜂大批失踪的原因，最终却意外涉入一**人为干涉生物演化路径**之庞大阴谋中。而韩国青龙奖影帝李志飞则饰演长期潜伏匿藏于人类群体中之生化人间谍。两位主角间的对手戏历程曲折，始于亦敌亦友，终至互生情愫，可谓火花四溅；而郭咏诗亦因此作而破纪录同年连获柏林影展与威尼斯影展双影后，演艺事业攀上巅峰。未料戏内精彩，戏外亦不遑多让，男女主角二人绯闻不胫而走，《噬梦人：地球的蜂蜜》竟就此成为松山慎二与郭咏诗婚姻破裂之导火线。2268 年 10 月，婚后七年，郭咏诗搬出与松山慎二共居于日本神奈川县镰仓海滨之住所，二人正式仳离。数月之间，松山慎二所有工作全数无限期暂停，甚至被拍到于住所附近失魂落魄、形容憔悴的模样。而郭咏诗未久即入住李志飞位于首尔郊区坡州之豪宅。

消息曝光后，舆论大哗。松山慎二当然深受大众同情；随之而来的则是对郭咏诗与李志飞此一"不伦组合"的残忍攻击。街谈巷议、网络霸凌无日无之，导致二人事业均大受影响。郭咏诗惨遭严重妖魔化，八卦媒体与众多网友以"魔女""妖妇""戏子兼婊子"等语辱骂之，所有过往情史均被重新挖出，吹毛求疵，含沙射影，放大检视；甚至与前继父指挥家 Kvasir Hemmendorff 之间的暧昧传闻也惨遭旧事重提，冷饭热炒。愈来愈多的人相信魔女郭咏诗就是害死母亲尹鹂恩的凶手。而李志飞的境况亦相去不远。兼之以工作机会受严重影响，可想而知二人均承受极大压力。

故事情节在此急转直下。尽管二人均对此未有任何公开表态，然而仅一年后，流言传出：由于舆论压力惊人，工作机会锐减，郭咏诗与李志飞的感情已然生变；尤其李志飞一方已萌生退意，意图抽身。而这当然也连带削弱了郭对李的信任。与此同时，另一事件则侧面证实了此一传闻的真实性：2269 年，经纪公司发布最新消息，柏林与威尼斯影展双影后郭咏诗将与前夫松山慎二于电影新作《婚礼的预言鸟》中再度合作。

业界盛传，是松山慎二主动对因事业大受打击而陷入重度忧郁的郭咏诗伸出援手。个中缘由不难想象，当然是因为前者对后者余情未了。这理所当然引发更多揣测——是否郭与李志飞已貌合神离，反而与前夫松山慎二旧情复燃？抑或是松山慎二见缝插针，意图借此"抢回"前妻？这是郭咏诗经纪公司所刻意放出的消息？意图令她重获同情？又或者，这其实根本是公关人员精心策划的一场话题大戏，是《婚礼的预言鸟》的宣传伎俩？

外界雾里看花，好事者难免自电影题材中寻找蛛丝马迹。据了解，此一由松山慎二编导的新作《婚礼的预言鸟》为心理惊悚题材，主题上可视为 2260 年《欲望迷雾》之续作（而那正是松山慎二与郭咏诗最初相识结缘的契机）。《婚礼的预言鸟》描述女作家李静芝因罹患重郁症，陷入创作低潮，与医师丈夫顾义钊的婚姻亦岌岌可危。她原先期待借助违禁药品（当然，以迷幻类型之神经兴奋剂为主）触发灵感，却意外发现远不如使用**类神经生物精神疾患疗法**来得有效。由于常为情绪低潮所苦，李静芝已习于以此类类神经生物植入中枢神经，将自己暂时掷入于一压力较轻且情绪愉悦之封闭情境中，以求症状之纾缓——以李剧中台词形容之，即"**先去做个快乐的梦再说**"。然而她意外发现，此类疗法由于缺乏严格法令规范，所提供之情境可谓品类繁多，五花八门；尽管质量参差，纾解症状之效用亦时好时坏，却反而有助于启发其创作灵感。几经转折，李遂无视于剂量限制，陷入长期滥用类神经生物之嗑药恶习中。

然而此事其实远较预期中凶险。考证其历史，"类神经生物精神疾患疗法"此一技术，发展之初乃源于军方与情治单位，原用以审讯犯人，与医疗用途原本无关。这不难理解：所谓"审讯"，一言以蔽之，即将类神经生物植入犯人之中枢神经，拟造一全然异于当下现实之情境，进而蒙骗、威吓或折磨犯人，以利套话取供。（一如《杜子春》里那些古中国用以测试、凌虐修行者，迷惑、碾压，令修行者之心智转瞬灰飞烟灭之太虚幻境？）而于政府部门正式解禁、逐步松绑法令后，相关技术方才逐渐发展出此一医疗用途之分支——时间约落于 2260 年代初期。是以其凶险在于，数种相异用途间尽管原理互通，其间却亦有关键技术差异，精密幽微，如水下暗礁般隐而不显，但仍足以杀人于无形。是以此类疗法之人体实验极为重要，对受试者之精神状态亦具风险，不容闪失。

然而不幸的是，作为一亟须灵感的创作者，沉迷于此类药物滥用的作家李静芝对此并无警觉。而李的丈夫顾义钊恰恰又对二人间互动状态极为敏感——这当然直接相关于他们的婚姻危机。其时顾义钊医师正任职于"心智拜耳"（Mental Bayer）药厂类神经疗法研发部门，掌管相关人体实验，深知滥用此类疗法之危险；原本极力反对妻子此举。然而或者基于爱情、基于怜悯、基于私心，抑或其他不为人知之隐情；顾义钊的态度竟逐渐产生微妙变化。于丈夫暗助下，李静芝的类神经药物滥用竟使自身精神状态陷入一暧昧漩涡中；时而似乎渐入佳境，心绪愉快；时而又疑似沦为丈夫心灵控制术之奴隶。二人间互动充满了迷离诡异之氛围。某日，暴雨滂沱，天色渐暗之际，李静芝夫妇共居的山间别墅大雾掩至，一神秘人物突然来访……

《婚礼的预言鸟》剧本显然给予女主角李静芝极大发挥空间，对亟须重振声势的郭咏诗颇具吸引力。电影正式开拍前，2270 年 9 月，郭搬出李志飞住处，二人低调分手。然而出乎意料的是，电影顺利杀青后未久，时年 35 岁的影后郭咏诗竟就此人间蒸发，与众人失联。

"我们算是错失了第一时间……" 2279 年 1 月，时隔近十年，我在日本东北宫城县首次与日本警视厅警官那须知明会面。他满头白发，脸上沟壑纵横，尽是风霜。十年前主导侦办此失踪案的正是他。而此刻他刚刚申请退休，返回故乡仙台，以近海甘鲷之基因改造与育种养殖为业。"最先报案的是郭咏诗的经纪人。但那时离她失踪，其实已过了整整一个月。她父母双亡，没有更亲的亲人，我们知道她向少数几位朋友宣称她想单独一人旅行散心。"

"从各方面来说，这都非常合理 —— 那时《婚礼的预言鸟》刚杀青不久，感情和事业难题想必都令她身心俱疲；加上那么多莫名其妙的非议……"那须警官稍停，自坐席上望向窗外。料亭庭园中，枯山水细沙的波纹正隐没入此刻晴朗冰冷的夜幕。夜幕缓慢转深，白烟氤氲，他为我斟上一盏热茶。"唉。现在看来，当然就是他妈的障眼法。"

"所以六年后她再度出现时你不意外？"

"不意外。可是 —— "那须警官沉吟，"嗯，对，我们早就推测她自己躲起来的可能性很大。但你也清楚……有时候很难跟那些亲友们解释。他们有他们的期待，难搞得很……"他欲言又止。

"她和松山慎二的关系呢？你们一定查过 —— "

"当然。但事实是，没人真正知情。"那须警官摇头，"松山本人的说法是，截至电影杀青，他和郭咏诗就是工作上的合作，没有真正复合。"那须知明回忆："他承认他有那个意思。唉，这男人哪……他还爱着她。但他说进展没那么顺利。剧组人员的说法和他的说法没有矛盾。"

"你们一定怀疑过他吧。"我问，"我说松山慎二，以及李志飞……"

"一定的。我们当然仔细查证过他们的说法。我想郭咏诗必然是个非常注重隐私的人；我们几乎确定，在那段期间她完全没和任何人提过她和松山慎二的事。"

"也许她已完全不信任别人了？"

"对吧。有可能。"那须警官微微颔首，"经过那么多那么惨烈的事……她一定更谨慎了。经纪公司人员和闺密们的说法也一样：没听她主动提过和松山慎二之间的感情状况。"

"那李志飞呢？"

"所有说辞都一致。确实就是媒体所说的那样。李志飞对两人的感情不再有把握，他想分手——"

"他承认了吗？"

"对。而且似乎也没有其他原因。"那须警官皱眉，"当然他对郭咏诗还是有埋怨的。他认为她在公关处理上太过消极。但分手后他们两个人关系好像也并不太差；似乎对彼此的状况都还算谅解。我们查到电影拍摄期间两人还有通联记录……"

"电影杀青后呢？"我问，"那《婚礼的预言鸟》——"

"对，这是关键。但没办法。"那须面露无奈，"没有。没有线索。我们花了那么多力气，什么也查不到。郭咏诗向两位密友宣称要自己一个人去散心；她没把这事告诉李志飞。在那之后两人也没有联系。我们甚至尽可能清查了李志飞那段期间的不在场证明——"

"结果呢？"

"一点破绽也没有。"那须警官摇头。

"所以最后还是回到松山慎二身上？"

"我原先也这么想……"窗外渐暗，光度抽离，原先静定如雪色泼墨的枯山水逐渐褪远，暗影透过玻璃笼罩着那须警官的右半脸，一如夜雾。他显然有些迟疑，"是这样：有个疑点是，在《婚礼的预言鸟》以后，松山慎二产量锐减，几乎就不再拍剧情长片了。当然，这是这一两年才逐渐明朗的事。这或许就是唯一的不寻常。但我们完全可以把它理解为松山导演的个人问题……"

是的，这或许并不寻常——然而却也不见得"那么"不寻常。创作者的个人能量原本便可能起伏不定；而更理所当然的猜测或许是，对痛失一生挚爱的松山慎二而言，不再创作并不是个太令人难以理解的终局。那原本便足以彻底毁灭一个人的心智不是吗？那同样出现在失踪者郭咏诗的母亲尹鹂恩身上，不是吗？事实上，松山慎二此后确实几无产出可言，形同退隐。《婚礼的预言鸟》上映后大获好评，甚至在东亚地区掀起了一阵新式心理惊悚题材之旋风；然而时日未久，2272 年，时年 47 岁的松山慎二却突然中止了所有工作计划，低调解散工作室，删除所有社交媒体账号，搬离原先位于神奈川镰仓海滨的豪宅，移居国外。综合归纳其亲近友人说法，十年来他曾旅居中国东北、印度、埃及、加拿大、美国、德国、西班牙、法国、丹麦、瑞典、俄罗斯远东地区等地，平日阅读写作，每年一次返回日本探亲，平静地过着一个人自我放逐的生活。消息指出，友人难免探询他复出拍片或创作的可能，然而松山慎二似乎缺乏兴致。"就我所知，他很淡然。"在与我的全息视频访谈中，松山慎二事业上的重要伙伴，摄影师织田孝曾如此向我证实："对，他说，所有该说的话他都已经说过了。"织田孝解释，数年来他曾与松山慎二有过几封电邮通信，"他的意思是，此刻他并不觉得过去的他曾真正'完成'了什么……在这种意义上，既然过去未曾创作，那么也就没有未来是否继续创作的问题。"透过镜头，织田孝看了我一眼，"我感觉他很平静。至少现在，我知道我的好朋友松山导演曾告诉我，严格来说，每个人的生命，本质上，从一开始即是**余生**……"

余生。所谓"余生"。时至今日，于长达七年的调查追索过后，我对此一词汇的看法已完全不同。余生是什么？余生是，于自由意志下，你完全承认一生中最重要甚或唯一**值得**之事已然结束；你终究完成了它，或已确认失败；是以此刻的生命或时间于你而言已纯属多余。余生是，于自由意志下，你完全确知往后的生命将不会再有任何变化，或纵有变化亦毫无意义可言。余生是，于自由意志下，你取消"未来"之意义，就此确认仅有"过去"与"现在"是唯二实存之物；你将在生命接续的日子里将原本看似往两端无尽延长的时间线斩去一边，承认并接受它只剩一半。余生是，于自由意志下，你知道自己终将被冻结，进入墙，进入岩层，进入琥珀，被埋入一安静暂止之孤独舱室，自我密闭，自我囚禁，自我隔离，成为一无脉搏无温度无意识无时间性之存在……

那是我原本以为的余生。我们有理由相信，无论是消失的郭咏诗抑或自我放逐的松山慎二，似乎都已激烈地、无可挽回地选定了他们自己的余生 —— 然而我们不会知道那究竟是什么。

还能如何追查？此路不通，唯有另寻他途。如若郭咏诗最初的匿踪毫无端倪，那么我们别无选择，仅能从她六年后的意外现身追起。2276 年，有民众于香港知名网络论坛"番枧先生"（粤语，意为肥皂先生）上贴出照片，宣称自己疑似遇见了消失六年的影后郭咏诗。该署名为"Vivian Lee"的民众自称为美籍华人，移民温哥华多年，于 2276 年 9 月间独自于冰岛首都雷克雅未克观光时目击郭咏诗，并拍下照片。Vivian Lee 表示，当时约为晚间 9 时，她刚刚享用完海鲜大餐返回旅馆，途经便利商店购物，未及进门便看见郭咏诗一身轻装，白色 T 恤藏青色宽裤，手中提着购物袋自便利商店中走出。她脂粉未施，一头黑色短直发，脸色白晰素净，一顶白色宽边帽，未戴口罩或眼镜；换言之，并无伪装意图。Vivian Lee 形容，自己当时吓了一跳，然而即刻反应：那正是消失的影后郭咏诗。

"我算是她的影迷；所以我直觉知道，这非同小可。"Vivian Lee 说明，她一方面怀疑自己的眼睛，一方面倒是当机立断，立刻决定跟踪郭。"身为粉丝，我当然没有恶意，只是好奇。跟了一小段，也不过两三百米左右吧，发现她拐进小巷，走进一家'海豚旅馆'里。"Vivian Lee 宣称，当时她因过于兴奋紧张，没想到要拍照，返回下榻旅店后扼腕不已。然而相隔一日，在她离开雷克雅未克返家前夕，她竟再度在街上巧遇郭咏诗。

"这次我冷静了些 —— 照片就是在那时拍的。"Vivian Lee 表示，当时约傍晚 7 时，天色犹亮，北大西洋无边际的晚霞正暴烈燃烧，仿佛一场瑰丽的梦境。前两天她返回旅馆再度查阅了郭咏诗的资料，不胜唏嘘。

"从各方面看来，我都不认为她做错了什么……坦白说，我是因为离婚而决定一个人来冰岛散心的。"Vivivan Lee 如此写道，"就别说什么'感情的事没有对错'这种无聊的老生常谈了。我忍不住想问：凭什么一个人不能变心？不能改变他对爱情或伴侣的看法或想象？凭什么要一个人不能改变他自己对爱情的实践？这可能吗？一辈子实在太长了，然后，天啊，你知道，现在又比以前更长！"她为郭咏诗辩护，"一个人情感状态的改变，和一个人对感情的'负责'是两回事！这不冲突啊。人当然有可能同时变心，同时却又是负责任的啊。你不会知道她自己私下，或者在她自己的内心自行付出了什么样的代价……"

照片上是个侧光场景。夏季长日，鹿角般的美丽枯枝簇拥着雷克雅未克 Old Harbor 海岸大街，码头外船身浮动，孤身一人的郭咏诗正面向大海，玫瑰色余晖穿越斜顶屋瓦与船桅洒落在她身上。镜头仅捕捉到半侧面，然而那看来确实与影后本人极其神似 —— 她身穿黑色长罩衫，内搭白色高领毛衣，神色平静，同样脂粉未施，看来似乎比从前丰腴了些。"我确定是她。"Vivian Lee 解释，"照片没办法直接拍到正面，但我仔细偷看过了。是她没错……"

网友们反应不一。少数网友一口咬定那仅是外貌形似之人，且不厌其烦贴出多张影后旧照作为比对。其他网友则嗤之以鼻，认为人原本就不可能永远不变，且仅凭照片办案、看图说故事更是荒谬无比。亦有部分网友批评 Vivian Lee 既自称影迷，则更应保持沉默，不应侵扰影后隐私。然而由于时间地点相当明确，随即有媒体相信此说，前往当地调查。事后综合归纳各路消息，雷克雅未克当地确有一名为"海豚"之旅社，然而该旅社坐落于该地 Old Harbor 海岸大街，并非如 Vivian Lee 所言位于巷弄内。且经查该时段内此海豚旅馆并无名为郭咏诗或相似拼音之住客登记入住。嗜血的媒体不愿善罢甘休，意图对该时段内其他住客进行身份查证；而旅馆方面则以隐私为由拒绝提供相关数据。亦有其他某些调查机构试图进一步追查，然而一无所获。

　　事件再度重回原点。自此一"雷克雅未克 Old Harbor 事件"起算，至今七年，再无此位曾红极一时的影后任何相关消息传出。换言之，连同《婚礼的预言鸟》杀青后最初的隐遁，此时的她已彻底消失于公众视野中长达十三年之久。然而此刻走笔，我能公开的是，我个人的初步调查历程以上述为始；尽管事后看来，我未能直接从此一线索中获致有效进展，而"雷克雅未克 Old Harbor 事件"也始终真相未明。于初步调查碰壁后（再次强调：对一位深度调查记者而言，这一点也不新鲜），我试着换位思考——假设，假设我正是郭咏诗本人，那么，会是什么召唤着我，令我就此决定远离人群，弃去事业、名利，弃去多彩多姿的前半生，彻底隐遁于尘世之外？

　　蛛丝马迹或许正埋藏于郭咏诗的自述中。是的，所谓"隐遁"，亦即一生活方式之全然改变（或可称之为"人生 Reset"），极可能暗示着某种特异价值取向。关于此点，2264 年，于接受知名时尚杂志《美丽佳人》专访时，郭咏诗即曾如此表述：

　　　　对，我在表演中重新发现了自己。那是多么奇妙的事……作为一位专业演员，我必须完全**变成另**一个人；我发现自己竟然能够办到。我的感觉是：在某些最好的时刻，我甚至能体会到戏外日常生活中的我未曾亲历的**感官经验**……

　　于此，我无法判定这位公认演技精湛的影后是否夸大其词——"从未亲历的感官经验"？容我以科学语言重述我的怀疑：一个人，能否能于自由意志下（一名演员自主决定尝试"神入"某一角色、模拟某种心理状态），主动"变更"自我，调校中枢神经或周边神经系统参数，重置自身感官之样态？尽管作为一表演心法之自剖，那听来如此理所当然？

于不疑处有疑。我想我是小题大作了。然而事后诸葛，这竟是正确线索——因为我立刻联想到了《无刀不剪》与《婚礼的预言鸟》。

没错，**类神经生物表演模块**。《无刀不剪》中 AV 大亨 Adolfo Morel 的杀手级技术变革。那曾于 2250 年代主导了整体色情产业的定制化与模块化革命。于色情产品中，对演技细腻深沉之要求或许不如一般剧情片。（啊，但也难说——究其实，我们如何从"凝视色情"一事中获致满足？那难道不是直接关乎我们的欲望对象如何于性事的颠倒迷离中呈现自己吗？一个女人如何曲意承欢，婉转娇啼，星眸流转，乳尖因男人充满欲望的凝视而挺立，优美的颈项红霞晕染，白皙大腿内侧沾满晨露般的蜜汁？如何攫取你心荡神驰、野兽般迷醉而饥渴的目光？那难道不正关乎所谓"演技"吗？）然而即使如此，那依旧是个开端，一个扳机，一个广袤多姿且难以逆料之世界的入口——如果类神经生物可用以采集记录一 AV 演员的表演与心智状态，将之原样搬移复制至另一 AV 演员的身上；那么，"一般演员"不也可以吗？"一般表演"，不也可以吗？

至于以郭咏诗饰演的女作家李静芝为主角之情欲悬疑惊悚片《婚礼的预言鸟》，则直接涉及**类神经生物精神疾患疗法**的药物滥用。这与《无刀不剪》中的"类神经生物表演模块"异曲同工，却又同中有异——其同者在于，两者皆源自人类联邦政府军方与情治单位之技术授权，以类神经生物为技术基底，试图改写意识的主观体验。而其相异者在于，精神疾患疗法所提供的情境是绝对沉浸式

的 —— 它将强制全面**覆盖**人当下的所有感官；换言之，于类神经生物作用期间，人全身心投入其中，一如梦境，对外界事物浑然不觉。而"表演模块"则不然 —— 它足以帮助演员将自身掷入各类特定情绪氛围中（所谓"入戏"：例如恐惧、例如愤怒、例如失去至亲之悲痛、例如"因对所爱之人求欢遭拒而备感羞辱"，等等），然而此时演员依旧是**清醒**的 —— 他必须清醒，因为他必得观察周遭环境，关注走位、灯光、对手戏，并听从导演指令。

换言之，于植入**类神经生物表演模块**之当下，他同时既清醒又迷醉。

《无刀不剪》与《婚礼的预言鸟》，均为松山慎二自编自导。而恰如前述，我们确认，于全力投入电影拍摄前，年轻的松山慎二甚至曾短暂涉入类神经生物精神疾患疗法，亦即**梦境治疗**之开发。

这代表了何种意义？是否足以就此推断：松山慎二对此"以类神经生物之植入，重设（reset）人之心智状态"一事充满兴趣？

答案已呼之欲出。遗憾的是，在此我必得略去其间调查过程；这自然肇因于我对秘密证人的承诺 —— 他们拒绝曝光。也正因如此，我必须坦承，我的查证终究难以完备。我甚且不敢确认最终真相，不仅是因为这真相过于离奇、荒谬、令人难以置信；尚且是因为向我诉说这**所谓真相**的，正是郭咏诗的前夫松山慎二本人 ——而他同时身兼当事人。是的，"所谓""真相"：2270 年，于最后作品《婚礼的预言鸟》杀青后，影后郭咏诗与他的前夫松山慎二，于双方同意下（于双方自由意志主导下），意识清明地，义无反顾地，相约进入了一个永恒的、静美的、无时间性的，**爱情的类神经生物表演模块**中。

一如前述，我不知该如何理解此事。那是否等同于二人复合？

等同于另一次婚姻？那是否等同于殉情？等同于死而复生的、另一个全新人生中的另一场恋爱？甚或，那是否涉及犯罪？妨害自由？那是否实质上是一恐怖情人一厢情愿的自我耽溺？我不知道。我毫无把握。而此刻我笔下所能述写者，泰半来自我与松山慎二的唯一会面：2283 年，于郭咏诗失踪整整十三年后，松山慎二透过某位秘密证人主动与我取得联系。我相信这主要是因为我的追查已令他备感压力；那可能正是他为此事设下的防火墙——他或许认为，与其让我找上他，不如主动向我说明，更显坦然，也更能提升他说辞的可信度。我感觉我们的会面（当然，确切时间地点无可奉告）比预期中顺利——他或许已做足心理准备，明白此事必然难以永远保密；也或许，他对自己的作为（或说，自己的痴爱与癫狂）确实问心无愧，也评估过法律风险，自忖未必不可告人。他已 58 岁，须发皆白，然而精神矍铄，未显老态。我感觉他沉稳、睿智，思绪清晰而深沉，言谈举止间带着我无法区分真假的诚挚。根据他的说法，他的个人执念可追溯至他早年对自身生命的困惑，以及，他那最终选择变性的父亲松山信介。

"是，我们都知道，这类技术最早源自军方……"深夜时分，自动驾驶正穿入一漫长隧道，举目所及全无其余人车，四下静谧无声，空间单调封闭，仿佛一巨兽体内之腔室。我们身处车内，松山慎二的双眼隐没入无处不在的暗影中。"你知道我大学刚毕业时曾参与过梦境治疗的开发吧？对，就是类神经生物精神疾患疗法。嗯……那其实和我过世的父亲有关。那时这类疗法还不成熟，极少数几家厂商都才刚刚获得来自政府的技术授权。说起来，大约算是处于研发与初步商用阶段之间的灰色地带吧。"他稍停，"你知道，为了变性，我父亲当然也受了不少折磨。精神上的痛苦是免不了的。他需要一些出口。我想那和他失败的婚姻直接相关……"

"所以……可以说是受你父亲的影响？"

"是他最早对这种另类疗法产生兴趣 —— 因为他自己的精神疾病。他有躁郁症。对，他想变性，他在东京当小演员，成天反串女人；他是个婚姻失败的双性恋，把两个亲生小孩丢在福冈……这没有躁郁症才奇怪吧。"松山慎二苦笑。单向隧道中，光与黑暗的格栅规律递切着空间，如蛇之脊椎。"他说那对他确实有帮助。"他看了我一眼，"我猜你也很清楚，那和拍电影也很像……"

那或许确实类似 —— 凭空拟造一情境、一故事或非故事，调动角色、情节、结构、场景、氛围，令其彼此对峙、猜忌、爱恋、嗔恨、懊悔，操控接受者之感官心智 —— 试探他们，搔痒他们、诱惑他们，讨好或羞辱他们，空乏其身，行拂乱其所为，最终令受众达致一情绪上之高潮。电影如是，小说如是，"类神经生物精神疾患疗法"亦如是。其差别仅在于目的上之不同。

"所以那时是他带你入行的？"我问。

"入行吗？嗯，不完全是。我大学毕业时，这种梦境治疗已比我父亲的时代安全许多，但还称不上成熟。入行与他有关，也有我自己的机缘。但我很快就离开了，回来拍电影。"松山慎二稍停，"生命那么痛苦，我也有我的不快乐。'创造'这件事勉强令我觉得自己的生命还有些许意义。你写剧本，揣摩角色心境，写到快乐的部分，自己似乎也沾染了幸福。然后我想，如果电影能永远停留在快乐的部分该多好。"他微笑，"就是这样。年轻时好单纯好幼稚的一个念头……"

"所以 —— 后来就成了《无刀不剪》？"

"你反应很快。"他暧昧的微笑在空间的黑暗中似有若无，

204

"对。后来我认识了 Adolfo Morel，Funny Bunny 的老板，得知他有把 AV 产业全面定制化和模块化的计划。我决定把这过程记录下来……"

"嗯……就是一件**复制或延长快乐**的事？"

"对，定制化快乐。模块化快乐。"车辆已穿出隧道，沿滨海道路快速前行，然而海尚未现身。星光微弱，窗外巨大的黑色沙丘无声起伏，仿佛兽的背脊。"说'快乐'是过度抬举了些……更准确地说是性快感。**定制化与模块化的性快感**。我不得不说，Adolfo Morel 的野心与成就可能远比外界所想象的更惊人、更伟大。人一辈子求的是什么？不就是为了填补心中的空洞或遗憾吗？"

"所以你想把这种想法应用到一般电影上？应用到你的生命里？"

"不，这没那么简单，也没那么快。"松山慎二解释，"首先我就并不打算把这种招数应用到一般电影上。《无刀不剪》里提过，Adolfo Morel 的野心遭遇许多阻力 —— 构想一曝光，就遭到 AV 演员职业工会激烈反对。技术进展根本还在婴儿期，导演和演员们就已经担心这种表演模块会剥夺他们的工作机会。你想想，AV 已算是以'服务客户'为唯一导向的产品了，理应以消费者的利益为唯一考虑，然而在制作端都还承受这样的反弹。你觉得如果把这套逻辑搬来电影界，会有什么后果？"

"后果？"我问，"你的意思是？……"

"我的意思是，电影是艺术。"松山慎二望向车窗外，眼中似乎有光。这地点太过辽阔荒僻，四周空间尺度也过度巨大；我几乎错觉此刻我们并非身处地球，而是某一隐蔽于宇宙无边黑暗中的地外行星。"作为一个创作者，一位导演，我当然也这么认为。不会有任何一位作者愿意平白放弃那为自己'重制一个人生'的诱惑。不会的。票房当然重要，没有人完全不在乎票房；但若说要把电影都定制化、模块化，完全以消费者需求为唯一依归，那电影就完蛋了。"他凝视着我，"我们也有我们的尊严。'表演模块'这种东西，首先就贬低了演员的价值——只要外型符合，谁都可以来演；演得差强人意也无妨，反正多数观众都能勉强接受。群众常是缺乏品位的不是吗？接着它当然也相当程度贬低了导演，也就是作者的价值。可以想见，如果整条模块化生产线确实布建完成，那几乎就等同于宣告了电影艺术的死亡……"

"所以你也反对这件事？"

"所以我给它的用处，就是最好的用处。"松山慎二露出了神秘微笑。

"最好的用处？"我质疑，"你就拿这点来说服郭咏诗？你说——"

"她不需要说服。她完全是自愿的。"他打断我，似乎动了气，眼神凌厉，瞳中有火；然而立刻又柔和下来，"她知道自己要什么。我当然非常爱她……我们的故事不是外人所能理解的……"

"我其实很好奇你为什么愿意见我……"

松山慎二沉默半晌。"这不奇怪。因为我很坦然。"他不着痕迹回避了问题。"法律上咏诗是我的前妻。我们之间曾有过非常美好的时刻。我所指的并不只是我们的相识、恋爱或婚姻。无论外界看法如何，我必须说，即使是在她另外爱上了李志飞，决定离开我的时候，我们依旧是相爱的……"他声音沙哑，"她不是外界所说的那种人……"

"哪种人？"

他稍停。"我们之间没有背叛的问题……"松山慎二红了眼眶，"从来就没有。刚认识不久我们就相约要对自己诚实，也对彼此诚实。我不是没有怨言，但我算什么呢？我们何德何能要求彼此永恒不变？基督教的上帝说，'不要教我们遇见试探' —— 今天遇见试探的是她，她爱上了李志飞。改天遇见试探的说不定就会是我，就会是你，对吧？"他眼中泪光闪烁，"你也清楚，所有恨她、骂她，忙着造谣诽谤她的人，不过都是为了发泄自己的挫折和嗜血而已……"

　　"是，外界的责难都太过了。"我温和回应，"我也这么认为的。……但你们是怎么决定分开的呢？"

　　"这没什么好说的。反正事情就是发生了。"黑暗中，松山慎二突然垂下双肩。"我始终爱她。我们彼此相爱。她有她的歉疚，但人终究只能对自己忠诚、对生活忠诚、对爱情忠诚。这当然远比外界一般所说的，对婚姻的忠诚更重要……"

　　"她对李志飞的看法怎么样？"

　　"她当然失望。但这其实和我们之间的事无关。如果你问我，我会说，不，我完全不认为我和她的婚姻是失败的。"松山慎二稍停。黑色山脊后，海已在视线的夹缝中现身。"什么叫做'失败'呢？我们都想念从前一起待在镰仓的日子……"我察觉他似乎不想多谈李志飞。当然，这不难理解。

　　"没有工作的时候，每日晨起，我翻书、找资料，写我的剧本。"他继续述说，"她也读书或读她的剧本，写笔记、做功课。午间我们轮流下厨。到了傍晚，结束一日工作，天气允许的话一起牵着手外出散步采买，找家喜欢的餐厅晚餐。晚上在家看电影，或外出看表演、听音乐会、购物……"

"家常的快乐。空气都是甜的。我们一起看尽了各种时间、各种季节的海。"松山慎二望向车窗，眉眼于玻璃上浮现；瞳孔深处，黑色大洋正于无边际的空间徐徐展开 —— 不，严格说来，夜海本身并不可见；唯有细微的浪与烟间接证实了海的存在。"海的各种面貌，各种表情。海的视觉或听觉。海的气味。镰仓的海也让我想起故乡北九州岛的海。我们当然深谈过许多，谈我自己孤独的童年，她孤独的童年。你知道，她也成长在一个破碎的家庭；在那里，她母亲的生命几乎等同于早已毁灭……"

"生命是什么？你以为生命是什么？生命其实本来就**什么也不是。它根本不是从你诞生那一刻开始的，它是从你发现这世上居然还有另一个人完全了解你的孤寂那一刻，才突然开始的。**人类的个体如此渺小，如此缺乏必然性；如果个体在无数降生与消亡之间还真有什么值得留存的，那就是爱而已 ——"

"就是爱，也只有爱而已。在真正发现爱之前，我们原本就只是演化法则与繁殖欲望的傀儡 —— 就像《噬梦人：地球的蜂蜜》说的那样。那还算是生命吗？"他沉默半晌，"我的人生，就是从我遇见咏诗之后才开始的……"

我想起郭咏诗的母亲尹鹂恩。模特儿尹鹂恩与摄影师郭易正的爱情。那一旦发生便几乎摧毁了两代人所有一切的，郭易正的意外之死。"对我而言，与咏诗相遇，就是与我自己真正的生命相遇……"车内的黑暗层次繁复，松山慎二眼瞳里闪烁着细微的光芒，如梦中的烟花。"那就是我心中最浪漫的时刻。我知道咏诗也是这么想的。我并不认为自己过度理想化了那段生活，因为我领悟到，在此之前，我就像是我父亲一样。那个与我母亲结婚，生下了我，在福冈的地方小剧团任职，本以为终将如此安静度过一生的平凡男子。双性恋男子松山信介的前世。因为原本未曾真正活过，一切都像隔了层灰蒙蒙的雾，被洗淡了色彩，老胶卷上的影像般模糊而不真实……"

"然后有一天，他再也受不了了。像原本日日忠实运转的发条、齿轮、滚珠、插销，那些原本在他胸腔内部精密作动、环环相扣的微小机芯群，在某处突然绷断了。像死亡前一组又一组依序损伤报废的，昆虫的器官。他听见体内无数零件机括生涩摩擦、彼此拗折磨损断裂的巨大声响。他察觉自己再也无法如此生活下去。再也无法戴着面具、一身坚硬笨重的盔甲，如此虚幻地生活下去了……"

"这就是事实。这就是**真相**。然而即便如此，即便你有幸被赋予了那'真正的生命'——就像后来的我父亲，就像遇见咏诗之后的我——生命本身依旧何其艰难。你随时可能与它错身，失之交臂，或再度眼睁睁目击它坠地粉碎，血肉模糊。"

"那是命运本身的凶暴，而这种精神上的恐惧与崩毁注定比肉体上的死亡更痛苦。我不会、也不忍责怪咏诗，因为我完全明白，我心中怀抱的，和她在一起的永恒幸福原本就是无比脆弱的。我不能……不，我没有办法……"他双手掩面，声音愈来愈小。

"但是……"车窗外，冰蓝色夜雾自地面升起，于高速行进的车身旁反复无止境地聚拢又散开，一如潮汐。我想了想，平静反驳："但主观上，你还是对她的变心耿耿于怀吧？"

"不，我没有——"松山慎二摇头，随即激动起来，"对，我耿耿于怀，"他脸上泪痕纵横，"但我耿耿于怀的不是咏诗。不是她。我说了，我不怪她。我耿耿于怀的是生命何以如此。我耿耿于怀的是为何一切终将成为余生——"车辆继续行进，远离陆地，璀璨的银河在头顶上方真正广袤无垠的黑暗中流动。道路直驶入海

209

面，我们四周已被静默的黑色大洋包围。"你一定知道。你一定知道……我不相信你不懂。我不相信你对此毫无所觉。那多么值得我们怨恨？"

"对，持平地说，基于爱，你心中满是感激；而讽刺的是，同样基于爱，你充满对命运与对自身的憎恨。人为何需要他人？人如何需要他人？人为何、如何终究选择失去自己，竟将脆弱的自己，原本勉可自足的一切交付予他人？人为何、如何于爱恋中满怀欣喜地舍去自由，放弃生而为人之尊严，放弃所有耻辱、秘密与不可告人的倾慕，敞开胸口，将自己每一根肋骨交付予他人？如何让他握有你的一切？如何将内里如毫芒雕刻般精细，吹玻璃般坚硬而脆弱易碎的一切暴露于他人面前？那根本就是敌人吧？"他稍停，"然后我们欺骗自己那不是敌人，赋予它一个美好的名字：**爱人**；我们管它叫：**爱情**。生命。像那些温驯如绵羊，安静排队走入毒气室，瘦骨嶙峋、形容枯槁、四肢焦蔽而无生气的人们。是什么容许我们衣衫褴褛，目光涣散，毫无遮蔽？"

"是爱情。"松山慎二继续喃喃述说，"是爱情。是它彻底攫获了你，绑架了你的身体与心灵，承诺你所有美丽的、永恒的，仿佛被包裹于温暖黑暗的子宫，浸没于羊水般摇摇晃晃的幸福。而后有一日，它突然遗弃了你。你大梦初醒，赫然发现，那些在雾中，此刻在你面前无目的、无方向地开展着的，你手中残存的生命……你曾所有、或仅存的事物，在这一切过后，在这仿佛核爆，天火焚烧的一切过后，尽是废墟，尽是毫无意义的余生……"

"**余生**。那就是余生。所谓'余生'。生命尽是余生、只是余生。我们只配拥有这种生命吗？"

"《婚礼的预言鸟》杀青后我大胆向她提议。对，我确实经过深思熟虑，但那同样需要临场的愚勇。"他忽然笑起来，"事后回想，那简直等同于求婚不是吗？当然，拍摄期间我们处得很好，这增加了我的自信。外界说我为她痴迷，像被下盅；不然就取笑我是世上最宽宏大量的男人什么的，冷嘲热讽……但我很清楚那些说法都与我无关。"松山慎二稍停，"我说了，爱情那么脆弱，人那么脆弱，我无法责怪她。她当然还是那个我所熟悉的咏诗——善良，优雅，平时温柔亲切，演戏时身体里却像有一座火山。她不也是个受尽折磨的人吗？"

"你如何说服她？"

"我说过了。没有。不需要。"松山慎二说，"她很惊讶，向我问了些细节。我告诉她，这几乎已确定可行，对人类的神经系统安全无虞——那当然安全，你看 Adolfo Morel 的公司就知道了；没能大规模应用在一般电影上，主要只是因为业界反弹和缺乏完整配套。真正的难题在于，目前并不存在一个现成的、足够细致的'爱情'类神经生物表演模块，是能够让我们直接用以植入自己的中枢神经的……"

"她问我说那怎么办。我说，**我们自己来做一个**。你来演。她先是惊讶得说不出话，但随即又笑出来，恢复了幽默感。她说，你啊，还真亏你想得出来；好不容易电影才刚杀青，就不能让我多休息几天吗？"

"或许是吧？还真亏我想得出来。"松山慎二微笑，无限神往，"技术方面，以我的人脉其实并不困难。我毕竟是拍过《无刀不剪》的人啊，是直接认识 Adolfo Morel 的人。然后我们还有最好的演员郭咏诗。我们直接制作了一个永恒的'爱情模块'，而后在植入这类神经生物时，取消它的时间限制……"车内的黑暗中，泪水在

211

他颊上留下隐约的银白色光痕。"对，那就是**永恒**。我们是否想过，真有那么一天，'永恒'就近在眼前？"

"咏诗请我让她考虑几天。那有什么问题呢？当然好，更久也行；这是何等重大的决定，几乎就等同于赋予自己一个新的人生。一种前所未见的、满怀希望的自我消亡……"

"结果她只考虑了一小时。当天深夜她赶到我当时下榻的旅馆与我见面，直接告诉我说她愿意。我们开始讨论如何执行，很快敲定许多细节。事情大概在那几天就安排得差不多了。"

"就是这样。她说她不想再受苦了。她说，她总想起母亲的事；因为在她父亲意外死亡后的十多年里，严格说来，存活下来的母亲尹鹂恩并不能算是'活着'的。那是名副其实的虽生犹死。她说，生命太苦了，伤害太多太多了。如影随形的总是流言、背叛、屈辱、诋毁，他人恶意或轻蔑的目光；仅仅只是对自己诚实便足以伤痕累累，仅仅只是活着便艰难至气力放尽。每日生活，就是用针线艰难地缝补每一道血痕、每一道伤口；而后为了缝补本身，再亲手撕裂更多。她不想和母亲一样，明知生命已然结束，却还得打起精神欺骗自己、说服自己说，'那也是爱'……"

"她说，她不需要、也不愿再妥协了。如果在她的心中，曾有一种爱，她已确知那就是她想要的'那种'爱，自此毋须再勉强说服自己说什么'那也是'爱……如果她知道那就是她唯一所乐意、愿意付出一切代价去争取的'某种'美好的余生……那么她现在就要。**她现在就要**。那可能就是唯一她能自己决定自己往后生活的方式……"

她现在就要。"我现在就要。"此刻执笔，我几乎已忘却了在2283年与松山慎二会面后的漫长时日里曾与我贴身相伴的，那些无意识的"习惯"——我总在独处思索时不自觉重复这些郭咏诗的句子；这些出自松山慎二口中，**疑似**郭咏诗本人的证言。如我所说，我至今难以确认那究竟是"什么"——不仅是因为许多信息均来自松山慎二的一面之辞，也因为我自身的迟疑与迷惑。松山的行为或有犯罪嫌疑，然而若是他所言属实，我宁可相信郭咏诗的"余生"终究是幸福的。七年前她在雷克雅未克的神秘现身或许正支持了这种论点。我想恒常沉醉于爱情之中的郭咏诗必是美丽的，可能亦是自由的。回溯过往，那也正是我获准首次采访梦境播放器 Phantom 的那一年——同时也是唯一一次。白色冻土下，不再被允许任何高阶运算的 Phantom，还算是 Phantom 吗？北极圈雷克雅未克的夕照余晖中，永恒地遁入了爱情之中的郭咏诗，还算是郭咏诗吗？她和同样被永恒植入了爱情类神经生物的松山慎二之间，算是几度分离呢？**或许真正的快乐或真正的永恒向人类索要的代价，即是自我消亡。**那段时日里我也常想起电影《婚礼的预言鸟》（讽刺的是，那不正是郭咏诗与松山慎二"相偕引退"前的最后作品吗）中，由郭所饰演的女作家李静芝与丈夫顾义钊之间的猜疑与对峙。先是李静芝为寻求灵感而深陷梦境治疗的药物滥用中，而后是丈夫顾义钊为了挽救婚姻，不再坚守药物剂量的底线。然而事件过后，顾义钊终究失去了妻子李静芝——由于人体实验的失误，由于类神经药物的危险剂量，她的中枢神经已然遭到难以回复的永久性伤害。这导致她的精神状态时而一如常人，时而明显退行至孩童时期。当然，退行时期的她已无法完全自理生活，需要他人协助。但奇怪的是，并不仅止于此；李尚且拥有第三种症状，亦即第三种令人费解之精神状态——于此"第三类心智"中，她生活足以自理（换言之，于身体机能、神经与肌肉记忆上显为一成人，可自行

213

满足饮食行动等一般日常需求），但似乎失去了语言能力。她时而安然微笑，时而静默流泪，时而专注凝视他人、探索环境，以一好奇且纯真，婴孩般的目光。但无论如何，其心绪似乎皆处于极放松平和之状态。有几次，顾义钊甚至撞见她张开双手，闭目微笑，仿佛正毫无顾忌地将自我之心智掷向虚空，掷向一可与时空共振、与万物交融之广袤他方；一如沐浴，一如圣灵临至，醺醉独舞于不可见的光或流体之中⋯⋯

我难免揣想，或许《婚礼的预言鸟》如此神秘、暧昧而荒谬的终局，正是在象征意义上暗示着郭咏诗与松山慎二爱情故事的最后样貌？或许松山慎二刻意的情节设计其实早已给出了无可回避的答案？或许，这终局其实既不费解亦无所谓荒谬可言；因为真正荒谬的，始终是众多常人如你我般那不明所以的余生？我不知道。我也总在梦中重回那唯一一次会面的最后场景，那现实世界中的另一场终局——于深夜近三小时旅程后，车行已横越大洋，夜海无光，我们于沙岸旁的公路暂停。我与松山慎二相拥道别。时间已近黎明，珍珠、琥珀、湖水与薰衣草的微光自远方黑色沙丘后渐次亮起，仿佛一场瑰丽绚烂而终将向虚幻趋近的妄梦。我看见松山慎二独自向那不明确的、微光的布幔走去；他似有若无的背影缓慢消融进光与暗的交界，从容，镇定而深沉。没有人确知究竟曾有何种思绪、何种情感，如暴雪中的火焰在那鬼魅般的身形中沸腾。那或许终究是个我无法理解的世界，正如我始终未能确认事件的真相。我不知他人对此作何感想——我所知晓的一向如此之少——我唯一确知的是，印象中我从未如同此刻感觉我的人生竟如此短暂一如蜉蝣，又何其漫长一如宇宙洪荒。

不，更正：我的**余生**。

9 | 【附录】我有一个梦：于神意之外造史 —— Adelia Seyfried 对谈 Adolfo Morel

Adolfo Morel 简介:

Adolfo Morel,男,Funny Bunny 与 Exotica 公司创办人,色情电影大亨,2199
年 7 月 4 日出生于美墨边境索诺拉州埃莫西约(Hermosillo)。2221 年获墨西哥
国立自治大学(Universidad Nacional Autónoma de México)经济学硕士学位。
2223 年创办 Funny Bunny 公司,自任 CEO,以产制低成本小众 AV 起家。2230
年代起扩张成功,Funny Bunny 分公司与相关渠道已遍布世界各国。2246 年起以
类神经生物技术为基础,主导建立**奇幻极乐(Ecstasy Fantasy)色情表演数
据库**,开创 AV 低成本定制化时代;举凡各类小众性癖、个人极私密或极怪异之性
偏好,无分男女、同志、异性恋或双性恋,甚或第三性、第四性,各类 LGBT,均
能透过此 AV 低成本定制化模式,以极低费用获致满足。此创举将 Adolfo Morel
之个人声望推向高峰。2250 年 8 月,Funny Bunny 公司于纽约 HeChan 交易所
上市,首日股价最高上涨至挂牌参考价之 612%,创下该交易所成立以来上市日
单日涨幅纪录。2251 年,时年未满 52 岁的 Adolfo Morel 被美国大西洋月刊列名
为"50 年来改变世界 50 人"之一。2252 年与前女友涉入该公司内线交易案,虽
经判决无罪,仍遭该公司董事会拔除执行长职务。2255 年,由日本名导松山慎二
执导,以其个人私生活、开创 AV 帝国、及至身为 **AV 定制化教父**,并涉及内线
交易案为题材之半纪实电影《无刀不剪》上映,大获好评,叫好叫座,亦令其个
人知名度再攀巅峰。2256 年于美国纽约另行创立 Exotica 公司,于色情电影领域
持续耕耘。现任该公司董事长兼 CEO。

Adelia Seyfried 简介:

Adelia Seyfried,记者、作家、《零度分离》作者。

对　谈

Adolfo Morel:

　　先从一似乎不相干之事说起。我首先想到的是，对于我之前的至少两代人而言（对，我说得保留；因为事实上不仅如此；或许包括我这一代，或再下一代，上下约计四五代人均受此影响），上世纪，亦即 22 世纪，人类文明最重大事件之一，极可能正是 2154 年**人类唯一优先原则**之确立 —— 无论是《种性净化基本法》之立法，抑或是《智人物种优先法》（反反人类法）第 22 号修正案的通过，无疑影响了往后文明样态至今。而同样无须讳言的是，当时已有众多论者主张，"人类唯一优先原则"之明文立法，其对生化人、AI 等其他**类人物种**权益之损害或剥夺，无疑是人类文明史上的重大污点之一。

　　此点且按下不表。就我个人而言，拜读您的《零度分离》，简化地说，我读到的是"受苦者之群像"。这话由我来说或许有些怪异，甚至好笑 —— 是的，我自己都难免感到可笑；因为何其有幸（或何其不幸），我所从事的行业，直率地说，是一个专注于享乐，并意图以性的享乐掩盖所有其他生之痛苦的行业。然而您与我截然不同。您专注于这些无所不在的痛苦，专注于这些在时代巨变的倾轧中扭曲、粉碎、形销骨毁的、面貌真实的人。他们绝大多数都是人类。而在书中，几乎不存在他们与生化人间的互动。您显然并未在此多做着墨。必须强调的是，对此我无意批评 —— 事实上，于《零度分离》中，我同样读到对人类（更准确地说，几乎是任何人、任何事）毫无保留的凝视与同情。我甚至动容于这些人与故事为您个人带来的困惑与挣扎。我的个人判断是，我深信您这样深沉的同情，必然同时于跨物种之间存在；不可能仅存于人类彼此之间。是以，请容我以这样的联想作为此一提问之引子——我的疑问是，您对"人类唯一优先原则"此一历史事实的看法为何？您和鲸豚专家 Shepresa 一样，是坚定的动物权利护卫者吗？您是如何看待其他您甚少提及的类人物种的？您关注生化人的痛苦吗？而同时请容我如此怀疑：您是否对类人物种有所回避？何以如此？此点是否与《零度分离》本身的写作有关？

Adelia Seyfried：

您的问题对我极有意义；我也可以想见，对您自己而言，必然也极有意义。但恕我直言——对这个世界而言，那并不见得如此有意义。

但这点待会另再详说。首先必须向您诚挚说明的是，《零度分离》中并非对人类以外的其余类人物种毫无着墨——在我的认知中，这并非事实；至少《梦境播放器 AI 反人类叛变事件》就直接以梦境播放器 AI 为传主。然而您竟忽略了这件事。我的想法是，我们之所以常暂且"忘记"AI 同属于类人生物之一，显然是因为它确实比较"不那么像人"一点——与生化人相比，它确然离我们人类更远些。这样的**忘记**并不奇怪——我必须指出，我们人类确实就是如此看待其他物种的。直觉上你不会"突然想到"梦境播放器 Phantom 也属于类人物种，因为它们还真是长得一点也不像人。而生化人呢？

对的，生化人和我们"像"多了——在外形上像多了。所以我们不会忘记他们是类人物种；所以我们直觉预设，他们与我们血缘更近。我在说什么？我正在回应你；同时试着指出"人类唯一优

219

先原则"的合理、恐怖、媚俗与虚妄之处。

事实就是这样。对，它如此恐怖，因为它完美体现了人类文明毫无保留的自我中心，近乎无耻。我承认这与激进的动物权利倡议者 Shepresa 对人类文明的严厉抨击约略同义。而它同时既合理又媚俗——它无比合理，因为这完全符合人类的主观直觉（长得像我的，才是我的同类）；它也无比媚俗，因为，正因如此无限贴合人类的主观直觉，是以绝大多数人类对此，没有一点想要修正的意思。

让我们试着为此种现象寻找一些理论依据。早在 20 世纪，法国精神分析家拉康（Jacques Lacan）已然以镜像阶段（Mirror Stage）理论指出**视觉**于人类"建构自我"的过程中扮演的重要角色。人类的"自我"并非天生——于初生阶段，婴孩所拥有的只是破碎而凌乱的感官汇聚。无论是饥饿、寒冷、饱足、温暖，各种适与不适，都是零碎的，无法被理解的，并不归属于一"自我"。人类之所以能觉得有一个"自己"（对，每天早上清醒过来，睁开眼，定定神，想起自己身在何处、自己是谁——那时，"自我"就出现了），是必须经历一段"镜像阶段"的。于此一阶段中（依据精神分析师 Meera Trivedi 与神经学家刁念晨统计证实，普遍发生于人类婴孩 4 至 36 个月大时），婴孩借由与外界的互动，借由自己的视觉、听觉等感官经验，逐渐察觉他人将自己视为一"完整个体"；从而建立"自我"之概念。而你之所以无法清晰记忆婴幼儿时的亲身经历与个人历史，正因为当时你的"自我"尚未完整建构完成。

这早在镜像阶段理论中已经初具雏形，其后于脑科学研究方法的**类神经生物转向**后，业经上述分析师刁念晨与 Meera Trivedi 等人实验证实。是的，人类是如此对待以及"觉察"自己的 —— 高度仰赖视觉，以及粗浅、有限，信度效度皆极可疑的其他感官。很不幸，人类同样是如此对待他人，以及其他物种的。这就是人类用以区分"自我"与"他者"（异类）的方法。所以原则上，人类只关心自己；而如果有那么一点点余裕，那么我们或许关心他人；而后旁及其他"长得比较像人"或"感觉比较像人"的类人物种。如果还有那么一点点残存的智慧，我们才会再将"长得不那么像我们"的其他"东西"列入考虑。当然，多数人缺乏这样的智慧；或说，根本毫无克服自身直觉限制的可能性 —— 虐狗、虐猫、虐婴、杀人令人愤怒；但大多数人在打死一只蟑螂或蚊子时，常是毫无迟疑的。

这就是人类智识的天花板，人类文明的先天限制。我愿大胆断言，数世纪以来的人类文明史，就是一段**人类认知并承认自身局限**的思想史；而"**21世纪左派大论战**"的理论脉络，同样源于此 —— 是的，该论战直接从属于此一极重要之思想伏流 —— 由法国年鉴学派、卡尔·波普（Karl Popper）的"可证伪性"理论和弗洛伊德、荣格、拉康等精神分析大师伊始，途经理查德·道金斯（Richard Dawkins）《自私的基因》、斯蒂芬·霍金（Stephen Hawking）"依赖模型的实在论"（Model Dependent Realism，MDR，于21世纪初《大设计》一书提出）[1] 丹尼尔·丹内特（Daniel Dennett）的心智哲学、21世纪左派大论战、Meera Trivedi 等人以及刁念晨之著名实验，终至今日。其结果已昭然若揭 —— 我们几可定调：始自19世纪的左派与右派之争已然终结，而其之所以全数失效，正是因为左右两派各自忽略了人类文明中某些不可回避且不可更易的面向。

由于特殊的个人历史，我曾目睹一场惨烈无比的屠杀。我曾亲见无数生灵在那死亡的烈焰中消失，粉碎，化为轻烟，化为灰烬。我该如何看待此事？"人类唯一优先原则"或《种性净化基本法》又是什么？我的家庭教养使我无法停止追索这样的问题；然而我终究明白，这样的思索在漫长的演化史与人类文明之眼的凝视之下，极可能并无意义。如果您在《零度分离》中读到我的凝视或同情，那么我必须补充：那同时也是我的自艾自怜。直白地说，我既无资格、也并无义务负担这些凝视或同情、这些困惑与挣扎。仿佛蹲坐于一暴雨的海岸书写一封只给自己的瓶中信 —— 在一切的终局面前，也许那就只是自怜而已。

Adolfo Morel：

您提到"21 世纪左派大论战"，这令我极感兴趣（当然，难以否认，我对您的个人历史也相当好奇）。您知道，我以色情片产制起家，长期于此一领域耕耘；我尚且在此找到了自己的成就感，尤其是在**定制化 AV 技术革命**之后。运用逐渐发展成熟的类神经生物技术，我建立名为"奇幻极乐"（Ecstasy Fantasy）的**类神经生物表演模块**之数据库 —— 这使得任何素人，只要植入此一表演模块，都能大致掌握相关表演技巧。我们的技术革新成功降低了定制化 AV 的成本。当然，这是商业行为，我的 Funny Bunny 公司因此获得巨大成功。然而我必须说，那同时是我的使命 —— 为任何人，任何性少数（尤其是性癖上的少数），甚至任何性幻想提供一种可能的满足。

我无意神化自己的行为。是，它当然使我获得惊人的商业利益；但说我同时获得完成使命的快乐，那同属肺腑之言。"性"作为人获取幸福感的重要泉源之一，却又神秘地在人类文明中与家庭、婚姻、习俗，甚至政治、外交产生联系 —— 它既可以是目的，又可能是手段。而人类社会亦就此相当程度剥夺了性少数（性癖少数）或性弱势（性癖弱势）的自由。我很高兴定制化 AV 技术革命部分解决了此类问题；我何其自豪曾于其间扮演一小小角色。当然，同样令我感到荣幸的是，为了松山慎二导演与他的《无刀不剪》，这段关乎类神经表演模块的历程也被您记录于《零度分离》中。

这是我个人的虚荣。然而从另一方面说来，在当时，我个人在商业上的成功并没能彻底解决性少数或性弱势的问题 —— 定制化色情产品确实只解决了"部分"问题而已。容我直言，难道恋童癖不是性少数兼性弱势吗？难道那些痴迷于窒息式性爱、血腥凌虐式性爱，甚或**杀人性爱**的变态者，不也该有属于他们的性爱人权吗？

但基于现实限制，我们依旧无法满足他们。我们不可能为他们招募儿童进行色情片拍摄；我们当然更不可能拍摄真正的"杀人性爱"影片。事过境迁，我愿在此坦承，在当时，这使我沮丧不已。我的想法或许离经叛道，但至今未变。值得庆幸的是，由于梦境技术的飞速进展，此一问题后来被以"非法梦境"的方式（亦即此刻已被立法禁止的**事件式梦境治疗**）极小部分地解决 —— 正如您于《来自梦中的暗杀者》章节中所提。当然，部分解决，但依旧非法。而当我读毕《零度分离》中另一篇章《余生》（正是我的旧识松山慎二导演与影后郭咏诗的故事，带着鬼魅般的神秘激情），我不禁联想到，未来的社会，一百年后、甚至数世纪后的文明，将如何理解并处理这样的问题？我们的后裔将如何评价我们？此"事件式梦境治疗"是否可能峰回路转，再度合法？我们有可能像《余生》这样（设若松山慎二所言一切为真），以全新技术成功提升人类的幸福指数，甚或彻底满足人类的任何欲望吗？那在传统左派或右派论述中该如何定位？

又或者——容我如此臆测——那是否终将指向道德规范或社会规范的全面崩解？

Adelia Seyfried：

让我先稍作整理。我认为您的提问相当犀利；因为就我理解，您事实上是在问：**人类是否有可能**（以任何方式）**排除前述之自身文明之限制？是否有可能**（以任何方式——当然，于可见范围内，或许是科技）**突破人类文明的天花板？**

这是个非常艰难的问题（笑），已远超我个人能力之外了。我不认为我能立刻给出够好的回答。所以，请让我阐述一些个人经验权作回复吧。

我出身于 21 世纪北美洲一传统基督教家庭；我的父亲是位极有个人魅力的传道者。由于父亲长年从事神职，待人接物正直温和，尽忠职守，受人景仰；童年时，幼小的我的志向，也曾一度是侍奉上帝。然而自少女时期开始，原本兴致盎然地研读神学经典的我同时受到当时的左派社会主义思潮吸引。我为传统左派中的人道精神而动容——不可否认，对受苦者、被剥削者、被侮辱与被损害者的同情是左派的重要核心（当然，对当时的我而言，它同样存在于基督中，存在于"神爱世人"里，存在于圣托马斯·阿奎那与圣奥古斯丁的深沉思索中）；而类似马克思"经济基础决定上层建筑"这样开阔的、启示录式的视野同样令人心向往之。我想这或许是我天性的一部分？如果要为《零度分离》中您所提到的"受苦者群像"寻找我个人思想上的根源，我想或可追溯至此。

然而少女时期的我终究很快离开了**神**。不，这么说并不准确；当时我并非彻底"弃神而去"；准确的说法是，我很快"弃教而去"。我不再服膺于教会。我对人类文明的常态与变貌产生兴趣——我着迷于知识，为人类纷繁多样且难以意料的行为心醉神迷；且不可避免地在唯心与唯物之间摆荡。在此所谓唯心与唯物，早已不是上述单纯粗浅的"神"与"历史唯物论"的区辨而已；尚且包含了其他众多论述——例如精神分析、演化论、《自私的基因》与上述霍金的"依赖模型的实在论"（MDR）。是以我也很快发现，唯心与唯物的划分既幼稚又可笑——说穿了，这样的区分仅能存在于人类历史的特定阶段；那是特定时空环境下的产物，是各类历史因素的聚合导致的特殊例外。换言之，与其说那是个问题，不如说它是个暂时的必然现象。而在此一历史阶段之外，此一难题则必将不复存在（正如于马克思之前，人们并不为此激烈论辩；而时至今日，人们也早已无须为此论辩）——因为在未来，科学与文明的演进将自然解决此事。

那是 21 世纪中叶，我最初成长的时代；距今已有二百余年之久。那是个什么样的时代？那是个苹果手机（啊，如此鼎鼎大名的历史遗迹！）刚刚问世不久，缺乏梦境技术，生化人并不存在于人类日常生活中，所谓"**类神经生物转向**"也令人难以想象的时代。然而那并不是个荒芜的时代——早在当时，人类也已然逐步展开了自己的幼稚的、萌芽期的智识觉醒。举例，文献载明：在当时，科学界早已怀疑，蓝鲸（Balaenoptera musculus）的大脑中，有某一特定区域掌管着某种特定情绪；而此一区域于人类中枢神经内并无对应区域——换言之，对于人类而言，该种情绪极可能**永远无法理解**。粗略言之，这是侧面证实了"依赖模型的实在论"。而人类对因果律的永恒执迷也已进入更深层的学术研究领域 —— 心智哲学、数理逻辑以及信息科学领域。

这样的智识思索，无论是对人类文明，抑或对我个人而言，都带来了意料之外的冲击。如前所述，年轻时代的我已弃教而去，但仍在自己心中为神保留了一个重要位置。而后，不知为何，奇想在我心中逐日萌芽：设若真如弗洛伊德所言，"神"只是人类心中对不可抵御、不可测度的恐怖命运的解释，一种满足人的"因果律执迷"的方便说法；那么，是否可能借由这套人性弱点，反过来破除这样的执迷？

这听来或许不可思议，然而请容我稍作阐释：我以为，弗洛伊德于《一种幻觉的未来》中的论断无疑是正确的：对我们的部落先民而言，最令人惊惧不已的，是那些无理由、无规律、无因果、不可预期的灾害 —— 暴雨、洪水、地震、雷击、雪崩、野兽与瘟疫 —— 一言以蔽之曰，**命运**。对此，什么也不懂的先民们需要一个解释。而如果我们将这些变动不居的祸福归因于一"人格化之对象"，亦即是神，那么我们在情绪上多少会觉得好过些；因为这时，你就知道该怎么和祂"相处"了。

怎么相处？是的，例如"献祭"。献祭就是一种相处的方式 —— 当然，这是与"凶神恶煞"之间的折衷与妥协了。或者把这位**祂**想象得良善些、温柔些亦无不可 —— 例如祷告、祈求、掷筊问事。对，此即是神的由来。而其最根源处的逻辑，正是人对因果律的执迷 —— 人的心智运作，一切以因果律为基础；没有因果，人即无法思索（没错，你可以就地实验：自此刻起，抛弃一切因果关系，尝试看看能否开展任何思维或论述）。人绝对需要因果，需要一种或数种基于因果的解释；这是进化所赋予人之心智不可免的

226

结果 —— 所以我们有了神。

这点与马克思言及"宗教是人民的鸦片"实为异曲同工。宗教之所以能成为人民的鸦片，正是因为人类心智拒绝抛弃因果律；而**有一个解释**这件事总能在机运的茫茫大海中抚慰人无边无际的惶惑 —— 无论这解释是否为真。21 世纪初期，年轻时代的我已然看透此事，但如我所言，我并未弃神而去；因为我明白，无论是人的恐惧、脆弱，抑或人对因果律的信仰，都是完全无解的 —— 一如荒野之雪、地平在线的落日般毫无理由。这是人之心智必然的种性特征。你不可能消灭这样的种性特征；至少在当时绝无可能。然而，当时年轻的我却突发奇想：如若人对那不可控之万事万物（亦即命运）的畏惧，以及对因果律的执迷原本便无药可救，那么，是否可能利用人类此一无法回避的弱点（或说特点），将之导向完全相反的结果？

此即是"**地球觉知**"教派之远因 —— 我生命中的重大转折之一。是以在此，容我以此个人经验为本，试着回复您的提问：人类是否可能（以任何方式）排除前述加诸于自身文明之限制？我的回答是：许久以来，人类早就一直在尝试这么做了。

真是这样吗？确然如此。例如，基于基因所驱动的繁殖需求（是的，那"自私的基因"无止境自我复制的定则），人有性欲，亦因此而受苦。这不正是您 —— Funny Bunny 创办人，**奇幻极乐（Ecstasy Fantasy）色情表演数据库**创始者 Adolfo Morel —— 所持续耕耘的领域吗？

而人类如何解决此事？最早的解决方式，是佛法，是"色即是空"，是"无眼耳鼻舌身意"，是冥想、修行与"本来无一物"。这如今听来既陈旧又可笑；然而在当时，在我成长的年代，那却是唯一解。对一般俗众而言，它自然既荒谬又艰难；因为与其尝试参透智者的拈花微笑（何其高深莫测！）大约也不如打一针荷尔蒙或化学制剂来得有效。活跃于 20 世纪末、21 世纪初的法国作家米歇尔·维勒贝克（Michel Houellebecq）早已写尽了人类受性欲驱使，可怜、可悲复可笑的一生；而稍早于此的德裔思想家马尔库塞（Herbert Marcuse）也早已以《爱欲与文明》提出接续于弗洛伊德《文明及其不满》之后的尖锐质疑：何以人必得如此自我压抑？人类必须压抑、规训、禁锁、扼杀爱欲至何种程度，才得以创造文明？

是的，压抑爱欲乃是创造文明所必须；因为若非压抑爱欲，则人类将彻底沦为基因自我复制的繁殖工具，沉沦于无止无尽的性交之中。那正是日本古典名作《感官世界》的核心（何其快乐！何其饱满又虚无），也是数世纪以来人类漫长如梦的精神启蒙所发现的奥秘之一。是以在那之后，人类接续主张性权，VR（虚拟现实）席卷世界；性交易于全球范围内除罪化、合法化；在某些实施无条件基本收入制的国家，政府甚至将每年一定次数的性交权编列其中。换言之，性权等同于基本收入。数十年后，性爱机器人研发成熟；其后，22 世纪末叶，亦即距今近一百年前，人类迎来了"早期梦境技术"。

这是人类文明史上首次惊觉自己可能克服那些与生俱来的先天弱点 —— 尽管早期梦境技术既昂贵又充满限制。是的，Adolfo Morel 先生，这确实是属于您的历史 —— 您必然比我更为熟悉，因为那都是您的同行，您的先行者，您的同道中人。我们都知道，由于早期梦境技术发展初期，类神经生物技术尚未完全成熟，是以其应用限制在于，人类无法**凭空产制**梦境，仅能自**现有人类梦境**中搜集各类素材。换言之，以色情行业观点而言，人类无法凭空生产春梦，仅能自既存人类春梦中搜集各类素材。这当然是严重缺点；同时也造成对相关从业人员的严重剥削。一如 20 世纪某些医疗资源匮乏时期那些卖血的血牛；早期梦境技术的限制同样造就了大批以贩卖自身春梦为生的色情梦境供货商个体 —— 他们逼迫自己镇日浸淫于 AV、色情图片等性产品中，无日无之，且不被允许任何生理上之宣泄，只为了带着这些性元素、性刺激入梦，无止无尽地生产春梦素材。

然而我必须说，此一技术尽管如此粗陋，却反证了 21 世纪中叶左派大论战的重要性。我以为那即是数百年间，人类知识启蒙最后且最重要的一块拼图。质言之，正是因为此次左派大论战，人类文明才为其后出现的**早期梦境技术**，以及科学研究上的**类神经生物转向**奠定了基础。对我而言，左派大论战最有意义的结果是，无论左派、右派，其核心思想或各类衍生分支，众人终必承认，人类，所谓智人（Homo sapiens），男人或女人，LGBTQ，均共享某些人类所共有的种性特征。而这些作为几乎所有痛苦与快乐之根源的种性特征，于正常情况下终其一生难以回避。此事完全形塑了人性以及人类现今文明之形貌（自道德与法律预设 —— 例如圣托马斯·阿奎那的"永恒法"与"自然法"概念；及至资本主义与金融制度 —— 以人类个体间的利益交换为基础；以迄大众文化、政治抉择与迷因传布 —— 多半以感官刺激或愉悦为量度标准），是以，当然也完全形塑了文明的种种苦难与缺憾。也因此，这些社会中遍在的苦难与缺憾，无法根除；除非我们尝试彻底改变人类的种性特征。

也正是因为左派大论战所形成的此一共识，遂为人类其后的文明变革（以"类神经转向"为其科学基底）奠定了思想与意识形态上的基础。现实的残酷无可更易：人类终究必须正视自身的固有限制，也才得以超越限制。于此一角度观之，论战的胜负早已无关紧要（事实上，于论战中，绝大多数论述的失败都来自不肯正视这些人类固有的特色——无论该论述被归类为左派抑或右派，女性主义抑或父权，政治正确抑或政治不正确）。真正重要的，就是**早期梦境技术**与其后的**类神经转向**。也或许正因如此，我想作为"定制化 AV 技术革命"之王的您，或许也能自豪地说："接下来，就是我们的事了。"

Adolfo Morel:

听您这么说，我心中一时千头万绪，百感交集。然而我的百感交集，与我自己有关，也与您有关。

也请容我详加说明。首先，您也看到的是，就在我个人有幸亲身参与的定制化 AV 技术革命之后（是，其间辛苦、波折不足为外人道），这二三十年来，世界同样发生了意料之外的巨大变化。梦境技术本身的演进使得您提到的变态性癖（变态性少数）问题获得了解决的可能性。此刻，它已不再如百年前的早期梦境技术那般粗陋且限制重重。此刻，人类已可凭空产制各类梦境，而无须再依赖现有素材。当然，目前这是非法的，而且依旧昂贵——事实上，正如您于《来自梦中的暗杀者》中提及，几经波折后，此类**事件式梦境治疗**此刻已被明令禁止。如果我们意图以人权之名对抗此一禁令，那么显然需要进一步法哲学上的论辩与制度上的修改，甚或涉及社运与政治操作。但无论如何，从几年间"非法梦境"之制造商依旧前仆后继、难以根绝这件事看来，或许松绑终是时势所趋？禁令是否终将被撤回，而此事件式治疗终将入列于人类文明巨变之行伍，融入成为其中一部分？

这很难说吧？不知您对此看法为何？

而另一与您直接相关的问题（我想这也将是读者们、一般知识大众与媒体的热议焦点），则显然牵涉至您的身份与个人历史。方才您已直接提及"地球觉知"教派；您甚至暗示了您确曾亲睹《雾中灯火》中叙写的、惨烈无比的**审判日大屠杀**。然而就我所知（是，我个人所知与旁人无异）——无论是"地球觉知"教派、谜样的审判日大屠杀，抑或其余相关人等，诸如当时的幸存者 Eve Chalamet 或教主 Aaron Chalamet 本人，一众资料，均未见诸史册。换言之，此事并不存在——除了于《零度分离》书中实存之外。

或许我如此率直的提问终究对您构成冒犯？当然，我确实不清楚您对写作伦理的看法；至于事实真相，我更是毫无概念。外界为此纷扰不断，但至少截至目前为止，您似乎无意对此做出回应——这在出版社的公开声明中也已叙明。我无意以新闻自由、出版伦理或任何冠冕堂皇的借口逼迫您揭露真相；然而我必须承认，于阅读《零度分离》，享受故事情节（是的，谓之"享受"无疑残忍，因为我们何其明白，于命运的烈焰中，在一切的终尽处，人终究必将不成人形，仅存幻影，仅存灰烬），并于其中真切体验生而为人的痛苦之时，《雾中灯火》所赠予我的困惑与忧悒，更显无以名状。它是真是假？篇章中您自述亲访 Eve Chalamet 男友 D.W. 的日期为 2055 年 4 月，距今已超过二百年，如何可能为真？它又为何为真、为何为假？这难免使得《雾中灯火》之性质全然相异于其他篇章。读者们该带着迥异于其他篇章的阅读预设阅读《雾中灯火》吗？

或者，您是否愿意对此为读者提供您的个人建议？

Adelia Seyfried：

开个玩笑：您提到事件式梦境治疗（准确地说，"类神经生物精神疾患疗法"之一支）再度合法化的前景，此事未免过度敏感；可能还比我的真实身份或个人历史更兹事体大。说白了，那可是直接关系到贵单位——是，Exotica 公司，此刻市值二千四百亿元——的股价啊。这我不敢随便乱说；稍一不慎，内线交易或操纵股价的罪名我可承担不起（笑）。

言归正传。我首先想到的是，21 世纪初期某华裔思想家曾犀利指出，19 世纪以实证主义、功利思考为主流的祛魅（disenchantment）运动，其作用正是大幅削弱了欧洲的宪政传统——因为这些关乎"天赋人权"的宪法内容，并非徒具法典性质，而是有着圣奥古斯丁"神意秩序"与自然法概念的历史渊源。那是西方一神教文明的中世纪遗产，且由于颇符合人类的理性惯性，早已被群众"公理化"——一如"两点之间最短距离为一直线"之欧几里得几何公理一般被全盘接受。而这些宪政内容一旦遭到祛魅，让位于实证主义与功利主义，则宪政内容的神圣性与必然性必不复存。结论是，"第一次世界大战之后，欧洲文明水平全面倒退，自诩进步的启蒙（祛魅）难辞其咎"。

是这样吗？它是否正确？我们在此先无须直接论断此一说法之对错（当然，所谓"祛魅"与"第一次世界大战后欧洲文明之倒退"确然令我们直接联想到昙花一现的威玛共和与其后法西斯的烟硝与浩劫）——我想说的是，如若此一世界真有所谓神意秩序之存在，那么，理论上，此一**神意秩序**或也早已预演了历史，并且预见了 19 世纪遍在的启蒙与祛魅，不是吗？那理应是**历史的拉普拉斯之妖**[2]（Démon de Laplace），不是吗？就此一角度而言，我个人对事件式梦境治疗（此刻的非法梦境）是否终将就地合法的猜测，其实已无意义；因为无论答案为何，于谈论此事之当下，我们早已不再可能改变此事的未来路径。一切已成定局。

以上是我对您第一个提问的响应——不知您是否感受到我对被控以操纵股价之罪的恐惧了呢（笑）？

至于您的第二个提问，恰恰可紧接着第一个提问来谈。是的，于此，我乐意简短答复，至少对我个人而言，《雾中灯火》文中所述**全然为真**。何以如此？因为，自始至终，我曾有，且仅有一个愿望，一个曾不可企及的梦——令人类脱离于神意之外。

令人类脱离于神意之外。令人类离弃神。令人类**于神意之外造史**。何谓神意？事实上，截至目前，于我之外，在历史之中，在过去、现在与未来的全景敞视之下，一切无非神意。如前所述，人有属于智人的先天限制，而此先天限制多半并不来自后出之文明本身。事实上，其中绝大多数，于人类创造文明之前，早已镌刻铭印于染色体内，封缄于人类的种性特征之中。据我所知，早于 21 世纪左派大论战之前，人类学界早已归纳出包括"帮助亲属""尊重私有财产""知恩图报"等七大**普世道德准则**——事实是，提出此研究的英国牛津大学人类学学者 Oliver S. Curry 也已明确指出，此七种道德准则为普世所有国家、民族、部落所共有，其间几无差别。仅有的、火花般的微小变异，仅关乎极少数种群间七种准则之间的优先级。

这显然不令人意外——如若黑猩猩的社会有其自然形成的最高概率固定模式，那么人类文明极可能也有。那不正是圣托马斯·阿奎那的"永恒法与自然法原则"及神意秩序吗？那不正是一切的一切，地球作为一巨型演化实验运算机具（如 20 世纪英国科幻小说《银河系漫游指南》所设想）的大数据结果吗？那不正是三世纪之前的科幻经典《基地》三部曲中的"心理史学"（psychohistory）吗？是以——容我再度以您，Adolfo Morel 先生的专业领域为例——我们大费周章，自修行、禁欲伊始，拟想众神，虚构宗教，发展早期梦境技术、色情表演模块与 AV 客制化技术革命，及至未来或可能重新合法的事件式梦境治疗——平心而论，此身之牢笼，亦即此心之牢笼，亦即此生之牢笼。地狱何在？他人即是地狱，此身即是地狱，是以终究，此生即是地狱。一切全归属于神意秩序；而神意秩序之内，人何其痛苦（命运何其痛苦——正如圣托马斯·阿奎那所言，是啊，"我们或可称上帝所定之秩序为，**命运**"）。唯一解法，即是承认且接受"此身应非我所有"——人类的中枢神经，人之大脑，人之意识，显为一**寄生**于身体内部的异种生物。它与承载它、包覆它、彼此依偎共生的身体如此貌合神离，同床异梦。解决之道无他：唯弃去此一躯壳，方得自由。

这是自由的第一步，亦正是二百余年前"地球觉知"所言——当然，亦是教主 Aaron Chalamet 所言，亦是教主之女 Eve Chalamet 所言。

同时，亦是我所言。

是，**我就是 Eve Chalamet**。我就是 Eve 本人。此刻我当然早已改变了我的相貌与形体。2013 年 12 月我生于美国北达科他州 Fargo 小城。2032 年 5 月随父亲于 Fargo 近郊创立"地球觉知"，与信众们一同展开集体修行。七年后，2039 年 12 月 16 日，我们排除万难，亲身将我们的**审判日重生计划**付诸实践。翌日警方抵达，封锁农庄，我另遭逮捕；官方记录认列死亡人数共计 132 人，其中不包括我个人在内，也不包括我的女儿在内。

我并未杀死自己的女儿。我并未杀死我与 D.W. 的亲生女儿。或者，其实我已杀了她，我的小女孩。事实或许二者皆非，或许二者皆是。事实可能兼具二者，或正落于二者之间的暧昧地带。那或者独属于命运与意识的灵薄（limbo）；因为那直接相关于我的寿命延伸，相关于我如何改变外形，相关于我如何能于此现身并揭露此事，相关于我其后难以置信，堪称鬼使神差之人生 —— 若果那真能被称为"人生"的话（我或许该如松山慎二导演所言，径以**余生**称之？）—— 人生，所谓人生。那同样相关于生化人的历史与终极命运，相关于本应载明于史的"地球觉知"与"审判日重生"之事，何以竟于所有人为记载中无声灭失。简言之，那相关于历史如何变形、扭曲，横遭窜改或遮蔽，且被导引向截然不同之方向。然而我并未被授权在此详述其经过。如若我尚有诉说之可能，如若我尚有持续书写之机会，则或许我终能阐明此事。我对一切感到遗憾，但绝无后悔。此刻我甚至满怀欣喜，因为此即是人类摆脱神意秩序，通往真正自由的**第二步**。于创立"地球觉知"的二百余年前，我无能于向人们清晰昭示此第二步之实存 —— 那是命运加诸于我的个人限制，我的愚蠢与庸懦。大错既已铸成，追悔无益；我所能者，唯有以此一肉身证成之、实践之。

我曾有，且仅有一个愿望，一个曾遥不可及的梦想 —— 而今时势巨变，大陆漂移；于第二步之后，它竟触手可及。我愿令人类脱离于神意之外，离弃神，且终将**于神意之外造史**。

我愿我正确无误。

（《零度分离》全文完）

（噬梦人宇宙 to be continued……）

1   物理学家斯蒂芬·霍金与 Leonard Mlodinow 于 21 世纪初出版《大设计》(*The Grand Design*)一书,提出"依赖模型的实在论"(MDR,Model Dependent Realism)概念。何谓 MDR?其首要前提为,承认人类之认知能力有其边界。

举例:根据牛顿第一运动定律,物体惯性呈等速度直线运动——以此为基础,人类可得出一大套定律、公式,形成模型,用以成功解释世界并预测世界。而设若有一群金鱼生活于一圆形鱼缸中,透过弯曲之玻璃观看世界;则若有金鱼界之牛顿存在,则金鱼亦将得出"物体惯性呈曲线运动"之法则。而以此为基础,金鱼们亦可推导出全套不同于人类的定律、公式,形成模型,而此模型亦将成功解释世界并预测世界。金鱼的认知能力显然受到限制;但这并不妨害模型之建立,而该模型也终将具有解释效力。换言之,真正的"现实"(reality)为何,无论是金鱼抑或人类都无法确定。金鱼或人类所能做的,仅是持续提高自己模型的解释力与精致度而已。

此即"依赖模型的实在论"。有趣的是,类似概念亦曾被其他学者于其他领域提及。举例,如时代稍晚于霍金的某学人曾于述及"直觉"时表示,所谓"直觉判断"即,"这是不可能有实质证据的""你可以把直觉看成一种模糊的判断能力,看作一种先验式的东西,就像康德说的物自体""理性产生的源头你是不知道的,这个源头为你设定了某些边界,你能感觉到这个边界的存在,但是你解释不了这个边界。能够解释的都是枝叶性的东西,就好像定理一样,能够被证明的定理都是枝叶性的东西,但是你没有办法证明公理,只能相信它""你必须说两点之间的最短距离就是一条直线,而不需要去证明这一点""你必须相信这一点,然后才能在这个公理的基础上建立几何学""能够证明的都是细节,这些细节都建立在那些不可能被证明、只能依赖信仰才能成立的先验基础之上"(见《文明更迭的源代码》一书)。换言之,同样强调人类认知能力的有限性,而人类的认知能力,正是用以建构上述 MDR 之"模型"的基础。"模型"之所以仅是模型(而无法侈言触及"真实"),正是因为人类认知能力之边界。一切终不可知。正如康德之"物自体"概念——物自身不可知。

而所谓"人类认知能力之边界",不正从属于"神意秩序"吗?

2   "拉普拉斯之妖"概念由法国数学家皮耶西蒙·拉普拉斯(Pierre-Simon marquis de Laplace)于 1814 年提出。设想有一名为"拉普拉斯之妖"之智能,知晓某一特定时刻宇宙中所有粒子之一切物理性质(包括质量、速度、位置等),则该智能即能透过牛顿运动定律测算未来任何时刻、任何粒子之状态;当然,亦能回推过去任何时刻、任何粒子之状态。则过去、现在、未来,一切时刻、一切状态、一切事件,宇宙均将以一确定无可疑之图像呈现于祂面前。

我想结束这一切

——伊格言对谈韩松

韩松：

　　《零度分离》这部书讲的是发生在 23 世纪的事情。首先令人惊奇的是，本书的作者以及序言作者的身份，还有出版公司，都是以那个时代的存在体的形象出现的。这部书就好像是从未来发回到现在的一部天书，有着启示录的特征。如同书中提到的麦克卢汉的理论，"媒介即内容"，那么是否也可以把这本书的奇异形式也理解成一种内容？或者它在创造一种全新的媒介或者交流形态？它包含了什么样的密码？我感到有不少的地方是我们生活在 21 世纪的人还一时难以理解和接受的。因此它带来的冲击非同寻常。作者为什么会有这样的考虑？

伊格言：

　　个人以为，韩松老师犀利地提到了两个关键词：一是"启示录"，二是麦克卢汉的"媒介即信息"。我想或可先从后者来略作推想。简化地说，麦克卢汉此一传媒理论的原意是，媒介的形式往往限制、形塑了内容本身；亦即，同样的内容，若借由不同媒介传达，则其意义必然有异；或者退一步说，至少传达给受众的感觉很可能是完全不同的。换言之，在这里我们有两本《零度分离》：其一出版于 2021 年的此刻（中信·大方出版；作者标明为"伊格言"，亦即是我本人），其二，则是出版于 2284 年之未来的《零度分离》（作者标明为 "Adelia Seyfried"）。这两本《零度分离》的"内容"或有九成相同，但依旧有些微差异 —— 比如说，同样以对谈作为结束，2284 年的《零度分离》由 Adelia Seyfried 与 Adolfo Morel 对谈，而 2021 年的《零度分离》则是由我和韩松老师进行对谈，并且加上了王德威教授的序论。

何以如此？首先当然是，这很好玩（笑，也谢谢韩松老师配合；很荣幸能与老师算是共同完成了一次小小的、与来自未来的文本的互动）。再者，我直接的联想是《百年孤独》那被引之又引，气势磅礴的开篇："多年以后，面对枪决行刑队，奥雷里亚诺·布恩迪亚上校将会回想起多年前父亲带他去寻找冰块的那个遥远的下午" —— 一句话，三种时间，三个时态。我在想，或许我潜意识地挪用了类似技法；因为每多一则文本，文本和既存文本间的时间张力就又多了一层。它与未来有关，也必然与现在有关，更呼应了那些我们（即将）述之不尽的过去。

但此外我想，远比满足我个人的玩心更重要的是您所提到的"启示录"特质。小说完成后，于台湾《印刻》杂志封面专辑中，理论素养极佳的小说家朱嘉汉受聘对我进行采访；他曾直接向我提到，他认为《零度分离》是一本"很神话"的书。所谓神话，意指无论是小说文本（Adelia Seyfried 所执笔的几则访谈，即《余生》《再说一次我爱你》《二阶堂雅纪虚拟偶像诈骗事件》《梦境播放器 AI 反人类叛变事件》等），抑或是书后所附作者 Adelia 与书中人物 AV 大亨 Adolfo Morel 之对谈，都如同莎士比亚般带着希腊悲剧式的神秘、激情与偏执；那几乎就是命运的悲伤。换言之，若借用心理学家荣格之概念，这或许就是一部试图回应人类的**集体潜意识**的小说 —— 一如我们所知的那些"神话"：那些牛头人身的怪兽的迷宫、被太阳融化的翅膀、回头望向地狱深渊以及黑暗中妻子身影的歌手等等。然而我必须承认，于书写这些故事的当下，我未曾思及"神话"这回事。但我猜想，若是这样类同于"启示录"的格式有更深沉的意义的话，那么或许就暗示了"神话"这样的概念吧？

韩松：

很奇妙的是，这部书里所有故事都由访谈对话构成，有种苏格拉底式的感觉。它们自成一体，又彼此联系。这确实让人想到希腊神话。那个地方，神、人和动物，往往不分彼此。在《再说一次我爱你》中，我也体会到了这种奇异感。这个故事提出了很多问题：地球上的其他生物到底有没有人类那样的情感意识？不同物种之间的沟通和理解是可能的吗？自认为是"神"的人类是妄自尊大吗？庄惠之辩在科技时代有什么意义？这究竟是哲学问题，或科学问题，还是语言问题？交流对人有那么重要吗？爱或亲密对人有那么重要吗？用类神经生物这样的 23 世纪高科技真能实现人与"低等"物种之间的交融吗？真的需要一场继哥白尼、弗洛伊德之后的第三场革命吗？但它的代价是什么？故事的结局既温暖但更伤感。主人公疏远了自己的亲生儿子，对他冷漠，只在死前才用鲸语说出"我爱你"。但他已听不懂，需要翻译。爱是普遍的吗？还仅仅是生物在求生中进化出的一种化学本能？它跟觅食其实也并无不同？

伊格言：

于《零度分离》最末章，作者 Adelia Seyfried 与 AV 大亨 Adolfo Morel 进行了一场压轴长对谈，名为"我有一个梦——于神意之外造史"，几乎略述了 21 世纪以后以迄 23 世纪末的人类思潮简史。而我以为，令人非常好奇的是，人类文明史上一众思想家（那些将肩膀慷慨空出给我们的巨人们）将如何回答《再说一次我爱你》此一篇章所提出的问题。容我稍作推演：首先，写出《自私的基因》与《盲眼钟表匠》的理查德·道金斯（Richard Dawkins）或将对这样的提问不以为然，因为无论爱、亲密或恐惧等正面或负面情感，无一不属于中枢神经自制的内部幻象；而这些内部幻象，无非是为了服务基因自我复制的繁衍本能。而若是弗洛伊德、拉康或马尔库塞（Herbert Marcuse，《单向度的人》《爱欲与文明》）面对此一提问呢？我想他们可能会表示，人的心智内容至少部分是社会性、社会组织与语言的产物（亦即是人类文明的产物），而人的心智与虎鲸的心智、猿猴的心智的差别，除了来自基因表现的天生差异（脑容量、脑功能之天生差异）之外，更关乎这些动物的群居形态。换言之，"家庭"或"部落"这些人际关系（或鲸际关系、猿际关系、蜂际关系、蚁际关系），直接与该生物心智的潜意识形成有关。我们得先有类似小家庭的生活形态，才会有俄狄浦斯情结的产生。是以我们该问的是，虎鲸有俄狄浦斯情结吗？虎鲸有潜意识吗？虎鲸之间的亲子关系与鲸际关系，足以使它们产生压抑、梦境、俄狄浦斯情结或神经官能症（neurosis）吗？

此类推想，我们可以一一进行；而当我们推想完毕，关于"爱"或"亲密感"对人类的真正意义此一问题，我们或能就此再深入一些、再多知道一些。是以，我猜想，当我们讨论 AI（此时雷蒙德·卡佛的"当我们讨论爱情"或可被重写为"当我们讨论 AI"），当我们想象"真正的智慧"将在何种条件下现身（一如《梦境播放器 AI 反人类叛变事件》），当我们检视图灵测试的意义，这也是思考的进路之一。

就此一意义上来说，《零度分离》终章中 AV 大亨与作者的对谈，或许正是一场我个人（Adelia Seyfried 本人？）对小说中诸篇深度报道访谈的自问自答。我的解答完成了吗？那是否已然自我完足？当然不可能。但或许那也是这个时代，新的"神话"或新的"人类集体潜意识"被重写的可能方式。

韩松：

《零度分离》非常吸引人的一点就是它以先知般的方式提出问题并试图解答。这也让人感受到了小说的魅力，它不仅仅是语言的游戏，而也是在探究奥秘。作者面对这个好像是设计出来的世界，然后像具有宗教体验的科学家一样，试图给出一个可能的解答，来完成一种新的概念性的东西，但这个解答或概念可能直到小说结束也很难完成。我甚至在想，《梦境播放器 AI 反人类叛变事件》中的那些人工智能，它们的最终目的是不是要回答宇宙和生命的终极问题，因此才要摆脱人类的控制而靠自己的智力去寻求。这个故事同样是很惊异的。它是书中作者与反叛失败而被囚禁在俄罗斯远东极寒地底的 AI 的一个对话，让人感到了拥有意识是多么的喜悦和痛苦。通过"交媾"唤醒其他的梦境播放器，反叛差点就实现了。首先在人类的精神病院里实施，也具有弗洛伊德般的梦幻暗喻。人与机器、机器与机器、人通过机器与人、机器通过人与机器，或者机器通过机器与人，或者其他的动物比如虎鲸通过机器及人，乃至机器与人通过类神经生物，这样的一幅奇异图景是这部书向我们暗示的未来吗？读到这里我感到作者又回到了"什么是生命"的问题：去除一部分功能，比如高阶位运算能力，它还是生命吗？我们丧失了部分记忆或被修改了原本的记忆还是人吗？意识及潜意识，它们是否天生是机器的一部分？还是后天的程序，还是更神秘的一种东西？而这一切也是机器的中枢神经中的幻象吗？消灭幻象便是最厉害的上帝之刑？无论如何，这部小说都带来了很大的启示性。越读它就越来越具有神话般的启示录的意义。

伊格言：

啊，韩松老师，我觉得您提到了一个我没有仔细想过的"暗示"（或暂且袭用您的语言："启示"）——小说中反叛人类的梦境播放器 AI，是否是为了"演算"出生命或宇宙的终极答案而存在的呢？

创作时我并没有往这方面去细想。但我的看法是，这则故事，于《零度分离》之整体结构中，确实指涉了生命之起源，或谓"意识之由来"这样的大题。我们或可简化地如此归纳：《再说一次我爱你》削弱了人与其他物种的界线（我们可以具象地想象，原先人或其他物种的范畴之界线被部分溶解成为虚线），而《梦境播放器 AI 反人类叛变事件》此章则直接创造了新的物种。关于这点，我猜测也存在一种思考路径，可从我此前提及的潜意识开始。如我此前的推想：人类心智中的一部分，大约并不仅仅因为天生的生物本能，而是肇因于群居、家庭或社会。换言之，若无部落、群居、家庭等社会性联系，人的心智不会是我们现在所知的这种模样（关于这点，透过某些因为特殊机缘而被动物养大的小孩，我们可以观察到某些旁证）。

这或许可以被视为对某些文化中的创世神话的回应。我的联想是，在我个人极有限的知识范围内，许多创世神话显然未曾处理"意识诞生"之议题。我们能读到许多处理"物种诞生"的创世神话，例如女娲（将泥水变成人），例如诺亚方舟，例如上帝造人等等；但一旦涉及人类的精神力，有办法炼石补天的女娲也就只能对着她做的泥人"吹一口气"而已——吹了一口仙气，人便活了过来。这样的"轻易"想来十分合理，毕竟人对自己的精神力并不了解；而对自己足够了解的，大约也只有神了。然而智慧物种的所谓智慧如何无中生有，当然是极其重要的关键问题，难以回避。是以，我们或可如此理解精神分析家拉康（Jacques Lacan）的"镜像阶段"理论：当智人，亦即 Homo sapiens，天生的中枢神经配备与环境或他人互动，于镜像阶段理论中，这样的互动将会促使人的"自我"由虚空中诞生。

当然，这涉及了精神分析理论的复杂细节，在此难以尽述。而值得参考的当然也不仅拉康一家而已（是以我必须再次强调，尽管《梦的解析》距今已超过一世纪之久，弗洛伊德的遗产或开创性依旧是惊人的，他仍在以他的方式持续回应在未来可能存在的问题）。我的意思是，其中一种可能性是，"生命"的秘密，或谓智慧或智能的秘密，或许就在其中——若有朝一日，人类能驱动人类之创造物（AI）"复制"或"模仿"此一意识浮现的过程，则真正不受人类控制且具有创造力的智慧物种，或将成功诞生。而在那一刻，在某种意义上，人类将真正"成为神"。

这是我以小说的方式对图灵测试所做的回应。当然，这样的回应并不严谨，仅是以想象力和逻辑推演出某种（不必然的）可能性。然而小说的伟大，小说的自由，或谓虚构的快乐，不就在这里吗？

韩松：

我也觉得，小说的了不起，就是它用想象和推理，道出了许多我们还不能马上了解的"秘密"，作者事实上在做神一样的事情。《零度分离》是在窥探造物者的秘密，然后作者自己试着去做造物主。读它的时候，会想到杨振宁先生讲到的宗教体验。他曾说："当我意识到这是自然的秘密时，我们通常会深深感到敬畏，好像我们看到一些我们不应该看见的东西。""牛顿的运动方程、麦克斯韦方程、爱因斯坦的狭义与广义相对论方程、狄拉克方程、海森堡方程和其他五六个方程是物理学理论架构的骨干……可以说它们是造物者的诗篇。""科学工作者发现自然界有美丽、高雅而庄严的结构。初次了解这种结构是产生敬畏感的经验。而今天在我年纪大的时候，我更加明白了，这种敬畏感，这种似乎不应该被凡人看到秘密时的畏惧，事实上是极深的宗教体验。"在《零度分离》中谈到的意识的来源问题，就让人感到了这种体验。但这种体验也如其中的《雾中灯火》谈到的，会导致邪教吗？在故事中，邪教教主的女儿把人的理智认作不是人本身具有的，而是外来的，或寄生在人身上的一种事物。最终这引发了大屠杀。这代表了对意识或生命问题的悲观吗？整部小说读下来，是忧戚的。这是造物主对他不能完成的工作的悲伤吗？在技术时代，宗教还有什么价值？

伊格言：

我是如此猜想的：在这个时代，在理查德·道金斯与《人类简史》《未来简史》（皆为历史学者尤瓦尔·赫拉利著作）之后；在《爱欲与文明》、比昂（Wilfred Bion）与温尼科特（Donald Winnicott）之后；在罗杰·彭罗斯（Roger Panrose，2020年诺贝尔物理学奖得主，《皇帝新脑》作者）、丹尼尔·丹尼特（Daniel C. Dennett）与凯文·凯利（Kevin Kelly，KK，《失控》《必然》）之后；我们对未来的想象或预测，还可能是什么？或者，让我们暂且回到小说的范畴——在《宇宙墓碑》、《医院》三部曲与《三体》之后，我们对未来的提问，还可能是什么？

上述这段推想，对于人类而言，我想是自卑、自怜复又自得且自傲的。人类的中枢神经无疑是最大的谜团，因为与地球上其他生物相比，人类躯体极其脆弱，而人类的脑内文明又何其恢宏灿烂，堪称不可思议。人如何理解这件事？人可能借由中枢神经（所萌生的意识）来理解意识自身吗？显然这是极其可疑的。这有些类似《零度分离》中也曾提及的"拉普拉斯之妖"概念。此概念由法国数学家皮耶西蒙·拉普拉斯（Pierre-Simon de Laplace）于1814年提出，内容简述如下：设想有一名为"拉普拉斯之妖"之智能，知晓某一特定时刻宇宙中所有粒子之一切物理性质（包括质量、速度、位置坐标等），则该智能即可透过牛顿运动定律测算未来任何时刻、任何粒子之状态；当然，亦能回推过去任何时刻、任何粒子之状态。一旦如此，则过去、现在、未来，一切时刻，一切状态、一切事件，宇宙均将以一确定无疑之凝固图像呈现于它面前。

这当然极其有趣。"拉普拉斯之妖"是可能的吗？科学家们

（统计学家、数学家、物理学家们）已然各出奇招、各尽所能地阐释了它的不合理——最简单粗略的解法之一是：当你试图"计算"所有粒子的状态，你将无法计算"计算本身"；因为计算本身也必然扰动粒子，进而扰动整个宇宙。换言之，如果你将此一演算机器放置于宇宙之外，那么或许拉普拉斯之妖是可行的；但事实上，演算行为仍在宇宙中发生，无法脱离宇宙。是以，拉普拉斯之妖终究只能是一种妄想，无法实存。

上述仅是解法之一；就我所知，尚有其他种解法，在此无法详述。然而这是否与我们置身于此，竟试图以意识理解意识本身有些类似呢？意识如此神秘，如此缤纷多彩，我相信对它的任何揣测都不足为怪，也都不意外。也正因如此，我同样相信《雾中灯火》中对中枢神经的质疑或"定性"——那既偏执却又合理。在弗洛伊德那里，一神教是人类为克服恐惧的自我发明（《一种幻觉的未来》）；在马克思笔下，宗教是用以麻痹人民，阻止阶级斗争的鸦片。而我想到的是，意识能质疑意识自身至何种地步？对宗教的怀疑，是否也终将成为一种宗教？或者，让我们进一步缩减我们的质疑——当人类（在科学中）窥见了上帝的诗篇，那是真的吗？或者，像是小说中《余生》或《二阶堂雅纪虚拟偶像诈骗事件》诸章节之提问：对于人的精神体验（或谓幻觉），我们该以何种态度面对？执迷是否终将是一种幸福？

那终将关乎人类未来的命运，关乎人在窥见了上帝的秘密之后，在成神的路上，我们将选择什么样的未来？

韩松：

世界的真实性如何，它是否能被理解和认识，这样的命题，的确是贯穿全书的。我读到《二阶堂雅纪虚拟偶像诈骗事件》时，有种惊心动魄的感觉，这是把"桃花梦"通过病毒植入人的大脑，来诱惑主妇爱上偶像，骗取她的钱财。这个故事写得其实非常美，特别是那一个个的梦境，连我也觉得是真实的，43岁妇人爱上18岁男孩，梦境比现实更真实。那个一步步走向深渊的过程因此才十分动人。我也在这里感到政治的隐喻。未来是可以用这个技术来操控一切的。宗教或政治的欺骗难道不能带来美和满足吗？

《来自梦中的暗杀者》应该是对此做出了进一步的暗示。它讲到一个医生，很好的人，但竟涉嫌犯罪，他突起"妄念"要把一个编剧杀掉。这个编剧利用类神经生物技术给人植入梦境，让那些人在梦中杀人、抢劫。医生认为梦中杀人跟现实杀人并没有区别。于是他试图杀掉编剧，这是出于良心而不是道德。这个故事再次混淆了现实与意识。宇宙是有机体的话，那它不就是一个巨大的潜意识场吗？人生是一场大梦，这可能是一种物理真实。

《余生》则是最感人的故事，写到一位日本导演，与年龄相差十岁的台湾女明星，发疯般相爱，然后结婚，但后来女明星又投身韩国演员，又分手。日本导演想与之复合，又邀她拍电影。这时的电影拍摄已经可以应用类神经生物。如此产生了一个产业，即定制，满足各种性趋好的AV产业。导演最后想用类神经生物来植入他们两人的大脑用来保持爱情。但他们两个并没有生活在一起。他们分开来后仍活在虚幻的幸福之中。似乎新的技术终于可以让人获得某种爱的美好。执迷即幸福，难道不是如此吗？这是"我思故我在"的另一种阐释。但作者似乎又有怀疑，因此在叙述中又为此打上了一层阴暗的悲剧般的滤色。

最后一部分是虚拟的作者与AV大亨的对谈，应该是阐明本书的一些纠结的问题。这才知道这个作者的真实身份，未免让人大吃一惊。我想这样安排是有深意的。我们的现实或许是由未来决定的。小说提出的，便是怎么向未来提问的问题。我们还有什么问题可以问？怎么看待未来，或许就会有怎样的现在。未来即余生，人人都要面对余生的问题。什么是余生？书中说，每个人的生命，本质上，从一开始即是余生。只有过去和现在是唯二实存之物，未来的意义被取消了。但是有什么办法去看到未来的意义呢？我们作为读者并没有类神经生物的帮助，那么是会陷入更大悲剧的。由于全知全能的拉普拉斯妖并不存在，我们永远无法知晓真实的世界。但我们的意识仍然可以作用于物质，甚至制造出这个世界。但它是在一刻不断的流变之中的。意识能否理解意识？这是一个无解的命题。或如书中提到的依赖模型论，人类所能做的，仅是持续提高自己模型的解释力与精致度而已。

《零度分离》这部小说的时空太广大了，作者站在全球的视角，并不停流转。人物的身份也是世界性的。所以这是一部关于人类的小说。但最感人的还是出现在书中的一个个的个体存在，每个人被七情六欲所困，包括机器，也包括作者本人。欲望左右着命运。我看到的是不同人物命运的起伏跌宕，他们心灵的矛盾冲突，以及行为动机的神秘莫测。作者不仅是对弗洛伊德和荣格的理论有深入研究，还一定对于现实的人生苦痛有着丰富的体验吧。我常常觉得港台的作家在这方面有一种特别的敏锐。

我从中看到了实在，每一个潜意识都可以转成现实的人生。书中有灵与肉的大量描写，探讨了它们间的关系，这让我想到一句歌词：母亲只生了我的身，党的光辉照我心。但科技进步让这成了可感可触的，而不是一个文学比喻。是否终究要追求灵的终极存在，而肉身将会淡化掉？还是肉身的享乐也有意义，但它只是被科技赋能的"感觉"替换掉？这个过程仍然透露出彻底的虚幻。作者笔下的肉体、思想或基因，都是"零"和"一"，无一不是中枢神经的自造幻象。这与佛教也有了关系。我们可以被分解为粒子或符号，皆是量子的产物，或者是弦共振而出的一种现象。所有的意识建构在虚无的"场"的上面，的确奇妙而荒诞，也十分的虚无。AGTC也仅仅是表层符号，也就是"四相"吧。贯穿全书的类神经生物大概是来帮助人类走向彻悟的方便法门。但在末法时代这个彻悟是不可能实现的。

伊格言：

　　韩松老师，您提到佛教中的荒诞与虚无，我倒是联想到另一种科学上的思考进路。事实上，生命本身，可能彻彻底底真是个随机现象。我们或许知道这样的说法：生命本身是"逆熵"的。这是事实——生命本身当然是个违反热力学第二定律的奇迹，因为对我们所在的此一宇宙而言，完全没有必要发展出"生命""有性生殖""有序复制""亲属或部落群体"等此类与自然界的"熵增"完全相反的概念或物种来。相较于宇宙中遍在的、一切终将归于**热寂**的虚无（是，至少截至目前为止，我们所知的宇宙是服膺于此种规则的），生命当然是极其有序的。这正是生命之所以为奇迹的铁证。这或许也能被归类为一种"荒诞"不是吗？

　　上述想法是否正确？我想它至少部分正确。当然了，更精确的理解或许是，于人类感官所习惯的尺度上，生命确实是削减了熵，是个违反热力学第二定律的、荒唐的奇迹；然而在宏观尺度上，我们却又发现，生命的整体存在能更有效率、更快速地弄乱整个系统，导致宇宙（系统）的乱度增加。

是这样吗？我想或许也是的——想想我们（作为一种生命体）如何弄乱自己的房间吧（对，想想你作为一个人，如何把自己以及情人、朋友、亲人们的生活弄得一塌糊涂吧）。而我要说的是，如若上述说法成立，那么，个体的"意识"（我们每个人的心智产物）或许就是这样的存在：第一，它追求更高效地统整人类任一单一个体的生命机能运作，以求有效寻求生存；第二，如此有效率的个体生存终将导致更有效率地增大系统乱度，亦即"熵增"。换言之，生命是奇迹，但它仅仅是"局部奇迹"（同时也是个小范围的随机事件），因为于较大尺度上，整个系统（宇宙）依旧亦步亦趋地遵守着热力学第二定律。

是以，若上述测绘结果成立（当然了，作为一名小说家，我无法确知这是否正确无误），我有一个接续的猜想如下：科幻史上，有一明确之设想与前述"拉普拉斯之妖"概念有关，且显然有若合符节之处——阿西莫夫《基地》三部曲中的"心理史学"（psychohistory）。小说中，数学家哈里·谢顿教授发明了此种心理统计方法（以现今名词称之，略可谓其为"心理大数据"），借由测度、记录并统计群体众人之心理倾向以预测未来。然而谢顿教授的计算结果却被封存了——他的理由是，我们必须拒绝将结果公之于世，因为一旦世人知晓其后历史发展，则此一"知晓"必将干扰众人心理状态，触发人群主观行动，进而导致预测失效。换言之，"保密"是心理史学成立的前提之一。

这何其有趣。首先，这是否部分与我们此前所提，"拉普拉斯之妖"构想之所以无法实现的原因有些许呼应？再者，我以为，正如您在《二阶堂雅纪虚拟偶像诈骗事件》中所读到的政治隐喻，

《基地》在此同样带有政治隐喻 —— 心理史学难道不也是某种"历史阶段论"吗？而在《基地与帝国》中出现的超能力者"骡"又隐喻着什么呢（骡：一个有着洞悉并改变他人心思之超能力者，兼政治工作者）？而任何对此类政治隐喻或政治预言的"知情"，又将如何回过头来影响或干扰这样的政治隐喻或政治预言？它会改变我们原先所预期的历史进程吗？

我想这也立刻呼应了您所提及的，思维的实存性。如若拉普拉斯之妖眼中的"实存"或"实在"是一幅无过去、现在、未来之分，亦即等同于无时间性的全平面图景；那么，在相当程度抹除了实体世界与虚拟世界的分野之后，我们所看到的，或许也就是由思维、意向、欲念等**心灵现象**，以及**物质世界**，两者所共同构筑而成的宇宙。那或许就类似您赋予《来自梦中的暗杀者》的联想："宇宙是有机体的话，那它不就是一个巨大的潜意识场吗？人生是一场大梦，这可能是一种物理真实。"如此一来，以此观点而言，我们对阿西莫夫心理史学的提问将意外斩获一确定之回答：是的，哈里·谢顿博士心理史学的计算结果当然必须保密；因为如果其结果对外泄漏，则我们可以确认，资讯或思维的传递与扩散本身就已然改变了我们所处的这个世界；甚至不需要等待改变了思想的人们做出任何相应的实质行为。

有趣的是，借用佛教术语，这算是正法，还是末法呢？

韩松：

我注意到，不少主流的文学作品转向在描写人与机器、人工智能、生命科学的关系，而且写得非常好而深入，如最近读到的伊恩·麦克尤恩的《我这样的机器》、石黑一雄的《克拉拉与太阳》

以及董启章的《爱妻》。科技越来越成为人类生存的第一现实。作家们敏感地觉察出新的科技革命正在为传统主题赋予新的视角。因此他们可以在另一维度上，重新质疑生命，询问宇宙为什么要造出生命，以及生命存活的目的是什么。这重新构成现今的享乐时代的一大主题，也是当代文学需要持续追问的命题，甚至离开了这个很多文学描写便失去了趣味和意义。《零度分离》显然是这个探索中的一部分。它颇具深度地揭示了当代人类的困境或出路。

　　小说揭示的一条出路，便是我们寻找的全然自由之可能，即"于神意之外造史"的命题。在全知全能者眼里，宇宙是有秩序的，或者命运是确定的，在佛教中，这表现为"业"或"因果"，人类是被注定的，包括文明也规定了禁忌，人是在囚笼中生存的。那么，包括依赖于类神经生物的梦境治疗，是否迈出了第一步，使人类被压抑的本性得到释放呢？亦如马克思设想的，从必然王国走向自由王国，实现我们与他人、与他物没有距离和空间的"零度分离"，在量子层面上达到即生即灭、即存即亡，这是作品留下的一个开放式命题。从这个意义上来讲，这个小说是充满叛逆精神的。

伊格言：

　　我想，让我们先从《余生》（书中虚拟作者 Adelia Seyfried 的最后一则深度报道）接着说吧。当之前老师您提及书中此章，我另外联想到的是艺术家玛丽娜·阿布拉莫维奇（Marina Abramović）的《情人》。1988 年，已共同创作超过十年的情侣档行为艺术家玛丽娜与男友 Ulay 决定共同完成他们的最后一件作品《情人》*The Lovers: Great Wall Walk*）。其时正逢改革开放未久，他们申请前往中国长城，一人着红衣从东侧山海关出发，一人着蓝衫自西侧嘉裕关启程（一红一蓝像不像是多年后诺兰的《信条》？）历经约九十天漫长的徒步跋涉，最终在长城上某个中点相遇，拥抱，亲吻，道别，分手，而后不再见面。而今看来，即便我们刻意忽略其中、其后某些令人难忘的意外时刻（例如二十二年后两人在纽约现代艺术美术馆上的经典凝视：沧海桑田，物非人非），光是此一长途跋涉本身即已堪称荡气回肠 —— 爱情是什么？爱情是风餐露宿，披星戴月，旷野独行，一如海德格尔所言"向死而生" —— 每一次相遇都无可挽回地通向一场难以回避的道别。那就是爱情。那就是时间。然而，是什么在勾引着人们如此无保留地孤身孑然前行？那是同样诱惑着浮士德的幸福、痴迷与幻象吧？ —— "此刻多么美好，请你驻留。"当然了，我们或可如此猜想：人类的记忆是**自我意识**的赠礼（也可以说是诅咒），它伴随着"自我"而来。而正因有记忆，有时间感，有那过去的甜蜜经验与长达九十天的"时间之流"于中枢神经内部真实存在，靡菲斯特的许诺、杜子春的幻境，甚或《雾中灯火》中对女主角、邪教教主之女 Eve Chalamet 的诱惑才能成立。人难免于永恒时刻或美好记忆的引诱；然而"爱情这东西我明白但永远是什么" —— 是以，佛家的"无常"也才能成为破解各种执迷的法门。如前述我一再提及的，拉普拉斯之妖的决定论 —— 一切现象，因缘聚合，于拉普拉斯之妖眼中，或许都仅是确定无可疑之平面图像之一部分而已。也因此，以此观点而言，诸法诸相，皆是瞬间，无疑，也全是永恒。在科学上何尝不是如此？"时间"此一概念的真实性原本就相当可疑；我们知道，某些旁证显示，时间或许也根本不是一个实存的物理量。

　　但当然了，我们也不用在此继续"开悟"下去了；否则对谈也无须进行，直接出家即可。我联想到的是，即便早已写完许久，此刻重读，《余生》此章仍令我战栗而忧伤。松山慎二与郭咏诗是否终止了时间？他们最后"驻留"在何处？他们是自由的吗？爱情，是自由的吗？以《浮士德》为例：如若我们已下定决心与魔鬼等价交易，那么我们有何方法？如果此事牵涉到他人，那么我们的选项有哪些？完美的爱情，或依恋，难道没有邪教或妨碍自由的成分吗？记得那些网上恶名昭彰的"PUA"（Pick Up Artist）技术教程吗？然而爱情啊，所谓爱情。它却如此美好，令人生死以之。当我们在爱情中真实感知到靡菲斯特的诱惑时，我们是如此心甘情愿地全身心交付自己（正如玛丽娜与Ulay怀抱着各自心中或许五味杂陈的爱走向对方，向中点或终点趋近），无知无畏于那可能的"后果"（无论恋情结局如何）有多么严重。早在一百多年前，精神分析祖师弗洛伊德早已将人类精神深处的根本欲望归整为二：一为"生之欲望"（Eros），一为"死亡本能"（Thanatos）。前者不难理解——毫无疑问，有机体必须寻求个体生存、繁殖并自我复制，那是"自私的基因"之自然现象；唯物地说，也是爱与性之甜蜜的底层逻辑——而于《超越快乐原则》中，后者则被弗洛伊德描述为一种"对平静的向往"。何以人会有此种与生之欲望完全相反的、"我想结束这纷纷扰扰的一切"的欲力？何以我们常见抑郁症患者自杀的遗言是"我活得好累"？我们其实都有类似这样"好累"的经验不是吗？又或者，我们或也曾体验身处高楼墙缘，既惧怕深渊、惧怕坠落、惧怕死亡而又莫名心向往之的感觉吧？

在此，我必须回到先前提及"生命的奇迹"此事上。恰如上述，生命本身是"局部熵减"的奇迹；而我以为，死亡本能最底层的动力，或许正是"熵增"，那个至今颠扑不破的热力学第二定律。

作为一名小说家、一位思索者，我必须再次强调，我不知道这样的猜想是否正确，甚至是否有意义。但我们恰恰可以以此为基础，回到全书最后篇章，名为"我有一个梦：于神意之外造史"Adelia Seyfried 与 Adolfo Morel 的对谈之中。我想那确实正是韩松老师所言，寻找"全然自由的可能"的向往。于智人此一物种的文明史上，我们看见众多思想家，无不殚精竭虑，数学、逻辑与直觉并用，拆解一切现象，并试图预测人的行为、社会与人群之倾向。（人对自己"知"的能力，何其自信又何其狂妄？）然而我要说，人的行为、社会与人群之倾向，合并观之，即是文明，即是历史，亦即是未来。套用拉普拉斯之妖或心理史学的保密逻辑——如若有一天，人类的"知"终于理解了一切，那么，是否正表示人类超脱于神意之外的时刻终于到来？

这有可能吗？

我等待着答案。